小書痴的下剋上

為了成為圖書管理員不擇手段！

第四部　貴族院的自稱圖書委員VII

香月美夜——著
椎名優 繪　許金玉 譯

本好きの下剋上
司書になるためには
手段を選んでいられません

第四部 貴族院の自称図書委員VII

CONTENTS

第四部 貴族院的自稱圖書委員 VII

登場人物

第三部 劇情摘要

成為貴族以後，羅潔梅茵因為領主養女與神殿長的身分忙得不可開交。好不容易印刷機完成了，還在城堡舉辦了販售會，歌牌、撲克牌與書正順利普及開來。然而，就在喬琪娜來訪以後，情勢變得非常緊張。不只韋菲利特遭到算計，羅潔梅茵為了拯救被擄走的夏綠蒂，被敵人灌下毒藥性命垂危。雖然浸入了尤列汾藥水，但再次睜眼醒來，時間竟然已是兩年後……

羅潔梅茵

本書主角。稍微長高後，現在外表看來有八歲左右，但內在還是沒什麼變。到了貴族院，依然是為了看書不擇手段。現為貴族院二年級生。

韋菲利特

齊爾維斯特的長男，羅潔梅茵的哥哥。現為貴族院二年級生。

夏綠蒂

齊爾維斯特的長女，羅潔梅茵的妹妹。現為貴族院一年級生。

斐迪南

齊爾維斯特的異母弟弟，羅潔梅茵的監護人。

齊爾維斯特

收養羅潔梅茵的艾倫菲斯特領主，羅潔梅茵的養父。

芙蘿洛翠亞

齊爾維斯特的妻子，三個孩子的母親。羅潔梅茵的養母。

卡斯泰德

艾倫菲斯特的騎士團長，羅潔梅茵的貴族父親。

艾薇拉

卡斯泰德的第一夫人，羅潔梅茵的貴族母親。

波尼法狄斯

齊爾維斯特的伯父，卡斯泰德的父親，羅潔梅茵的祖父。

羅潔梅茵的近侍

黎希達

首席侍從。熟知三名監護人孩提時期的上級貴族。

莉瑟蕾塔

貴族院五年級生，中級見習侍從。安潔莉卡的妹妹。

布倫希爾德

貴族院四年級生，上級見習侍從。

哈特姆特

貴族院六年級生，上級見習文官。奧黛麗的么子。

菲里妮

貴族院二年級生，下級見習文官。

柯尼留斯

貴族院六年級生，上級見習護衛騎士。卡斯泰德的三男。

萊歐諾蕾

貴族院五年級生，上級見習護衛騎士。

優蒂特

貴族院三年級生，中級見習護衛騎士。

達穆爾

下級護衛騎士。未隨同至貴族院。

安潔莉卡

中級護衛騎士。未隨同至貴族院。

奧黛麗

上級侍從。哈特姆特的母親。未隨同至貴族院。

艾倫菲斯特的學生

托勞戈特	貴族院四年級生，上級見習騎士。黎希達的外孫。
馬提亞斯	貴族院四年級生，中級見習騎士。隸屬舊薇羅妮卡派。
瑪麗安妮	貴族院三年級生，夏綠蒂的上級見習文官。
魯道夫	貴族院五年級生，夏綠蒂的中級見習騎士。
娜塔莉	貴族院四年級生，夏綠蒂的上級見習騎士。
艾拉	羅潔梅茵的專屬廚師。

羅德里希

貴族院二年級生，中級見習文官。準備獻名中。

赫思爾 艾倫菲斯特的舍監。斐迪南的師父。
普琳蓓兒 庫拉森博克的舍監。
洛飛 戴肯弗爾格的舍監。
賈鐸夫 多雷凡赫的舍監。
傅萊芮默 亞倫斯伯罕的舍監。

索蘭芝 貴族院的圖書館員。

貴族院　其他

錫爾布蘭德 中央的第三王子。

休華茲 圖書館的魔導具。
懷斯 圖書館的魔導具。
阿度爾 錫爾布蘭德的首席侍從。
柯朵拉 漢娜蘿蕾的首席侍從。

漢娜蘿蕾 戴肯弗爾格的領主候補生，貴族院二年級生。

阿道芬妮 多雷凡赫的領主候補生，貴族院六年級生。
奧爾特溫 多雷凡赫的領主候補生，貴族院二年級生。
露辛達 格里森邁亞的領主候補生，貴族院一年級生。
盧第格 法雷培爾塔克的領主候補生，貴族院六年級生。
藍斯特勞德 戴肯弗爾格的領主候補生，貴族院五年級生
克拉麗莎 上級見習文官，貴族院五年級生。
肯特普斯 藍斯特勞德的上級見習文官，貴族院三年級生。
蒂緹琳朵 亞倫斯伯罕的領主候補生，貴族院五年級生。喬琪娜的女兒。
雷蒙特 亞倫斯伯罕的中級見習文官，貴族院三年級生。赫思爾的弟子。

艾倫菲斯特的貴族

麥西歐爾 領主一族。齊爾維斯特的次男。
尼可拉斯 卡斯泰德第二夫人的兒子。
艾克哈特 斐迪南的護衛騎士。卡斯泰德的長男。
尤修塔斯 斐迪南的文官兼侍從。黎希達的兒子。
蘭普雷特 韋菲利特的護衛騎士。卡斯泰德的次男。
奧蕾麗亞 蘭普雷特的妻子，來自亞倫斯伯罕。
貝緹娜 弗洛登的妻子，來自亞倫斯伯罕。
薇羅妮卡 齊爾維斯特的母親。現正受到幽禁。
漢力克 負責印刷業務的文官，達穆爾的兄長。

他領貴族

席格斯瓦德 中央的第一王子。
亞納索塔瓊斯 中央的第二王子。
歐斯溫 亞納索塔瓊斯的首席侍從。
勞布隆托 中央的騎士團長。
艾格蘭緹娜 拉森博克的領主一族。
海斯赫崔 斐迪南的迪塔同伴（自稱）。
喬琪娜 齊爾維斯特的姊姊，亞倫斯伯罕的第一夫人。

神殿的侍從

法藍 負責管理神殿長室。
薩姆 負責管理神殿長室。
妮可拉 神殿長室與廚房的助手。
莫妮卡 神殿長室與廚房的助手。
吉魯 負責管理工坊。
弗利茲 負責管理工坊。
葳瑪 負責管理孤兒院。

其他

康拉德 菲里妮的弟弟，現在進了孤兒院。
雷利吉歐 中央神殿的神殿長。
以馬內利 中央神殿的神官長。
卡琳 庫拉森博克商人的女兒。

平民區的商人

班諾 普朗坦商會的老闆。
路茲 普朗坦商會的都帕里學徒。
歐托 奇爾博塔商會的老闆。
珂琳娜 奇爾博塔商會的裁縫師。
提歐 奇爾博塔商會的都帕里。
吉魯 負責管理工坊。
萊昂 奇爾博塔商會的都帕里。
多莉 奇爾博塔商會的都帕里學徒。梅茵的姊姊。

第四部

貴族院的自稱圖書委員Ⅶ

序章

毫無任何預兆，羅潔梅茵突然間失去意識，在圖書館舉辦的茶會也因此被迫中斷。畢竟主辦人都暈倒了，怎麼可能繼續舉辦茶會。

正當漢娜蘿蕾與錫爾布蘭德皆茫然失聲之際，羅潔梅茵的首席侍從黎希達已經變出奧多南茲，喚來韋菲利特與夏綠蒂。

「韋菲利特小少爺、夏綠蒂大小姐，接下來就麻煩兩位了。我與護衛騎士們會將大小姐送回宿舍。布倫希爾德，妳負責收拾……」

不只向趕來圖書館的兩人，黎希達也向在場的近侍們下達指示後，再轉向張大了明亮紫色眼眸、牙齒不停打顫的錫爾布蘭德致歉，然後請求先行告退。她也向漢娜蘿蕾一行人簡單致意，隨即快步離開圖書館。

「……阿度爾……羅潔梅茵她怎麼了？這是怎麼回事……」

聽見顫抖的話聲，漢娜蘿蕾轉過頭。只見錫爾布蘭德正雙眼圓睜，渾身不停發抖，這麼詢問自己的首席侍從。阿度爾也慘白著臉，無法理解這是怎麼一回事。他一定是不知道該如何回答自己的主人吧。

韋菲利特與夏綠蒂急忙上前，安慰小臉發白、噙著眼淚混亂不已的錫爾布蘭德，並開始向他的近侍們說明：「這是常有的事。」

「錫爾布蘭德王子，其實羅潔梅茵本來就很常暈倒了。」

「姊姊大人的身體真的非常虛弱，但宿舍裡有藥水，請您不用擔心。」

韋菲利特和去年安慰漢娜蘿蕾時一樣，再次描述了洗禮儀式上與在兒童室時曾發生過哪些事情，想要藉此安慰錫爾布蘭德，沒想到卻造成了反效果。錫爾布蘭德反倒怒斥他說：「你怎麼能對體弱多病的羅潔梅茵那麼過分！」

不過，阿度爾聽完似乎稍微安下心來。他慘白的臉龐恢復些許血色，伸手搭在正向韋菲利特宣洩不安與慌亂情緒的錫爾布蘭德肩上。

「錫爾布蘭德大人，艾倫菲斯特的領主候補生們皆熟知羅潔梅茵大人的情況，既然兩位都說她不會有事，您不可如此直接地表露情感。我們也回去吧。」

有王族在，所有人都必須先滿足王族的需求，其他什麼事也不能做。與年紀還小而且情緒起伏明顯的錫爾布蘭德不同，首席侍從阿度爾看得出現場的情況吧。他過意不去地以眼神向韋菲利特致意，簡單道別後很快離開。

王族離開後，夏綠蒂與韋菲利特才開始關心在場的其他客人。

「索蘭芝老師，抱歉讓您受到驚嚇了。」

「漢娜蘿蕾大人，您沒事吧？」

被韋菲利特這麼一問，漢娜蘿蕾只是反覆回答：「我沒事。」畢竟她是大領地的領主候補生，絕不能表現出倉皇失措的樣子。拚命這樣提醒自己的漢娜蘿蕾，結果只是一直重複說同一句話。腦海中，羅潔梅茵像斷了線的人偶般忽然倒地、不再動彈的模樣，遲遲地揮之不去。

漢娜蘿蕾完全可以理解錫爾布蘭德的混亂。去年在邀請了全領地代表的艾倫菲斯特茶會上，漢娜蘿蕾才剛握住羅潔梅茵的雙手，她便失去意識不支倒地。明明前一刻還笑容滿面，下個瞬間卻在自己眼前暈倒。不管是去年還是現在，漢娜蘿蕾都不曉得該做出什麼反應才好。她無法動彈，也發不出聲音，背部滲出冷汗。

「漢娜蘿蕾大人……」

韋菲利特苦惱地垂著眉尾，端詳她的表情。漢娜蘿蕾雖然也想露出自然的笑容，臉部表情卻還是不由自主僵硬。大概是明白到漢娜蘿蕾無法做出領主候補生該有的反應，首席侍從柯朵拉輕輕按住她的肩膀，請求發言。

「事發突然，我們固然吃了一驚，但先前便已聽聞羅潔梅茵大人數日前曾抱病在床。羅潔梅茵大人還因為要奉命返回領地，希望我們今天能帶樂師同行。想必是因為這場茶會還邀請了王族，儘管身體尚未完全康復，她仍是強打精神舉辦吧。」

聽完柯朵拉冷靜的分析，漢娜蘿蕾的大腦開始慢慢能夠運作。回想起來，戴肯弗爾格確實事前便被告知，這次茶會羅潔梅茵的身體狀況從一開始就不太好。

……要是柯朵拉早一點提醒我，我也不會這麼驚慌失措了。

才剛這麼心想，漢娜蘿蕾接著馬上明白，柯朵拉為何一直保持沉默。因為可能會被解讀為在責怪王族。即便是為了讓主人冷靜下來，柯朵拉也不可能說得出口。

漢娜蘿蕾環顧左右，發現還留在現場的羅潔梅茵侍從們與索蘭芝的侍從已開始收拾場地。看來她們也快點離開比較好。漢娜蘿蕾終於多少冷靜下來，有餘力做出這樣的判斷。

「那麼，我們也該告辭……」

「由我送您回宿舍，向戴肯弗爾格的人說明吧。夏綠蒂，接下來能麻煩妳嗎？」

「好的，哥哥大人。我與侍從們收拾好場地後，便會回宿舍。」

負責安撫索蘭芝的夏綠蒂說完，接著吩咐自己的侍從們也幫忙整理。她那從容鎮定的模樣一點也不像是一年級生，漢娜蘿蕾也由此深刻體會到，羅潔梅茵是真的很常暈倒吧。

「不光去年，這次又讓漢娜蘿蕾大人，也讓參加茶會的各位受到驚嚇，真的非常抱歉。」

韋菲利特護送漢娜蘿蕾返回宿舍後，再一次向她的哥哥藍斯特勞德說明，因為羅潔梅茵暈倒，這天的茶會被迫中止。想當然耳，吸引來了宿舍裡所有人的目光。

「羅潔梅茵大人會暈倒，並不是韋菲利特大人的錯。重要的是還請您代我轉告羅潔梅茵大人，請她多多保重。我沒事的。」

漢娜蘿蕾極力擠出笑容，目送韋菲利特離開。大門一關上，繃緊的神經立刻放鬆下來，她瞬間感到非常疲倦。由於情緒起伏太過劇烈，類似於消耗了大量魔力的疲憊感蔓延全身，她只想馬上回房歇息。

漢娜蘿蕾朝著階梯邁開腳步，卻無法如願回房。因為藍斯特勞德凌厲地瞇起紅色雙眼，叫住了她。

「漢娜蘿蕾，先報告在茶會上發生了哪些事。」

「哥哥大人，請您先給我一點時間平復心情……」

「這是一場連王族也有出席的茶會，妳能明白我為何會要求立即報告吧？而且妳不一定要自己開口，由同行的人來報告也無妨。走吧。」

藍斯特勞德的態度如此強硬，漢娜蘿蕾自然無法拒絕。結果她既沒有時間回房更衣，也無法先歇息一會兒，便帶著剛才一起參加茶會的人們前往會議室。

……如果我和羅潔梅茵大人一樣在茶會上暈倒，哥哥大人絕不可能像韋菲利特大人那樣，迅速又細心地收拾善後吧。

明知道比較也無濟於事，漢娜蘿蕾還是忍不住拿一臉嚴肅的藍斯特勞德，與溫柔關心自己的韋菲利特做比較，然後暗暗嘆氣。

……我也想要有個和韋菲利特大人一樣溫柔的哥哥。

聚集在會議室裡的，有藍斯特勞德與他的近侍，以及漢娜蘿蕾與陪同她出席茶會的人們。漢娜蘿蕾看起柯朵拉遞來的木板。那是茶會期間見習文官們做的紀錄。往常都只會口頭報告茶會的情況而已，不會特地把過程記錄下來，但她今天模仿羅潔梅茵的做法，也要求見習文官們做紀錄。幸虧做了紀錄，不管剛才的情況多混亂，都能客觀且完整地報告整個過程。其實羅潔梅茵暈倒後給人造成的衝擊太過強烈，漢娜蘿蕾已經記不太得茶會上具體發生過哪些事情。

「誠如先前向哥哥大人報告過的，如今我已經成為協助者，要為圖書館的魔導具供給魔力。這個便是證明，而且協助者都統稱為圖書委員。」

漢娜蘿蕾唸著木板上的內容，指向羅潔梅茵送給自己的臂章。「好奇妙的東西，好怪的稱呼。」藍斯特勞德在一旁嘀咕碎唸。漢娜蘿蕾沒理會他，繼續報告自己為休華茲與懷斯供給了魔力，以及錫爾布蘭德今後也將以圖書委員的身分一起活動……

……關於羅潔梅茵大人交付了工作給錫爾布蘭德王子一事，該不該報告呢？

漢娜蘿蕾觀察著哥哥的表情，說到這裡暫且停下，一邊喝茶潤喉一邊思考。哥哥對羅潔梅茵的一言一行總是大力抨擊，要是讓他知道，羅潔梅茵請錫爾布蘭德送出督促學生還書的奧多南茲，一定會大聲嚷嚷過度反應。但錫爾布蘭德自己都爽快答應了，這件事也跟戴肯弗爾格無關，再者如果是需要報告的事情，柯朵拉事後會再向哥哥報告吧。漢娜蘿蕾如此判斷後，決定這件事就略過不提。

「我們還在茶會上互相借還書籍。此外，羅潔梅茵大人把她改寫為現代語的戴肯弗爾格史書交給我們，希望我們能檢查改寫過的內容有無錯誤。」

「……嗯，戴肯弗爾格的史書嗎？那由我來仔細檢查內容是否正確吧。」

發現藍斯特勞德一臉不懷好意，漢娜蘿蕾努力擺出兇狠的表情瞪向哥哥。萬一哥哥看完後故意找碴、批評得一無是處，一定會讓她與羅潔梅茵的友情產生裂痕。由於艾倫菲斯特的書簡單易讀又有趣，最近漢娜蘿蕾開始覺得閱讀是件開心的事情，還希望以後可以看到更多艾倫菲斯特的書，所以不想與羅潔梅茵關係疏遠。

「資料在哪裡？」藍斯特勞德伸出手來。一同出席茶會的見習文官克拉麗莎本就慎重地抱著胸前的紙張，聞言更是用力抱緊並拒絕。

「恕我不能交給藍斯特勞德大人。」

「克拉麗莎，妳這是什麼意思?!」

克拉麗莎並不是漢娜蘿蕾的近侍。由於這次的茶會並非在一般的社交期間舉辦，單憑自己的近侍實在是人手不足，漢娜蘿蕾便徵募了有空閒時間的上級貴族一同出席。不光哥哥，漢娜蘿蕾也驚訝地看著克拉麗莎。

「羅潔梅茵大人不只希望我們檢查內容有無錯誤，還想向奥伯・戴肯弗爾格徵得許可，在艾倫菲斯特把這份資料製成書籍。兩領奥伯將在領地對抗戰上商議此事，所以我必須馬上把資料送回領地。」

克拉麗莎強調這是領主間的事情，藉此牽制藍斯特勞德。自從看過去年的那場迪塔比賽，克拉麗莎就非常崇拜羅潔梅茵，肯定也和漢娜蘿蕾一樣，不想讓藍斯特勞德藉機找碴。漢娜蘿蕾面帶微笑，對半瞇起眼露出質疑眼神的哥哥點頭。

「克拉麗莎說得沒錯，這份資料必須立即送回領地喔。」

兩人瞪著對方僵持不下時，哥哥的見習文官肯特普斯假咳了一聲。

「情況我們都了解了，但藍斯特勞德大人是下任領主，他領交由我們保管的東西還是得請他過目。為了不影響到兩領奥伯在領地對抗戰上進行交涉，那便只給他三天的時間。不管三天後能看完多少，我都會負起責任送回領地。不知這樣您能否同意？」

肯特普斯的提議非常妥當。比起哥哥，他的近侍更加可靠。既然肯特普斯都保證，三天後他一定會從哥哥手中拿走資料並送回領地，那應該沒關係吧。漢娜蘿蕾正想答應，然而克拉麗莎似乎還無法接受，緊抱著胸前的紙張拚命搖頭。

「既然有三天的緩衝時間，請讓給我看吧！這可是羅潔梅茵大人改寫的史書喔！一定和艾倫菲斯特的書一樣簡單易讀。」

「我也想看！我很好奇蘭葛杜斯的英勇傳說她會怎麼改寫為現代語……」

「不對不對，比起蘭葛杜斯，應該先看嘉斯豪德……」

克拉麗莎才剛感嘆說完，一同出席茶會的人們也接著列出自己想看的英雄傳說。眼看大家撇下領主候補生們自己熱烈討論起來，漢娜蘿蕾深深嘆了口氣。戴肯弗爾格的人就是這麼容易失控，這點實在教人頭疼。

漢娜蘿蕾仰頭看向柯朵拉。她點了點頭，用力拍手。

「安靜。既是他領提出的請求，應該優先交給奧伯。倘若趕不及在領地對抗戰前給出答案，丟的可是戴肯弗爾格的面子。也等於沒能做到我們答應羅潔梅茵大人的事情喔。」

最後一句話是在提醒克拉麗莎吧。柯朵拉從克拉麗莎懷中抽走那疊紙張，目不轉睛地開始打量。

「這疊紙只是用線固定起來而已。只要小心點別弄丟，應能分成兩半。」

「柯朵拉？」

「倘若只要檢查改寫為現代語的內容是否正確，即便只有一半的資料，相信奧伯也能做出判斷吧。前半部分就送回領地，後半部分留在宿舍。」

漢娜蘿蕾只是希望柯朵拉能阻止克拉麗莎與其他人的失控，不明白她為什麼會突然這麼提議。

「藍斯特勞德大人確實需要過目。但是，漢娜蘿蕾大小姐是負責轉交的人，總不能對內容一無所知。請兩位輪流閱讀後半部分。」

……但是比起戴肯弗爾格的史書，我更想看艾倫菲斯特的戀愛故事呢。

漢娜蘿蕾如此心想，卻也沒有反對柯朵拉的提議。畢竟她若完全不曉得改寫後的內容是什麼，今後與艾倫菲斯特舉辦茶會時確實有可能遇上麻煩。

「柯朵拉大人，我……」

「克拉麗莎，妳就做妳辦得到的事情吧。羅潔梅茵大人不是說了，她在蒐集故事嗎？妳若能在蒐集到故事後，透過認識的人送去艾倫菲斯特以表慰問，羅潔梅茵大人一定會很高興吧。」

柯朵拉提出建議後，克拉麗莎一臉認真地陷入沉思。

「我雖然準備了任務用與問候用的手抄書，卻沒想到可以準備慰問用的呢。柯朵拉大人說得沒錯，若能蒐集到慰問用的故事，羅潔梅茵大人一定會很高興。」

克拉麗莎一雙藍眼閃閃發亮，握著拳頭燃起熊熊幹勁。看她這麼有幹勁自然是件好事，但漢娜蘿蕾聽了卻有些納悶。她知道克拉麗莎正一頭熱地敬仰羅潔梅茵，但回想兩人在茶會上的互動，羅潔梅茵應該不認識克拉麗莎。

「……妳說的任務用與問候用是什麼意思呢？克拉麗莎與羅潔梅茵大人認識嗎？」

漢娜蘿蕾詢問後，克拉麗莎羞赧地紅了臉頰，背後的麻花辮跟著輕輕晃動。

「其實是我去年在貴族院向羅潔梅茵大人的近侍求婚，前陣子終於通過了對方出的任務。所以，一想到能在領地對抗戰上正式向羅潔梅茵大人問候……」

漢娜蘿蕾打從之前就覺得克拉麗莎知道不少艾倫菲斯特的情報，原來是因為有決定要結婚的對象。克拉麗莎看來很高興對方接受了求婚，整個人散發出來的氛圍比平常還要嬌羞可愛。漢娜蘿蕾不由自主跟著微笑。

「能夠達成求婚任務，真是太好了呢。那請妳也接著努力蒐集故事吧。我很期待戴肯弗爾格的見習文官們在蒐集到故事後，由艾倫菲斯特製成書籍。」

漢娜蘿蕾鼓勵了克拉麗莎後，重新開始報告。就在大家互借書籍的時候，錫爾布蘭德向侍從阿度爾表示，自己也想借本書給羅潔梅茵。而木板上的紀錄就到此中斷。羅潔梅茵肯定就是在這時候暈倒的吧。負責記錄的見習文官多半是慌了手腳，疑似阿度爾名字的單字寫到一半，字跡忽然變得歪七扭八。

「然後，羅潔梅茵大人便突然暈倒了。」

「啊？為何？」

「……漢娜蘿蕾大人，您這麼說實在是……是不是有哪個部分遺漏了呢？」

藍斯特勞德與他的近侍們皆一臉吃驚。但是，就連參加茶會的所有人，也都是對突如其來的狀況大吃一驚。絕沒有任何部分忘記報告。

「羅潔梅茵大人真的是毫無前兆，突然間就暈倒了。」

「羅潔梅茵大人的近侍與被找來善後的韋菲利特大人一行人，處理這件事時看起來還習以為常，但在場的客人們完全不知如何是好。」

同行者們紛紛幫忙作證。雖然他們一直沒有作聲，但看來也受到了不小驚嚇。

「好吧，我明白漢娜蘿蕾的報告沒有遺漏了。但暈倒的原因完全不明嗎？」

「聽說羅潔梅茵大人幾天前也曾臥床不起，身體狀況還不好到了奧伯．艾倫菲斯特已經下令要她返回領地。柯朵拉在猜，可能是因為今天的茶會還邀請了王族，她其實是勉

強打起精神舉辦……」

「她身體虛弱成這副德行，居然還能當領主候補生。」

藍斯特勞德一臉厭煩地搔了搔頭。撇開態度不說，漢娜蘿蕾也與哥哥有相同的感想。羅潔梅茵的身體那麼虛弱，承受得了領主候補生的訓練嗎？想到戴肯弗爾格的領主候補生該接受的訓練，漢娜蘿蕾不禁歪頭。不過，也許他領的訓練內容與戴肯弗爾格不同，所以再怎麼想也沒用。

「以上便是茶會上發生的事情。我們可以回房了嗎？因為受到驚嚇，情緒起伏太過激烈，我現在非常疲憊。」

親眼看到羅潔梅茵暈倒，情緒產生劇烈起伏的並不只有漢娜蘿蕾一人。所有參加茶會的人應該都感到筋疲力盡吧。藍斯特勞德沒有再要求他們留下。

終於回到自己的房間後，漢娜蘿蕾呼出一大口氣。「您辛苦了。」柯朵拉苦笑著為她更衣。由於要上課而沒能參加茶會的近侍們，一邊泡著茶，一邊表現出了對今日茶會的好奇心。

「剛才洛飛老師看著會議室，還為了要開職員會議而抱頭苦惱呢。」

聽說洛飛上完課回來時，會議室已經完全關閉。他似乎是聽到附近的學生在說，今天的茶會又在羅潔梅茵暈倒後提早結束。

「哎，畢竟比起詢問與神殿有關的事情，讓羅潔梅茵大人好好休息更重要吧。」

「聽說老師本來還打算在羅潔梅茵大人回去之前，請錫爾布蘭德王子以王族的身分下令，要她延後返回領地的日期，結果被王子拒絕了。」

據說洛飛送去奧多南茲提出請求後，遭到回絕說：「我不能用命令把該回領地休養的人強行留下來。」在茶會上親眼見過錫爾布蘭德與其近侍們慌亂的樣子，漢娜蘿蕾也不認為王子有辦法再下達這種命令。既然是跟神殿有關的事情，那去問中央神殿或戴肯弗爾格的神殿就好了啊。現在應該先讓羅潔梅茵好好休息。畢竟她還勉強自己到在邀請了王族的茶會上暈倒，幸好沒有再因為老師們要問些與神殿有關的無謂問題，導致她無法返回領地。

「聽到羅潔梅茵大人不會奉王族之命被逼著留下來，那我就放心了呢。與在貴族院時不同，她回到艾倫菲斯特後一定能好好休息吧。希望她能早日恢復健康。」

數日後，漢娜蘿蕾便收到了羅潔梅茵已經醒來，以及她將返回領地的通知。

返回領地後的談話

轉移陣帶來的搖晃感消失後，我緩緩睜開眼睛。斜前方是以護衛騎士身分送我回來的柯尼留斯。而擔心我會踉蹌不穩的黎希達，這才鬆開撐著我背部的手。

「羅潔梅茵大人，恭迎您的歸來。」

「我回來了，安潔莉卡、達穆爾。」

轉移廳裡前來迎接我的一行人中，站在最前方的是兩名護衛騎士。大概是又接受了波尼法狄斯的特訓，達穆爾的神色非常憔悴。柯尼留斯跨出轉移陣走到兩人面前，交接護衛騎士的工作。

「羅潔梅茵大人就交由你們兩人保護了。我接下來要馬上返回貴族院……」

「你要馬上回去應該不可能吧？」

安潔莉卡歪過頭往後看。在她身後，是同樣前來迎接的監護人們，有領主夫婦、騎士團長夫婦、斐迪南與波尼法狄斯。柯尼留斯跟著望向成排站開的一行人，「嗚」地小聲低吟。

「哎呀，柯尼留斯。我們還有重要的事情沒談完吧？難得你回來了，別急著馬上回去，至少該住一晚好好歇息呀。」

艾薇拉雍容閒雅地踏步向前，走到三名護衛騎士之間。臉上雖然堆著笑容，漆黑雙眼卻牢牢盯著柯尼留斯不放。

「母親大人……一切就如同我前些天回覆過的。我還得回去上課，等上完課後我一定回來，再向您報告。」

柯尼留斯擠出僵硬的微笑，慢慢往後退，想盡可能離艾薇拉遠一點。他急急忙忙地交接完護衛工作後，立刻轉身再度站上轉移陣。艾薇拉一臉欲言又止，但最後只是發出了輕笑聲，目送柯尼留斯返回貴族院。

「下次回來，記得要有男子氣概地做好覺悟……而且要兩個人一起。」

柯尼留斯不高興地皺起臉龐，但他的身影很快在一陣搖晃後消失。柯尼留斯曾說，想好好享受最後一年在貴族院的時光，但現在看來只是為了逃離艾薇拉的追問。

「母親大人，您剛才說『要兩個人一起』，難道知道對象是誰嗎？」

「茶會上再討論這件事吧，我也有很多事情想問妳。」

說好要舉辦茶會後，艾薇拉便退了一步轉過身。感覺到黎希達在輕推我的背，我走向成排的監護人們。

「我從貴族院回來了。」

「羅潔梅茵，想不到妳這麼快就修完課了。我的孫女實在太優秀了。」

波尼法狄斯笑容滿面地稱讚我。開心歸開心，但其實我只是為了要去圖書館才火速修完課，所以被稱讚以後，反而不知道該做何反應。總不能得意地挺胸說：「我很厲害吧！」最終我只是謙虛地表示：「這都多虧了斐迪南大人的細心教導，我才能順利通過考試。」

「羅潔梅茵，今日我也會一起用晚餐，到時再告訴我有關討伐靼拿斯巴法隆一事吧。根據妳文官的報告，聽說妳可是大顯身手。」

由於哈特姆特把報告書送回領地時我還在昏睡，所以沒有辦法先看過，只聽菲里妮說過內容全是對聖女的讚美。更何況，我根本沒能大顯身手，就連一記攻擊也沒打中。這種充滿悔恨的事蹟，一點也不想說給波尼法狄斯聽。

「我可以分享見習騎士們的精采表現喔，大家都很努力呢。多虧有祖父大人幫忙訓練，大家也比較懂得團隊合作了。」

有那麼一瞬間，我本來想說「說好了喔」然後與波尼法狄斯打勾勾，但真與他勾小指的話，感覺小指很可能會骨折，所以我立即打消這個念頭。

與波尼法狄斯的對話結束後，齊爾維斯特往前一站。

「羅潔梅茵，我等妳很久了。換好衣服後來辦公室。」

齊爾維斯特說起話來有氣無力，似乎非常疲倦。去年他還怒氣沖沖地挺著胸膛站立，今年卻連站姿也顯得有些乏力。是我的錯覺嗎？

……發生什麼事了嗎？

我帶著黎希達與護衛騎士們，先是回房更衣，緊接著前往領主辦公室。

辦公室裡，齊爾維斯特、卡斯泰德與斐迪南都在等著我到來。斐迪南瞪著我瞧，以指尖輕敲太陽穴，最先開口說話。

「羅潔梅茵，我們似乎得先談談彼此對平穩兩字的定義。對妳來說，平穩該是怎樣的生活？」

我本來還繃緊全身，心想著說教要開始了，結果現在有種預測落空的感覺。不過，我馬上認真思考起「自己認為的平穩」。

「就是每天可以待在圖書館裡看書喔。若不是要奉命返回領地，我現在正過著平穩的生活呢。」

好不容易修完課了，可以每天去圖書館，我卻被逼著返回領地。我應該有權發點牢騷，要他們把我的圖書館與閱讀時光還回來吧。齊爾維斯特重重嘆了口氣。

「如果可以我們也不想叫妳回來。」

「羅潔梅茵，妳知道我們為何叫妳回來嗎？」

卡斯泰德問道，我把手貼在臉頰上思索。我自認為有疏失的事情，就是不小心用水槍把布幔射穿好幾個洞，以及在愛書同好的茶會上把氣氛搞僵，還有身為茶會主辦人卻再度失去意識。至於我改良水槍一事，他們倒是沒有來信指責過。

「由於三位是在鞑拿斯巴法隆的討伐結束後，便下令要我返回領地，所以我猜可能是因為我擅自上戰場，事後還昏睡不醒的關係吧。是嗎？」

「……妳說『可能』是什麼意思？」

「因為我實在不清楚自己是哪裡做錯了。跟去年比起來，今年我並沒有做什麼會挨罵的事情吧？」

我偏頭表示不解後，三名監護人不約而同嘆氣。

「首先，是妳寫報告的方式。明明與神殿以及與印刷業務有關的工作報告妳都寫得很完整，為何貴族院的報告書卻是這副模樣？妳寄回來的報告書裡幾乎沒有多少重要資訊。」

斐迪南把從貴族院寄回來的報告書全擺在我眼前。這時我總算看出差異。

「因為需要報告的資訊文官們都寫了，我才覺得自己沒有必要再寫一樣的內容。還專挑哈特姆特沒寫的事情向各位報告……」

看來並不需要這種貼心。另外若要再補充說明，其實報告書我都當成是在寫麗乃那時候的班級日誌或是要給監護人們的信，但原來必須寫得跟工作報告一樣。

「因為我一直以為，監護人們是想要了解孩子們在貴族院的生活，所以就像在寫日記一樣，把自己印象深刻的事情記錄下來。那麼還請明白地告訴我，各位需要怎樣的報告內容。」

「原來如此，怪不得妳的報告書總帶有大量私人情緒。今後妳寫報告書，要把學生成績的提升、流行的推廣以及圖書委員的活動，視為與印刷同等重要的業務。」

聽斐迪南這麼說，我也總算明白了監護人們需要怎樣的報告。如果他們是想知道艾倫菲斯特在發展的重要事業有何進展，那我先前寫的報告書完全不及格。

接著他們也一一指正我的言行，問題還大多集中在圖書委員這項活動上。包括我擅自答應要送臂章給錫爾布蘭德、沒有讓出主人之位而是讓錫爾布蘭德登記成為協助者，還把催促學生還書的工作指派給他等等。

「可是，我們是圖書委員喔，在圖書館裡不工作要做什麼呢？」

「根據報告書上的內容，託付給妳的工作只有供給魔力而已。催促學生還書並非你們的工作。」

齊爾維斯特厲聲反駁，我不由得垂下腦袋說：「對喔。」由於我是領主候補生，索蘭芝還曾說她怎麼能指派工作給我。結果我也沒有先向她確認是否想把工作託付給王族，就自己脫口而出。

……索蘭芝老師，對不起！

「嗚嗚，因為索蘭芝老師曾說，若能有斐迪南大人幫忙催促，大家一定會踴躍還書。所以我才心想，那如果由王族開口督促，一定沒有人敢不還書吧。我還覺得真是適材適用。」

「是否適材適用，不是由妳來判斷。王族當然可以對妳下令，但妳絕對不能命令王族。」

聽了監護人們的斥責，我發現自己一直是把錫爾布蘭德當成學校的圖書委員同伴，但其實兩人的身分差距之大，就好比是社長的兒子與基層員工。圖書委員們一起分擔工作，跟基層小員工指派工作給來公司玩耍的社長公子，這兩件事完全不一樣。

……難怪那時候大家都靜止不動！

不——！我忍不住痛苦抱頭，直到現在才明白自己幹了什麼好事。一想到往後還得以圖書委員的身分與王族往來，更是欲哭無淚。就連麗乃那時候，我也不曾與身分差距這麼大的人來往過。

「那我以後該怎麼辦才好呢？例如我與漢娜蘿蕾大人在討論工作要怎麼分擔的時候，就算錫爾布蘭德王子露出想要加入的表情，但除非他主動開口，否則都先不管他，這樣子可以嗎？雖然錫爾布蘭德王子可能會有被排除在外的感覺，但這才是與王族相處的正確方式嗎？」

送臂章那時候，我也只是看了錫爾布蘭德的表情就脫口而出，但其實應該無視才對嗎？聽了我的提問後，斐迪南表情凝重。

「妳總能透過對話與細微的舉動，準確看出眼前那個人需要或者想要的東西。這件事本身並非壞事，甚至可稱為優點。但與此同時，妳也完全不會去考慮旁人的想法與對方所處的環境，導致身邊的人因此勞心勞力。」

不管是王族還是上位領地，就只有我與對方會很順利地結交為朋友。但斐迪南說了，身邊的人卻會因此感到非常為難與困惑。

「倘若妳能再顧及周邊情況，這將成為妳強大的武器。但是，目前只是一種難以預測後果的危險能力。尤其是一旦把王族牽扯進來，完全無法預料艾倫菲斯特今後會面臨怎樣的處境。」

聽到斐迪南要我盡可能別與王族接觸，我默默從他身上別開目光。我能明白監護人們的意思，但關於這一點我無法保證。發覺我的異樣，斐迪南用力皺眉。

「羅潔梅茵，不准別開視線。妳又在打什麼歪主意？」

「因為要我不與錫爾布蘭德王子接觸是不可能的，恕我無法保證。」

「為何？」

「因為我得到了邀請能去王宮圖書館。我正打算要與錫爾布蘭德王子成為好朋友，在徵得許可後前往王宮圖書館，所以無法保證不與他接觸。」

在貴族院裡，圖書館員索蘭芝，以及同是愛書同伴的漢娜蘿蕾與錫爾布蘭德是我最想保持友好往來的對象，也打算與他們積極接觸。所以我反倒想請監護人們指點一下社交方式，但絕不可能不與他們接觸。

「妳不能去王宮圖書館。」

齊爾維斯特表情嚴厲地開口。

「妳之前光是聽到能去王宮圖書館就暈倒了吧？萬一真讓妳去了，妳肯定會還沒踏進去就暈倒，不然就是激動地給予盛大祝福，再不然就是引發意想不到的麻煩。在妳懂得自我克制之前，我絕不會准許妳去王宮圖書館。反正未成年的妳若沒有監護人陪同，一步也不能踏進王宮。」

「太殘忍了！」

我看向在場三人，發現監護人們全都擺出「我不可能陪妳去」的表情低頭看我。這下糟了。早在很久前被我丟掉的自制力，現在似乎得重新找回來。可是一旦站在王宮圖書館前，我真的有辦法自制嗎？我對自己完全沒信心。

「王宮圖書館……」

雖然齊爾維斯特說了，直到我能自我克制之前絕不會下達許可，但又沒有人有辦法判定我是否已經能自我克制。他們肯定會找一堆藉口，不讓我去王宮圖書館。

……好想去王宮圖書館喔……

「起碼得等到妳不會再突然暈倒，否則我們不可能同意。這次不只錫爾布蘭德王子，連他的近侍們也受到了極大驚嚇吧？」

卡斯泰德言下之意在說：妳想讓王宮圖書館裡的人也留下心理陰影嗎？聞言，我沮喪地垂下頭。我並沒有想讓大家留下陰影的意思。畢竟我自己也知道，有人在眼前暈倒是件多麼可怕的事情，而且身邊的人還得幫忙收拾善後。

……嗚嗚，王宮圖書館離我好遙遠。

「妳似乎不太懂得與王族該保持怎樣的距離、身分有多大的差距，總之妳只要記住，自己絕不能與王族平起平坐。接下來，關於軔拿斯巴法隆一事……」

接著有三份報告書擺在我眼前。一份是韋菲利特興奮地在描述自己初次上場戰鬥的情況；一份是夏綠蒂因為沒有參與討伐，只是公事化地報告每件事情；最後一份是哈特姆特對聖女的讚揚，關於我是如何治癒採集場所的描寫則占了最多篇幅。

……哈特姆特的報告書也太激動了！

「我們怎麼看也不像在報告同一件事，妳快說明此事的來龍去脈與結果。」

於是我以夏綠蒂的報告為主，補充說明討伐軔拿斯巴法隆一事。同時盡量不去看哈特姆特那份報告書。只見斐迪南往夏綠蒂的報告書補充寫上不少資訊。

「話說回來，你們竟能從羅德里希的描述推斷出魔獸是軔拿斯巴法隆。這種魔獸非常罕見，只在孛克史德克出沒，我很驚訝竟有學生知道。」

「是萊歐諾蕾去年為了領地對抗戰的迪塔，查閱過魔物的資料。」

萊歐諾蕾曾說，那些討伐難度高到不會出現在比賽上的魔物，她並沒有特別向其他見習騎士說明，碰巧軔拿斯巴法隆正好是其中之一。

「同樣的資料我也看過……再加上，我以前曾聽孛克史德克的見習騎士提起過軔拿斯巴法隆。」

不過孛克史德克如今已經不存在了，領地則劃分給亞倫斯伯罕與戴肯弗爾格管理——斐迪南補充說道。

我接著描述與軻拿斯巴法隆戰鬥時的情況。為了給予大家黑暗之神的祝福，我先是趕往戰場；後來因為攻擊始終無法命中，便變出神具使用披風；最後是治癒採集場所。

「洛飛老師帶著中央騎士團趕來的時候，還問了幾個問題，但我因為腦袋昏昏沉沉的，沒有辦法好好回答。隨後我又在新的問話日期決定好前返回領地，但也聽說赫思爾老師會幫忙協調。」

「他問了什麼問題？妳如何回答？」

我就記憶所及，說出了洛飛問的問題與自己的答案，監護人們一致「嗯……」地扶額沉吟。

「但老師好像無法接受我的答案，所以會再找我去問話。」

「我想也是。」

「可是，除此之外我也不知道該怎麼回答啊。」

我因為是神殿長，所以看過聖典、知道禱詞，也才會當成是神殿的工作去治癒土地。真的就只是這樣而已。再怎麼追問，我也回答不出其他答案。

「老師們問話時，妳一定要主張，騎士使用的咒語與自己使用的禱詞並不相同。」

「咦？」

「因為在貴族院，禁止教給學生變出黑色武器的咒語。」

「為什麼？那遇到軻拿斯巴法隆這種魔獸的話不是很危險嗎？」

「比魔獸更危險的，是人。」

斐迪南說明，早在很久以前，貴族院便不再教給學生變出黑色武器的咒語。聽說是在發生了類似於近年的政變以後，有個領主眼看領內的大片土地魔力枯竭，為了讓自領變得富饒，便使用黑色武器進攻他領、奪取魔力。而小領地面對大領地的侵略，根本毫無還手之力。結果其他領地紛紛效仿，使得政變後本就混亂的局面更是一發不可收拾。自那之後，就禁止在課堂上把變出黑色武器的咒語教給學生；至於需要有黑色武器來討伐魔物的領地，就由騎士團教給見習騎士。

「那為什麼連柯尼留斯哥哥大人他們也不知道呢？討伐陀龍布時需要有黑色武器吧？」

「以前只要是修習騎士課程的學生，也在貴族院取得神的加護，騎士團便會教給他們這個咒語。但是，現在只會教給我們判定能夠出外遠征的騎士。」

「為什麼改變了做法呢？」

卡斯泰德瞥了我一眼後，神色無奈地說明。

「妳也知道，近年有不少由青衣神官還俗的貴族，加上政變過後貴族院的課程內容也與從前大不相同，新人水準顯著下降。因此我們決定，只帶循規蹈矩而且懂得團隊合作的騎士出外討伐。騎士團判定合格以後，才會把咒語教給騎士。」

……啊，原來是斯基科薩害的。

這麼說來，我記得多年前討伐陀龍布時，斐迪南曾斥責卡斯泰德說「對新人教育不足」，要他重新檢討教育方式。看來是斯基科薩抗命以後，在檢視新人的教育方式時改變了做法。據說比安潔莉卡大幾個年級的騎士有些是在見習時期就學會了這個咒語，但自她之後的見習騎士則是聽都沒聽過。而如今新人們的團隊合作能力還很糟，暫時也不可能教給大家。

「咒語和禱詞不一樣嗎？」

「是啊。在戰場上唸禱詞太長了。後來擔心唸錯的話會無法施展，就修改了不少地方。」

聽說騎士們使用的咒語是將禱詞慢慢簡化而成。雖然與唸出完整的禱詞時不同，有些細節少了能夠調整的彈性，但能夠加快速度與減少失誤更重要。

……我現在才知道。

「啊，對了對了。這是哈特姆特要給斐迪南大人的禮物。在我用祝福治癒被鉅拿斯巴法隆破壞的採集區域時，地面上浮出了這個魔法陣。」

我遞出哈特姆特畫的魔法陣。齊爾維斯特與卡斯泰德也把腦袋湊過來，但大概是只看一眼也看不懂，很快就移開目光。只有斐迪南伸出手指，撫過魔法陣。

「羅潔梅茵，妳往這個魔法陣注入了魔力嗎？」

「在我舉行治癒儀式的時候，這個魔法陣是自己浮出來的。這是什麼呢？」

「這是用來劃定採集場所的範圍。看來十分複雜，構成也很繁複。」

斐迪南說話時嘴角還微微上揚，似乎很高興。他心情一好，說教內容就會變少，那我也會很開心。為了讓他的心情更好一點，我也探頭端詳魔法陣，接著提問：「這個魔法陣的構成有哪些呢？」

眼看斐迪南就要開起魔法陣講座，齊爾維斯特用力皺眉，臭著臉制止。

「慢著，羅潔梅茵。治癒土地應該是中央神殿的工作吧？」

「因為不趕快治癒土地的話，會影響到艾倫菲斯特的學生們正常上課，所以我才攬下來自己做。近侍們要是不能正常上課，也會影響到我去圖書館嘛。」

治癒土地也許是中央神殿的工作沒錯，但當下的情況根本沒有辦法慢慢等。與此同時，我也強調自己並沒有搶走所有工作。軔拿斯巴法隆不只破壞了艾倫菲斯特的採集區域，還在森林裡到處亂竄，所以有很多地方都需要治癒。這點不用擔心。

「問題並不是妳有留下工作就好了。不過，妳確實是幫了學生們大忙……」

「這個魔法陣如此繁複，若想讓它徹底發動，中央神殿得派出幾十名的青衣神官及巫女，花上好幾天的時間才能辦到。妳的魔力竟然足夠。」

「其實根本不夠喔。我是一邊治癒一邊喝斐迪南大人做的回復藥水，但魔力才剛恢復就被吸走了，真的很累人呢。」

斐迪南沒有從魔法陣上移開目光，喃喃說道：「這可不是一句『很累人』這麼簡單的事……」可是，事情就已經結束了嘛。

「聽說妳讓採集區域徹底恢復了原樣，那之後採集到的原料有沒有帶回來？」

「沒有喔。」

除了哈特姆特畫的魔法陣，我完全沒想過還要帶原料回來。因為一般去採集區域採回來的原料，都是上課要用的。

「妳記得吩咐哈特姆特，把之後重新長出來的原料送回領地。我想研究那些吸收了妳魔力的原料，與原先的有何不同。」

「斐迪南大人真不愧是赫思爾老師的弟子呢。滿腦子就只有研究這一點還真是如出一轍。當時赫思爾老師明明和騎士團一起趕來，但看到大家沒受什麼傷，就說既然討伐已經結束，那她要回研究室了。」

她應該多擔心學生一點吧——我這麼表示後，卻見斐迪南微微垂下目光。

「斐迪南大人？」

「以前每當我與見習騎士們在森林深處討伐魔獸，赫思爾都會擔心地趕來。次數多了我嫌麻煩，便告訴她我們自己會收拾善後，反正討伐已經結束、眾人也沒有受傷，要她不必擔心，然後將她趕走。我猜是這個緣故吧。」

「原來是斐迪南大人害的嗎！」

這對師徒培養出來的信任感與習慣實在異於常人，再這樣下去雷蒙特太危險了。我擔心起雷蒙特後，三名監護人一致嘆氣。

「羅潔梅茵，比起亞倫斯伯罕的學生，妳還是先擔心自己吧。」

……啊，對不起。

後來，一臉疲憊的三名監護人依舊沒有多少訓話，說完「為免妳再與王族接觸，我們會在奉獻儀式結束後讓妳回貴族院」，就結束了這場談話。當然我也不是希望他們臭罵自己一頓，但總覺得非常奇妙。

……這種感覺是怎麼回事？讓人很想問：不罵我真的可以嗎？但當然我絕對不會問

出口。因為一旦問了，他們肯定真的罵我一頓。

而今年之所以比去年要早返回貴族院，他們說是因為想趁著錫爾布蘭德無法外出走動的時候，讓我多累積點社交經驗。

……如果得參加一堆社交活動，不能去圖書館，那其實不回貴族院也沒關係呢。

倘若是與漢娜蘿蕾一起分享讀書心得的茶會，我當然很樂意參加，但這種我有可能興奮到暈倒的茶會，身邊人們也不會同意我出席吧。

……世事真是無法盡如人意呢。唉……

晚餐與茶會

「奧黛麗，請幫我把這封信送去貴族院。」

我麻煩她幫忙交給轉移廳裡的騎士。這封信要給哈特姆特，內容是請他去恢復原樣的採集區域採集原料。奧黛麗一看到收件人，神情立刻流露不安。

「羅潔海茵大人，哈特姆特在貴族院的表現還好嗎？是否給大家造成了麻煩？」

「哈特姆特很認真在蒐集情報、打點各種事情，給養父大人的報告書也寫得很勤快喔。從我今天看到的報告書，感覺得出他整個人充滿活力呢。我想他在貴族院一定過得很開心。」

雖然我很想讓奧黛麗放心，但也說不出更多感想了。因為我實在無法親口告訴她說：「他在採集區域目睹了治癒儀式以後，很興奮地說羅潔梅茵大人果然是聖女，還向神獻上了感謝。」

「大小姐，要用晚餐了。請把筆放下來吧。」

聽見黎希達的呼喚，我放下筆站起來。接下來要在晚餐席間，告訴波尼法狄斯有關討伐靼拿斯巴法隆的事情。

……都怪哈特姆特寫了那樣的報告，大家還以為我的表現有多精采，怎麼辦？要是說出真實的情況，祖父大人會不會很失望呢？

我內心滿是苦惱地在餐桌旁坐下。波尼法狄斯坐在我旁邊，斐迪南也和我們一起用餐。吃飯期間，我一一回答波尼法狄斯的問題。

「然後，萊歐諾蕾根據羅德里希的描述，推敲出那個魔獸是鞄拿斯巴法隆。我便趕去現場，要為大家的武器施予黑暗之神的祝福。但到了採集區域後卻沒有看見半個人，發現大家都跑到森林裡去了。聽說是與羅德里希一起去採集的馬提亞斯等人為了保護採集區域，引開了魔獸。我趕到的時候，馬提亞斯他們與韋菲利特哥哥大人一行人正在爭取時間，對付變得相當巨大的鞄拿斯巴法隆。而魔獸會變得比羅德里希形容的還要大，似乎是因為托勞戈特使出了全力攻擊過牠。」

「托勞戈特嗎？唔……」

波尼法狄斯原本一直面帶笑容，聽到這裡忽然目露兇光。

「啊，可是這也不能怪他，畢竟他還沒收到有關鞄拿斯巴法隆的消息……」

我連忙想幫托勞戈特說話，但以護衛騎士身分站在齊爾維斯特身後，聽著我們對話的騎士團長卡斯泰德卻板起臉孔。

「妳這麼說不對。問題在於他的目光短淺，未能注意到馬提亞斯等人為何並不攻擊魔獸，只是在爭取時間。這次幸好所有人都平安無事，但萬一鞄拿斯巴法隆變大後有人因此喪命，妳還能這樣幫他說話嗎？」

這次只是碰巧身邊的人都能及時應對——被騎士團長卡斯泰德這麼一說，我也無法反駁，只能點頭。

「後來大家得到了黑暗之神的祝福後，開始發動攻擊。可是我雖然有水槍，卻完全無法擊中粗拿斯巴法隆。牠也只顧著閃躲我的攻擊……」

「這是自然。」

斐迪南挑起單眉看我。

「依剛才的說明，妳所謂的『水槍』是種發射魔力的武器吧？若以得到黑暗之神祝福的武器進行攻擊，能夠根據武器蘊含的魔力，從敵人身上奪走加倍的魔力。魔獸當然會優先閃躲妳的攻擊。」

「嗯。對粗拿斯巴法隆來說，羅潔梅茵是最大的威脅吧。雖然妳說自己的攻擊從未命中，但其實正是妳引開了粗拿斯巴法隆的注意力，其他人才能擊中牠吧？妳可說是貢獻良多，做得很好。」

被強大的波尼法狄斯一稱讚，我有種自己也變得很強的感覺。聽到當時的攻擊儘管沒有命中，但仍然可說是貢獻良多，我高興地稍微往波尼法狄斯傾身。

「那麼我用黑暗之神的披風讓魔獸無法動彈，也算是一種貢獻嗎？」

「黑暗之神的披風嗎？」

「因為粗拿斯巴法隆一直在看我，我的攻擊才無法命中，所以我就心想要設法讓牠看不見，便把水槍變成黑暗之神的披風，蓋住牠的頭。結果牠真的暫時停止動作……但我也跟著沒了武器，無法對牠發動攻擊就是了。」

說明時我順便道出自己的失策，最先開口回應的人是卡斯泰德。

「妳剛才說妳改變了武器嗎？」

「是的，就算不消除黑暗之神的祝福，也能改變思達普的形狀吧？」

「不，不可能。我們一旦變成黑色武器，解除前都無法再讓思達普變形。」

聽到卡斯泰德這麼說，我轉頭看向斐迪南尋求說明。

「……也許這正是咒語與祝福的不同之處。儘管我很好奇還有哪些差異，但一般極少在討伐陀龍布的過程中發生需要改變武器形體的情況，所以倒也沒有必要重新背禱詞吧。」

斐迪南說，咒語本就為了便於戰鬥而一再被簡化，就算改成唸禱詞後可以中途改變武器的形狀，也沒有太多的用處。

「羅潔梅茵，妳會使用神具嗎？」

「是的，祖父大人。因為我在神殿長大，最熟悉的武器就是神具。怎麼了嗎？」

「沒什麼，因為我從未見過有人能像妳一樣隨心所欲地操控神具，所以有些驚訝。」

原來在神殿長大的人也是各有不同。

波尼法狄斯似乎從未見過原為青衣神官的騎士操控神具。而我認識的原為神官的騎士，就只有已經被處刑的斯基科薩而已，所以只能這麼表示：「但使用神具明明很方便，為什麼大家都不用呢？」見我偏過頭，斐迪南一臉無奈地放下刀叉。

「一般貴族不會靠近神殿，因此從來不曾見過、也不曾摸過神具。此外在貴族社會，曾在神殿長大是種汙點，所以絕不可能變出會讓人聯想到神殿的神具來當武器。更何況變成神具後得消耗大量魔力，原為普通神官的騎士根本負荷不了。」

「而且神具上面都有精細的魔法陣與雕刻，並不適合變形。」

卡斯泰德說完，齊爾維斯特也點頭同意。

「我雖然偶爾也會看見祭壇上的神具，卻很難具體回想出樣子。」

「再說了，會覺得神具方便的人也只有妳而已。一般根本無人膽敢變出諸神在用的神具，還只為了自己所用。」

「斐迪南大人最沒有資格說我喔！您比我更覺得神具方便吧！」

當初拿來萊登薛夫特之槍給我當武器的，教我怎麼使用黑暗之神的披風以抵擋敵人攻擊的，都是斐迪南。怎麼可以完全不提自己做過的事情呢。

「我應該告訴過妳，要把黑暗之神的披風當成最後手段或是王牌。結果妳這笨蛋竟然為了讓自己能擊中魔獸就隨意使用，這也未免太愚蠢了。」

「嗚……對不起。」

黑暗之神的披風可以吸取敵人的魔力，轉變成自己的。斐迪南確實對我說過，這招要在魔力枯竭、真的無計可施時當成最終手段使用。是我自己在思考有什麼東西能遮住魔獸的眼睛時，就只想到黑暗之神的披風，然後就變出來用了。

眼看情勢對自己不利，我立刻把偏離主題的對話拉回正軌。

「先不討論使用神具對不對，總之我成功蓋住了靼拿斯巴法隆的眼睛，柯尼留斯哥哥大人、韋菲利特哥哥大人與托勞戈特聯手攻擊後，也順利打倒魔獸。後來因為我的貢獻並不多，就交給柯尼留斯哥哥大人與羅德里希去回收原料，我則回到採集區域舉行治癒儀式。」

「等一下，羅潔梅茵。」

我把話題從披風上帶開，繼續說明當時的情況後，波尼法狄斯忽然沉著臉制止。

「妳不僅為大家的武器施予了暗之祝福，還引開鉅拿斯巴法隆的注意力，最後更蓋住魔獸的眼睛使牠無法動彈，妳的貢獻怎麼可能不多。」

波尼法狄斯的反駁令我歪過頭。但那時候在現場，誰也沒有提出反對意見。貢獻最多的記得是柯尼留斯，其次是韋菲利特。從我為羅德里希取得的魔石原料來看，我的貢獻程度並不算高。

「貢獻多寡，不是根據對魔獸造成的傷害來決定嗎？」

「攻擊前的準備工作才是最重要的吧？在我聽來，能立即推斷出黑色魔獸即是鉅拿斯巴法隆的萊歐諾蕾，以及想出對策打倒魔獸的羅潔梅茵，妳們兩人的貢獻才是最高的。倘若只會依造成的傷害來決定貢獻多寡，就會出現像托勞戈特那樣為求功勞而衝動行事的蠢蛋。」

照波尼法狄斯這麼說，我們好像搞錯了決定貢獻多寡的標準。為了聽聽其他人的意見，我轉頭看向齊爾維斯特與卡斯泰德。結果，眾人異口同聲地表示我們的決定方式確實錯了。

「要是只有對魔獸造成傷害才算有貢獻，最終大家只會一窩蜂地攻擊。那再怎麼教導騎士要懂得團隊合作，他們也學不會。」

「這恐怕就是只比競速迪塔的壞處吧。看來也該教導見習生們如何判定貢獻多寡。現在的貴族院到底都在教些什麼？」

正在訓練騎士們的波尼法狄斯說得氣憤不已，我便回想了見習騎士的學科課程。

「記得我曾經看過如何判定貢獻多寡的說明，所以學科課應該有教吧。但可能是學了以後卻沒有具體實踐，大家也很難真正了解。去年萊歐諾蕾就曾這麼說過。」

「這次最大的問題，在於負責判定的人是柯尼留斯，而其他人也沒有任何異議。看來全員都需要重新教育。」

看這樣子，波尼法狄斯對見習騎士們進行的特訓還會持續下去。

後來幾天閱讀漢娜蘿蕾借我的書籍，很快就到了與艾薇拉以及芙蘿洛翠亞舉辦茶會的日子。今天只有我們三個人。由於兩人對我來說是社交方面的老師，因此我心裡十分緊張。

「居然得奉命返回領地，真是遺憾呢。妳應該很期待與朋友多做交流吧。」

反正我的朋友只有漢娜蘿蕾大人一個人，所以沒關係——但這種話我說不出口。還有反正只要能待在圖書館裡頭，不與人交流我也沒關係——但這種話更說不出口！

感覺冷汗就快要瘋狂湧出，我微微低下頭，盡可能裝出乖巧文靜的樣子。

「但與錫爾布蘭德王子往來的時候，妳似乎犯了不少疏失，這也沒辦法呢。」

「我先前曾提醒齊爾維斯特大人，要他別太過苛責妳，不知道妳有沒有遭到嚴厲的斥責呢？」

我還心想今年沒怎麼被罵，原來是齊爾維斯特正準備要好好訓我一頓時，反而先被芙蘿洛翠亞訓了一頓。她說我明明也立下了不少功績，比如讓學生們的成績突飛猛進、推廣了新流行，還與至今從未有過往來的上位領地交流，要是不僅無視功績還一味斥責，對孩子的教育並不好。

「當然，妳的社交並非沒有任何問題，仍有許多事情要學。不過，這與認可妳的努力是兩回事。我只是提醒他，既然知道妳在神殿長大、缺乏貴族該有的常識，那應該先針對這點去做改善。」

說完，芙蘿洛翠亞面帶溫柔微笑。聽說她也鄭重地提醒過斐迪南，說我如果是教過的事情沒有做好，那確實該罵；但如果我犯錯是因為該教的常識卻沒有明明白白告訴過我，那他們應該要反省自己在教育上還不夠用心。

「畢竟與去年的這時候比起來，妳的社交表現已經進步許多。羅潔梅茵為了艾倫菲斯特也願意付出努力，所以我並不怎麼擔心呢。」

……噢噢，養母大人看起來簡直是聖母！

聽到了那三名監護人從未說過的鼓舞，我感動不已地注視芙蘿洛翠亞。芙蘿洛翠亞帶著堪稱是聖母的優雅微笑，臉上的笑意變濃。

「妳在貴族院也要多交一些朋友。好友是無可取代的寶物喔。參加領主會議時，光是曾有過交流的人也在現場，感覺便會非常不同呢。」

「我、我會努力的。」

……養母大人，雖然我會努力，但這個任務對我來說太困難了！

多虧了芙蘿洛翠亞，我才不用面對監護人們充滿怒火的說教，也知道她要我「多交朋友」是出於善意，因此我更是說不出口，其實自己比起結交朋友更想看書。

……啊啊啊啊，養母大人的笑容與期待讓人壓力好大！

我藉著喝茶蒙混過關，在心裡頭吶喊：「不可能、不可能！看書優先！」

這時，一直在旁靜靜聽著的艾薇拉放下茶杯，「唉」地嘆了口氣。看樣子是牢騷要開始了。由於洗禮儀式前我經常得與艾薇拉一起喝茶，所以我知道這是她的習慣動作。

……那麼，今天發牢騷的對象是丈夫呢？還是兒子？

「羅潔梅茵，妳的努力至少我們還看得出來。問題在於我家兒子的妻子與未婚妻呢。」

……結果是媳婦與準媳婦！

艾薇拉看向站在我身後擔任護衛騎士的安潔莉卡。

「安潔莉卡一心只想著變強，比艾克哈特更不急著結婚，即便出席社交活動也都只是面帶微笑，並不積極與人交流。妳想等她結了婚，情況會有所改變嗎？」

「我想安潔莉卡永遠也不會變喔。況且我也想像不出她積極參與社交活動、在會場上八面玲瓏的樣子。安潔莉卡的父母就是因為知道她這副模樣，才想婉拒她與艾克哈特哥哥大人的婚事吧？我倒覺得母親大人不該對她抱有這種期待呢。」

聽了我的回答，艾薇拉一臉難以釋懷地嘆道：「其實這我也明白……」當事人安潔莉卡反倒綻放笑容，嗓音雀躍地開口說：

「不愧是羅潔梅茵大人，您真是了解我。誠如羅潔梅茵大人所言，我不會那麼輕易改變自己。」

「安潔莉卡，這種時候不用答得那麼神采奕奕。」

由於安潔莉卡完全無意馬上結婚，因此艾薇拉說她還曾建議艾克哈特，可以先迎娶第一夫人，然而艾克哈特這麼婉拒了：「我已經有安潔莉卡這名未婚妻，如果再與其他女性訂下婚約，傳出去只怕給人觀感不佳。等與安潔莉卡結了婚，大約三年之後我再考慮迎娶第二夫人。」

……都已經預計在安潔莉卡認為是適婚年齡期限的二十歲之前才結婚，如果還要三年後再「考慮」，代表艾克哈特哥哥大人根本不打算迎娶第二夫人嘛。

「艾克哈特不是已經向斐迪南大人獻名了嗎？所以他不可能成為騎士團長，我們也不打算將他視為繼承人。現在我也只能說服自己，光是他還願意再婚就該慶幸了……不過，奧蕾麗亞也是個問題呢。」

艾薇拉緩緩搖頭。

「她並非無法與人社交，但要讓她出席社交場合，真是教我煞費苦心呢。不過我多少也看開了，畢竟接下來有好一陣子也是無可奈何。」

「那個，母親大人。奧蕾麗亞發生什麼事了嗎？」

我擔心地提出問題後，艾薇拉與芙蘿洛翠亞先是對看一眼，然後輕笑起來，壓低音量告訴我：

「她有孕了。」

「咦？」

「她懷有孩子了唷，羅潔梅茵。」

我驚訝得瞪大雙眼，一時間說不出話來，只能不停點頭。

「那是男孩子還是女孩子呢？我得準備書本當賀禮才行呢。還有玩具。我至今已經做過各式各樣的玩具……」

「羅潔梅茵，妳冷靜一點。才剛發現有孕而已，還不曉得能否順利生下來呢。」

「咦？這是什麼意思？」

根據艾薇拉的說明，為胎兒注入魔力是件非常不容易的事情。如果不為胎兒注入魔力，就會生出魔力量低的孩子；但又不能因為期望過高，而在懷孕初期就注入大量魔力，那樣只會使得孕婦容易流產，也對母體不好。不僅出生之前要萬般小心、勞心費神，孩子出生後的待遇還會因魔力量而有不同。久違地再度遭受到文化衝擊的我，不禁啞然失聲。

……貴族真是太辛苦了。

「由於孩子在舉行洗禮儀式前都不會公開，所以妳也不能在外宣揚喔。」

因為還不知道小寶寶會因魔力量而有怎樣的待遇——聽出了艾薇拉的弦外之音，我緩緩點頭。

「先不論有無懷孕這個因素，奧蕾麗亞本身也不喜與人社交，看來艾薇拉只能對萊歐諾蕾寄予厚望了呢。萊歐諾蕾既是艾倫菲斯特的上級貴族，又是相同派系，往後應該能接下艾薇拉的工作，好好帶領派系吧。」

芙蘿洛翠亞突然把話題從奧蕾麗亞帶到萊歐諾蕾身上。但我不明白這時候為什麼會提到萊歐諾蕾，不由得眨眨眼睛。

「咦？萊歐諾蕾嗎？」

「柯尼留斯的對象就是萊歐諾蕾吧？聽說他為了不影響到工作，並沒有告訴身邊的人，羅潔梅茵也沒有發現嗎？」

「是的，我完全沒有注意到……」

我確實之前就看出萊歐諾蕾喜歡柯尼留斯，卻沒發現兩人已經兩情相悅。記得他們也沒有表現出任何跡象。

「仔細回想起來，最近兩人一起護衛的次數好像增加了……？該不會就只有我不知道吧？母親大人知道兩人是如何發展成戀人的嗎？」

「這我也不清楚。因為不管我怎麼逼問，柯尼留斯總是只說，他不想和蘭普雷特一樣被我寫進書裡。」

我明白柯尼留斯的心情。可是，這又不是隱瞞就能解決的事情。

「萊歐諾蕾的親族也不知道嗎？但應該要去打聲招呼才行吧？」

「在萊歐諾蕾為了當女伴而訂做服裝時，他們就已經知道了。我們雙方父母也已經談過幾次。柯尼留斯好像也跟他們簡單打過照面了。」

教人意外的是，聽說柯尼留斯早就打點好了一切。似乎是因為我經常待在神殿，所以他有不少空閒時間能進行準備。

「我聽說他是刻意瞞著羅潔梅茵，看來瞞得真徹底呢。真不愧是艾薇拉的兒子，做事太可靠了。」

芙蘿洛翠亞咯咯笑著為我解答。由於艾薇拉以前曾透過艾克哈特得到不少斐迪南就讀貴族院時的情報，所以知道這件事的柯尼留斯對我最為警戒。畢竟我的身分能輕易取得各種情報，再暗中送到艾薇拉手中。

「先前柯尼留斯在信上說，等到萊歐諾蕾修完課，他會趁著羅潔梅茵在舉行奉獻儀式的時候，正式向萊歐諾蕾的父母問好，我也打算屆時再向他詢問詳情。但看他那麼警戒，多半很難讓他開口吧。」

「我的身分確實有利於取得情報，所以可以理解哥哥大人的警戒，但他也瞞得太徹底了吧？是不是還有什麼隱情呢？」

「柯尼留斯曾說，要是被妳知道他選了萊歐諾蕾為女伴，妳一定會刻意安排他們一起執行護衛任務，用餐時也會安排他們坐在一起，還會一逮著機會就調侃他吧。」

聽完，我實在不敢保證自己不會這麼做，只好默默別開視線。柯尼留斯一旦畢業，被我逮著機會調侃的次數就會大幅減少，所以他才打算一直瞞到畢業前夕吧。

「但聽說柯尼留斯比起即將畢業的自己，更擔心還有一年時間的萊歐諾蕾會待得很不自在。羅潔梅茵，妳也要多為她著想一些。」

「是，我一定小心注意。」

我點點頭後，芙蘿洛翠亞再把目光投向艾薇拉。

「艾薇拉也是。我知道貴族院的戀愛故事大受好評，但至少該等到雙方都畢業了，否則他們只能萬般不自在地待在無處可逃的宿舍裡，那多可憐呀。」

等到將來在茶會上聊起往事的時候，也許萊歐諾蕾會願意主動開口吧。芙蘿洛翠亞溫柔地瞇起藍色眼眸，微笑說道。

「是呀。反正我現在已經蒐集到了不少戀愛故事，確實不用著急。那麼我就耐心等候吧。」

嘴上說要等，艾薇拉那雙漆黑眼眸卻充滿狂熱，打算一有機會就要問出來。

「對了，戴肯弗爾格的漢娜蘿蕾大人也很喜歡那本以戀愛為主的騎士故事集喔。前幾天，我還在茶會上把貴族院的戀愛故事集也借給她，順便向見習文官們宣傳，說我很樂意買下來自戴肯弗爾格的戀愛故事。之後也許可以蒐集到新故事呢。」

「羅潔梅茵，這可真是好消息。」

艾薇拉高興得雙眼發亮。她說貴族院果然是最容易取得他領故事的地方。而且若能蒐集到各個年代的故事，就很難確切推斷出書上人物是誰；而越是無從看出參考人物是誰，也越容易蒐集到故事——艾薇拉如此極力主張。

「在哈爾登查爾的印刷品中，貴族院的戀愛故事集賣得最好呢。所以我編寫故事，也都是為了故鄉。」

看來哈爾登查爾似乎成了專門印製戀愛故事的印刷廠。明明基貝．哈爾登查爾長得那麼嚴肅，居然會同意這種事。雖然他曾說哈爾登查爾是塊嚴寒之地，所以我也能理解需要印製熱銷書籍，但還是很難把基貝．哈爾登查爾的臉與戀愛故事連結起來。

「啊，對了對了。說到哈爾登查爾，今年冬季的社交界，到處都在談論哈爾登查爾的奇蹟唷。」

芙蘿洛翠亞露出意味深長的笑容看著我，我卻一頭霧水。

「哈爾登查爾的奇蹟是什麼？」

「就是妳復活的古老儀式。」

先前看見祈福儀式上都是男性在唱歌時，我順勢提起了聖典裡頭都是女神在唱歌。基貝．哈爾登查爾聽了，便決定仿效聖典上的記載，讓女性上臺唱歌。沒想到，竟因此使得雷之女神妃亞唐蓮娜在一夕之間融化積雪，天亮後屋外已是一片初夏光景。聽說社交活動上，眾人都把這個奇異現象稱作是哈爾登查爾的奇蹟。

「雖然您說是我復活了古老儀式，但其實是基貝．哈爾登查爾決定要照著聖典上的記述試試看，上臺舉行儀式的也是哈爾登查爾的女性，嚴格說來並不是我復活的喔……而且儀式上負責唱歌和提供魔力的，也是哈爾登查爾的女性啊。」

「話是如此沒錯……」

艾薇拉輕聲笑了起來，告訴我哈爾登查爾今年的情況。

據說哈爾登查爾的積雪在一夜之間完全消融後，便比往年要早開始耕種田地，收成也因此增加了快兩倍。但是，儀式帶來的效果僅限哈爾登查爾這塊土地而已。就如同我坐著騎獸離開哈爾登查爾時看到的，雷之女神妃亞唐蓮娜的祝福明顯只延伸到哈爾登查爾的邊界，周遭土地的景色還是與往年一樣。想當然耳，土地與哈爾登查爾相鄰的基貝們都跑來詢問這是怎麼一回事。結果基貝．哈爾登查爾提也沒提自己做的決定，一律這麼回答：

「這是艾倫菲斯特的聖女帶來的奇蹟。」

……請不要說這種很像哈特姆特會說的話！

「由於這個緣故，現在會面邀請函正如雪片般飛來，許多基貝都想向妳請教該如何舉行古老儀式呢。妳打算怎麼辦？」

「……我真的什麼都不知道。請回覆各位基貝，詳情請去詢問基貝．哈爾登查爾。不管來問我什麼問題，恕我都無法回答。」

我推掉了所有基貝的會面請求。並未在哈爾登查爾參加儀式的芙蘿洛翠亞，一臉訝異地偏過頭問：「羅潔梅茵，但妳當時不是提供了建言嗎？」

「當時我只是告訴基貝．哈爾登查爾，儀式大概是因為長年來的演變，從女性變成了由男性負責唱歌。但不管是只在當地流傳的古老歌詞還是古老儀式，都是哈爾登查爾的居民自己傳承到現在的。我連儀式時人要站在舞臺上的哪裡都不曉得。」

那時候我雖然注意到了歌詞與聖典上的詩詞相同，但如果只看過聖典，絕不可能知道有人會在儀式上將那些詩詞唱成歌曲。後來就算在基貝．哈爾登查爾的力邀下一起上臺舉行儀式，但我甚至沒能抓準時機和大家一起站起來，就只是蹲在舞臺上。個人認為這不能說是我引發的奇蹟。

「而且若與其他基貝會面，他們一定會拜託我去參加明年的祈福儀式吧？」

「是呀，這多半才是他們的主要目的。無論哪個地方的基貝與居民，都盼望著春天能早日到來。」

哈爾登查爾的冬季比艾倫菲斯特領內的其他地方都要長，在此出生長大的艾薇拉細心地為我講解，北方的居民有多麼期盼積雪消融。跟麗乃那時候相比，艾倫菲斯特貴族區的冬天都算長了，所以我能明白大家渴望春天趕快到來的心情。

「可是，我不可能參加所有土地的祈福儀式。今年之所以去了哈爾登查爾，是因為要帶古騰堡夥伴們一起過去，但明年春天我並沒有再次前往的打算。」

不僅要顧及自己與其他青衣神官的分配，再考慮到時間和體力，我不可能造訪所有的土地。明年春天也沒打算再去哈爾登查爾。

「……如果可以讀到冬天剛印好的最新書籍，我個人倒是想去哈爾登查爾呢。但要是每年都只去哈爾登查爾，大家會說我偏心，最終引來各種麻煩吧？」

「是呀，不可能每年都只去哈爾登查爾……不過，羅潔梅茵，妳不是為了祈福儀式，而是為了看書想去哈爾登查爾呢。」

芙蘿洛翠亞咯咯笑了起來，但這一向是我採取行動的主要原因嘛。

「只要請求會面的理由，是為了詢問有關哈爾登查爾的奇蹟，請全部幫我回絕吧。如果想要了解該如何舉行儀式以及布置舞臺，去問基貝．哈爾登查爾可以得到更具體的回覆吧。」

我說完，艾薇拉點點頭。

「羅潔梅茵，我明白妳的主張了。若有基貝想了解儀式的詳情，便交由哥哥大人去應對吧。還有，這本書給妳。這是哈爾登查爾要獻給妳的禮物。是我與朋友一起編寫的最新戀愛故事集。」

艾薇拉說這是基貝．哈爾登查爾要給我的禮物，內容則是她們編寫的戀愛故事。我看著新書，說出腦海中想到的主意。

「母親大人，您可以建議基貝．哈爾登查爾，把儀式時的歌詞印在紙上賣給其他基貝。反正現在有印刷機了，而且這樣一來，其他土地也能夠保存歌詞吧。」

艾薇拉睜圓雙眼，然後呵呵笑著頷首。

「居然要用賣的，而不是發給眾人以便保存，真是符合妳的作風呢。」

「畢竟這是哈爾登查爾長年來保存至今的珍貴資訊啊。我覺得可以訂個你們認為合理的價格喔。」

茶會結束後，我火速回房看起新書。幾則戀愛故事中有一則是以悲劇收場，內容講述一名下級騎士愛上了基貝的女兒，儘管努力提升魔力，最終還是沒能結為連理。

……這則故事的參考人物多半是達穆爾吧。

為了讓讀者覺得這是虛構故事，雖然名字改了，可以代入布麗姬娣的角色也從基貝妹妹變成了基貝女兒，男主角也不是領主一族的護衛騎士，而是改成了夾在已為其獻名的主人與戀人之間左右為難，但故事發展根本原封不動。

劇情進入最高潮後，在男主角苦惱著究竟該選心愛女子還是主人的場景中，突然有神冒出來颳起狂風暴雨，使得天地為之變色。以此來表現主角有多麼苦惱後，接著換女神跑出來吟詠詩歌，揮舞長袖降下大雨，百花因而枯萎。從前後文來判斷，這應該是在形容男主角失戀後的痛苦。但就算情景的描寫美麗壯闊，我還是看不出來男主角到底有多難過。

……至少劇情發展看得懂啦。嗯。

養父大人的命令

在城堡的生活十分單調。上午就去兒童室，一邊看書一邊觀察孩子們，或是寫寫新故事、練習飛蘇平琴，偶爾去騎士訓練場做做收音機體操或簡單的運動。但不管是學習還是體力，我與孩子們的程度都相差太多，只不過前者是我太高、後者是我太低，所以做任何事情都只能一個人。儘管黎希達要我盡量多去兒童室露面，但老實說，我覺得這些事就算在自己房裡做也沒差。

「可是，我待在兒童室裡太突兀了，不會打擾到大家嗎？」

「怎麼會打擾到大家呢。當初設置兒童室的目的，就是要讓領主一族能為自己找到近侍。大小姐因為先前沉睡了兩年，與年紀較小的孩子們全然沒有交集。藉由待在同一個空間裡，觀察每個孩子的性格與思考方式，這可是很重要的事情喔。」

黎希達說的確實沒錯。若想招攬近侍，得有機會去檢視對方是否適合自己，否則會不斷遇到像托勞戈特那樣的人吧。

「但是在我看來，現在近侍的人數已經足夠了呢……」

「大小姐，您在說什麼呀。柯尼留斯與哈特姆特今年就要畢業了喔。明年則是萊歐諾蕾與莉瑟蕾塔。既然高年級的近侍們將一一畢業，您若不招攬低年級的近侍，在貴族院要怎麼生活呢。請您再挑選兩名侍從、三名護衛騎士與一名文官，而且至少要與自己同年或是比自己小。」

……不過，這並不容易呢。

近侍的挑選其實限制還不少，比如最好不要招攬將成為下任基貝的孩子為近侍，還有像是異母弟弟尼可拉斯因為母親隸屬不同派系，也不能招攬他。畢竟一旦納為近侍，就不會僅止於個人間的往來。除此之外，已被韋菲利特、夏綠蒂和麥西歐爾納為近侍的人，我也不能重複招攬。

……有沒有什麼選人的好辦法呢？

到了下午我會去領主辦公室，坐在為韋菲利特準備的位置上，閱讀貴族院寄來的報告書，若有需要就回信，或是幫忙齊爾維斯特處理公務。由於這是我第一次與齊爾維斯特一起工作，不禁覺得有些好玩。

根據斐迪南對齊爾維斯特的描述，我一直以為他很愛混水摸魚，但實際在現場一看，卻發現他工作得很認真。由於韋菲利特後來也會坐在辦公室裡一起工作，他基於父親的自尊心，不好再隨便偷溜出去。自那之後，他的工作量就不斷增加，到了現在似乎是想逃也逃不了。

「領主也真是辛苦呢。」

「不就是妳害得我的工作一直增加嗎？」

明明我好心安慰，齊爾維斯特卻輕睨我一眼。

「既然韋菲利特哥哥大人與夏綠蒂他們都那麼努力，養父大人也該努力工作呀。相信文官們也會很高興吧。」

其實我身負著監督的重責大任。斐迪南說了，如果我也一起工作，齊爾維斯特應該就不敢偷懶。而斐迪南自從不用再頭痛地看著我寄回來的報告書後，現在正辛勤地出席社交活動、蒐集情報。

「這是哈特姆特今天寄來的報告書，還附了妳會很高興的驚喜喔。」

最先看完的齊爾維斯特一邊笑著，一邊把一疊厚厚的紙張遞來給我。很快地看過一遍後，我忍不住發出歡呼。

「真不愧是哈特姆特，太優秀了！居然這麼快就能蒐集到戴肯弗爾格的戀愛故事，還送回來給我！」

幫忙蒐集了戴肯弗爾格戀愛故事的，似乎是先前陪同漢娜蘿蕾出席愛書同好茶會的見習文官。哈特姆特也沒有等我回到貴族院，特地連同報告書先送來兩篇故事。

……至於努力蒐集了戀愛故事的見習文官，就叫作克拉麗莎。好，我記住了。等回房看過兩篇故事以後，再和母親大人一起討論能否印製成書籍吧。就這麼辦。唔呵呵，呵呵～

我拚命壓下想看新故事的渴望，接著看起韋菲利特的報告書。自從我返回領地以後，韋菲利特似乎在貴族院過著平靜安穩的生活。內容提到他與多雷凡赫的奧爾特溫正在術科課上互爭高下。

……但不管是誰能做出更帥氣的武器，這種事根本不重要呢。

我再看起夏綠蒂的見習文官瑪麗安妮的報告書。上頭寫著所有一年級生都已經修完學科，只不過術科課上得相當吃力。還有，據說夏綠蒂在上思達普的變形課時備受矚目，因為其他人都很好奇她是否也會創造什麼新流行，讓她傷透腦筋。我趁著這機會寫下有關母系紋的事情，並且建議夏綠蒂可以試著在一年級的女學生間推廣。

「羅潔梅茵，我們休息一下吧。」

第五鐘響後便是休息時間。能趁著這段時間與齊爾維斯特聊聊天，說不定是我今年冬天最大的收穫。因為細細回想起來，至今我從來沒有機會與齊爾維斯特單獨面對面地聊天。可以一邊閒話家常一邊喝茶吃點心，我感到相當開心。

「羅潔梅茵，兒童室的情況如何？」

齊爾維斯特吃著蜂蜜科黛塔，開口向我問道。我則喝著黎希達泡的茶，回想今天上午兒童室的情形。

「幸好有莫里茲老師在，就算領主候補生都去貴族院了，一切看起來也都如常運作。孩子們的學習進度也沒問題。」

「哦……那就好。那麼，妳體力訓練得如何了？」

「這件事只能循序漸進……我正在認真努力中。」

……雖然神官長一直嫌我的努力還不夠啦。

我微微一笑搪塞帶過，順便轉移話題。

「對了，今天早上在兒童室裡時，黎希達提醒我要挑選近侍。」

「確實有這個必要。況且妳的挑選標準與旁人不同，最好是自己用心觀察，以免又出現像托勞戈特那樣會辭去職務的人。」

由於我不僅招攬了達穆爾與菲里妮這兩名下級貴族，還打算接受羅德里希的獻名，將舊薇羅妮卡派的學生納為近侍，所以其他人好像都不明白我挑選近侍的標準。

「可是就算我想選，也因為領主候補生們的年齡十分相近，能挑的人選並不多呢。像麥西歐爾也需要近侍的候補人選吧？他那邊的人選已經確定了嗎？」

我聽說麥西歐爾春天就要舉行洗禮儀式。受洗後他也將住進北邊別館，身邊得有近侍服侍。因此，我們等於正在爭奪能夠成為近侍的候補人選。

「其實我只要有意招攬，就不會太在意對方的身分，但恐怕不能這麼隨心所欲吧。」

即便我不在意，但身邊的人會，而且在貴族院與他領交涉時，還是需要有一定的身分地位。所以，我希望新納的侍從、文官與護衛騎士，都至少要有一名上級貴族。

「因此我想到了一個辦法，那就是在貴族院的時候，我與麥西歐爾要不要共用階級為上級貴族的近侍呢？」

齊爾維斯特「噗」地噴出嘴裡那口茶，在旁邊服侍我喝茶的黎希達也瞠大雙眼。

「大小姐，您在說什麼啊，居然要共用近侍？」

「咦？雖然我與麥西歐爾的性別不同，侍從確實無法共用，但見習護衛騎士與見習文官在麥西歐爾入學之前，在貴族院都無事可做吧？那他們可以先來為我工作，我也能順便訓練他們。當然，只有在貴族院的時候才需要來服侍我喔。」

「妳又想些奇奇怪怪的主意……」

齊爾維斯特接過侍從遞來的布擦了擦嘴角，隨後按住太陽穴。這個提議或許不太尋常，但我覺得效益更高。

「因為，如果我想把在就讀貴族院的上級貴族納為近侍，人數確實不夠吧？而麥西歐爾入學的時候，我已經是最高年級了，我認為這麼做對雙方都有益處。」

「那您最高年級時打算怎麼辦？身邊會沒有半名近侍喔。請您要考慮清楚。」

黎希達一臉傻眼地說。把共用的近侍還給麥西歐爾以後，最高年級時確實會沒剩幾名近侍在自己身邊吧。

「但如果只有最高年級時會沒有上級近侍，那還有中級與下級近侍，我想應該不會有什麼問題吧。」

倘若真的需要人手，我想到時候也可以向韋菲利特或夏綠蒂借用一下上級近侍。然而，齊爾維斯特夾雜著嘆息否決了我的提議。

「如果這是夏綠蒂的提議，我可能就答應了，但妳的話我不能同意。」

「為什麼？」

「將來夏綠蒂會嫁往他領，屆時只能帶寥寥幾名近侍同行。所以如果是她要與麥西歐爾共用護衛騎士和文官，那倒沒什麼問題。但是，妳會與韋菲利特成婚，一輩子留在艾倫菲斯特。若不慎選並栽培可以陪在自己身邊的近侍，將來傷腦筋的人可會是妳自己。」

他說在貴族院一起生活過的近侍，會比日後才招納的近侍更有團結一心的感覺，也更加親近。

「……虧我還覺得這個主意不錯呢。」

「這主意是不錯，但不適合往後將成為領主第一夫人的妳。」

齊爾維斯特說完，露出苦笑。與韋菲利特訂下婚約以後，其實生活也沒有任何改變，所以我始終沒有什麼真實感，但齊爾維斯特似乎早已將我視為下任領主夫人。這讓我有十分奇妙的感覺。

來自貴族院的報告書幾乎每天都會送回領地。內容五花八門，有的提到自從錫爾布蘭德會在圖書館出沒的消息傳開後，學生們便蜂擁而至，結果王子再也沒有踏出過離宮；還有女學生因為看見漢娜蘿蕾會伸手觸摸休華茲他們，跟著想摸摸看，卻被靜電般的刺痛感嚇退；有些則是雷蒙特寫完的作業，要請求批改。

「羅潔梅茵，這份是夏綠蒂的報告書。信上的委託比起多雷凡赫，更可說是來自王族。就交由妳向奇爾博塔商會下訂單了。」

齊爾維斯特向我遞來報告書。原來是多雷凡赫詢問了夏綠蒂有無參加茶會的意願，並且預計在茶會上以第一王子席格斯瓦德的名義，訂做髮飾送給即將畢業的阿道芬妮。聽說本來是打算在邀我參加茶會的時候下訂。

既是以王族的名義下訂單，便不能因為與多雷凡赫尚未簽訂貿易契約就婉拒，也不可能坦白說出因為不想讓多雷凡赫拿去做研究，所以不想接下委託。

『我至今還不曾在參加茶會時接下髮飾的委託，希望姊姊大人能給我一些建議。（夏綠蒂）』

看到報告書最後這樣寫道，身為姊姊的我當然得用心回覆。

『出席茶會時請帶著布倫希爾德同行，然後記得詢問阿道芬妮大人，畢業儀式上她預計穿什麼顏色的服裝、服裝是什麼款式，以及喜歡哪幾種花。我的侍從十分了解訂做髮飾時，為了搭配服裝要注意哪些事情。我也會預先通知奇爾博塔商會，妳放心吧。（羅潔梅茵）』

只要拜託布倫希爾德，相信寄回來的委託書上要求會非常明確。問題在於將接到委託的奇爾博塔商會。

「等夏綠蒂在茶會上接到委託、把訂單寄回領地之前，大概還要幾天的時間，但我想先通知奇爾博塔商會一聲。他們才能與工藝師約時間，確認線的存量夠不夠。」

「有道理。但現在外面下著暴風雪，無法派人跑一趟。如果妳不需要回覆的話，倒是可以使用魔導具。」

一聽齊爾維斯特這麼說，文官立即拿來書信狀的魔導具。只要寫上內容寄送出去，變作白鳥的信甚至能夠送到沒有魔力的平民手中。雖然平民收到信後無法回信，但如果收信者是有魔力的人，只要附上回信用的紙張，就可以收到回覆。

……這麼說來，喬琪娜大人寄給前任神殿長的信裡，也附有回信用的紙張呢。

我感激地收下魔導具後，寫下今年冬天我們也接到了來自王族的委託，並說明幾天後才會收到詳細的委託書，請他們有辦法的話預先開始進行準備，再寫下我要追加訂做圖書委員的臂章，然後把信寄送出去。

……結果今年也接到了王族的無理要求。多莉，對不起！

我在心裡拚命向多莉道歉後，第五鐘響了。接下來是下午茶時光。

「沒想到今年居然又接到了來自王族的髮飾委託呢。」

「妳竟然這麼天真。去年第二王子可是送了髮飾給庫拉森博克，那在聽到多雷凡赫的領主候補生要嫁給第一王子時，妳多少就該料到了吧？」

……沒有，我完全沒料想過。

「如今我們已與中央展開貿易，雖然很希望他們能透過夏天來訪的商人下訂單，但如果想要有機會與妳接觸，自然會等到貴族院再提出委託。」

「……但對工藝師來說太趕了。至少可以提早先下訂單啊。」

我噘起嘴唇表達不滿，齊爾維斯特輕笑起來。

「我看妳好像很擔心，但去年的髮飾也完成得十分出色吧？妳不相信自己專屬的能力嗎？」

「當然相信啊，因為我的專屬是最厲害的。」

「那就沒問題了吧。」

齊爾維斯特一派氣定神閒，喝了口茶。聞言，我也跟著覺得沒什麼好擔心的。

……我的多莉是最棒的，想必不用擔心。

「對了，我聽說妳回絕了與所有基貝的會面？」

「是的。因為關於哈爾登查爾的奇蹟，其實我什麼也不知道，而且要是拜託我去參加他們的祈福儀式，我也無法單憑己見給予回覆。可是，總不能每次會面都麻煩斐迪南大人陪我出席嘛。」

「這些我都聽芙蘿洛翠亞說過了。」

說完，齊爾維斯特放下杯子，屏退其他人。看來要討論什麼機密。文官與負責泡茶的侍從們靜靜離開房間。

「卡斯泰德、安潔莉卡，你們也退下。」

以前就算要討論機密，也從不曾要求卡斯泰德離開。我吃驚得睜大眼睛，看向齊爾維斯特後，輕輕放下杯子，端正坐姿。

「是關於哈爾登查爾，有什麼問題嗎？」

「嗯。因為有幾名基貝，希望無論如何能與妳會面。」

……咦？就為了這種事情屏退其他人嗎？

我納悶地偏過頭後，齊爾維斯特尷尬地假咳一聲。

「有些土地僅聽基貝．哈爾登查爾的說明，便能馬上重新舉行古老儀式，那倒沒什麼問題。但是，聽說有些土地早已摧毀儀式用的舞臺。所以他們才想找神殿長商量，有沒有辦法能重新建造舞臺。」

「這種事我怎麼可能知道呢。而且居然摧毀儀式用的舞臺，他們是笨蛋嗎？」

聽完齊爾維斯特的說明，我忍不住皺眉。這個世界就是要向神獻上祈禱、使用魔力給予祝福，竟然破壞儀式用的舞臺，我簡直不敢相信。那他們完全是自作自受。

見我動怒，齊爾維斯特無奈地輕嘆口氣。

「妳說的沒錯，確實是他們自己愚不可及。但這也是因為在妳成為神殿長前，儀式根本不受重視。」

基貝的工作，就是為自己的土地製造和守護大型魔導具。重新建造舞臺既不是我的工作，我也不想跟這種失職的基貝會面，那樣只會浪費時間。我現在正忙著抄寫漢娜蘿蕾借我的書，還要研究索蘭芝借我的資料，艾薇拉的新書也得反覆看上幾遍才行，根本沒有時間與人會面。

「很遺憾，聖典上並未記載舞臺的建造方式，況且管理舞臺也不是神殿長的分內工作。他們只能回去翻找當地的古老文獻，自己設法建造了吧。」

「嗯……連妳也不曉得嗎……」

「當然啊。聖典上雖然記載著與諸神有關的故事，也到處都有儀式的圖畫，但從來沒有儀式舞臺的建造方法與魔法陣。要是有那種東西，我早就向各位報告了，斐迪南大人應該也會研究得很開心吧。」

你們對聖典和聖女抱有太多的期待了——我擺擺手說。齊爾維斯特聽了一本正經地點點頭。

「羅潔梅茵，妳說得沒錯。但是，現在既有基貝提出請求，又有身為奧伯的我下令，妳也只能回去調查聖典上有無關於儀式舞臺的記載。」

說到這裡，齊爾維斯特的深綠雙眸忽然發光，然後他往我靠過來壓低音量說：

「……有了這樣的藉口，妳就能回神殿看書。」

「哇噢！」

……這藉口太吸引人了。

「經過這幾天，我已經痛切地領悟到妳明明還是個孩子，卻備受斐迪南的荼毒，工作量簡直非比尋常。趁著他正忙於社交的時候，妳稍微休息一下吧。畢竟妳離開貴族院時，就是對外宣稱要回來靜養吧？」

齊爾維斯特說完，咧開嘴角下令：

「我命妳返回神殿，重新查閱聖典。希望妳能找到有關儀式與舞臺的記述。」

「遵命，領主大人。」

調查聖典

經齊爾維斯特提醒，我為了守護自己的閱讀時光，決定不被斐迪南發現地返回神殿。請齊爾維斯特幫忙聯絡神殿的侍從、商量好之後要怎麼把髮飾的訂單等資料送來給我後，我離開了領主辦公室。

「養父大人已經下令，要我詳細查閱聖典。因為基貝們針對哈爾登查爾的奇蹟提出了不少問題，所以從明天早上開始，我會回神殿待一段時間。」

我向黎希達與其他近侍這麼宣告後，請他們收拾準備。抱著戴肯弗爾格的書、索蘭芝借我的資料與其他書本，我笑得合不攏嘴。接下來直到奉獻儀式之前，我只要照著齊爾維斯特的命令，沉浸在閱讀世界裡就好。畢竟休養是主要目的，就算在調查過聖典後只給出「我什麼也沒發現」的回覆，也完全沒問題。

……好耶！

我再告訴達穆爾與安潔莉卡暫時要住在神殿，請他們做好準備，也命人去通知廚房裡的艾拉。明天早上，就要出發前往神殿。

「這還真是突然呢。」

奧黛麗咕噥說道，黎希達聽了馬上露出無奈表情。

「妳現在才知道嗎？大小姐每次都是突然就要去神殿吧。」

「害得妳們要急忙打包，真是不好意思。因為如果想在春天的祈福儀式之前查閱聖典，已經沒剩多少時間了。奉獻儀式過後我還得返回貴族院。」

這天領主夫婦似乎受邀參加貴族的餐會，所以我在自己的房間裡一個人用晚餐。在城堡與在神殿時不一樣，晚餐通常是和韋菲利特一起吃，所以我不禁感到有些寂寞。一邊吃一邊還忍不住心想，真希望至少這種時候可以回貴族院。

隔天早上，我跟著已經做好外宿準備的達穆爾與安潔莉卡返回神殿。騎著騎獸在猛烈的暴風雪中移動果然不容易，如果不是兩人明亮土黃色的披風，我根本不曉得自己會飛到哪裡去。騎士們為什麼都能正確地飛到神殿呢？真是不可思議。

「羅潔梅茵大人，恭迎您的歸來。」

「恭迎您返回神殿。」

在冷得能把人凍成冰塊的天氣裡，侍從們還是全員出來迎接。我走在達穆爾與安潔莉卡幫忙踏平的道路上，小心地邁著步伐以免跌倒，走向侍從們。這次沒有跌倒就順利進入神殿。

……我的肌力說不定稍微恢復了一點喔。

只不過，我走起路來花的時間還是比一般人要久，外衣早已沾滿雪花。一進到神殿，莫妮卡立刻幫我脫下外衣，細心拍掉飛雪。我低頭看著雪花一片片落到腳邊，接著發現薩姆左右張望，不知道在找什麼。

「羅潔梅茵大人，神官長並未與您同行嗎？」

「是的。神官長正忙於社交，我想奉獻儀式之前他都會待在貴族區。而我是奉奧伯之命，回來查閱聖典。」

「查閱聖典嗎？」

法藍訝異地眨眨眼睛，我說明了哈爾登查爾的奇蹟一事。

「聽說祈福儀式能讓春天降臨，所以其他基貝也想仿效哈爾登查爾，重新舉行古老儀式。為此，奧伯希望我回來仔細查閱聖典。以前還是青衣巫女的時候，我就比對過圖書室裡的聖典，成為神殿長後也看過神殿長的聖典，所以只要重新翻閱、找出不同就好了。但因為奧伯給的期限是奉獻儀式之前，時間相當緊湊。」

「時間確實是所剩不多。」

法藍點點頭表示明白時，我走進神殿長室。換上神殿長服後，我一邊喝著妮可拉泡的茶，一邊聽取神殿侍從們的報告。吉魯說，普朗坦商會最近因為新收了一名都盧亞，要他暫時別出入商會，直到路茲聯繫他為止。

「普朗坦商會說，他們想避免讓我們這邊的消息傳進對方耳中。」

「他們到底新收了怎樣的都盧亞呢？」

就連公會長的孫子達米安都在參與印刷業務了，我實在想像不出怎樣的都盧亞會比他更需要警戒。

「聽說是庫拉森博克一位商人的女兒。」

……庫拉森博克的商人？咦？班諾先生，你怎麼收這種人為都盧亞呢?!

「據說是有推託不掉的原因，詳細情況就連路茲也不清楚。」

「這樣啊。希望一切沒事就好……」

聽著報告喝完了茶，我請法藍拿來聖典。他從祭壇拿起鑲有守護魔石的華麗聖典，小心地放在我眼前的辦公桌上，並在一旁放下聖典的鑰匙。我拿起鑰匙，喀喳一聲插進鑰匙孔。感覺得到魔力被吸走一些。

大概翻過一遍後，就當作已經調查完聖典，然後看自己的書吧——我哼著歌，翻開聖典厚重的封面。瞬間，記憶中沒見過的東西忽然映入眼簾，我不禁張大眼睛。

「……這是什麼？」

「羅潔梅茵大人，怎麼了嗎？」

聽見我的喃喃自語，法藍立即關切問道。眼看法藍一臉納悶地來回看著我與聖典，我想起斐迪南曾說：「除非得到許可，否則神殿長以外的人無法看見聖典內容。」所以，法藍是看不見的。同時，我也想起了斐迪南一直留意著不讓貴族以外的人擁有魔法方面的知識，安心地呼了口氣。

「沒什麼，法藍。」

我擠出笑容搪塞帶過，繼續盯著聖典瞧。因為就在我翻開封面的瞬間，便有魔法陣從聖典中浮現而出。而且不只是魔法陣，除了原有的墨水字跡外，書頁上還浮現出了以魔力寫成的其他文字。面對先前未曾有過的變化，我的背脊一陣發涼。

……給我等一下，這個變化是怎麼回事？我在當上神殿長以後，有過什麼劇烈的改變嗎？

我拚命回想，思考有什麼事情能讓同時也是魔導具的聖典出現變化。最大的改變，就是我去了貴族院。為了成為貴族的一員，還取得了思達普。這應該是最大的改變吧。得到思達普後，我不僅操控魔力的能力進步了，能做的事情也變得更多。

……不，不對。

我猛然驚覺地搖搖頭。取得思達普後，記得我也曾看過聖典。在哈爾登查爾參加了祈福儀式後，我與斐迪南一起查看聖典時，並未出現這樣的魔法陣。而且當時斐迪南也沒有任何表示。

「羅潔梅茵大人，有什麼異常嗎？是不是發生了什麼事？」

留意著我一舉一動的安潔莉卡很快察覺異狀，快步衝了過來。她露骨地表現出警戒，交互看著我與聖典。聽見安潔莉卡凌厲的話聲，達穆爾也一臉詫異地靠近。

「安潔莉卡，妳看得見聖典上寫什麼嗎？」

我詢問後，安潔莉卡搖了搖頭，但目光依然銳利地瞪著聖典。

「不，我什麼也看不見。只看得見白紙。」

「除非有神殿長羅潔梅茵大人的許可，否則是看不見的吧？記得斐迪南大人以前曾這樣說過。」

聽達穆爾這麼說，我輕輕點頭。我只是想確認是否真的看不見。

「……那麼，我准許安潔莉卡閱覽聖典。現在妳能看到什麼嗎？」

「能看到難懂的句子。」

安潔莉卡似乎已能看到文字，但好像看不見魔法陣。為了確認是否只有安潔莉卡看不見，我也准許了達穆爾閱覽聖典。

「達穆爾，你看到什麼了呢？」

「我看見上頭寫著，『此乃神賜之語』。」

達穆爾似乎也看不見魔法陣。看來能否看到魔法陣，跟貴族與否以及思達普的有無完全無關。要調查我為什麼現在能夠看到這種魔法陣，恐怕並不容易。

「那麼，我在此取消兩人閱覽聖典的許可。」

「羅潔梅茵大人，您看出什麼了嗎？」

我仰頭看向安潔莉卡，說：「我看出安潔莉卡從貴族院畢業以後，就徹底放棄思考了。」至於魔法陣則略過不提。

……這件事得找神官長商量才行呢。嗯。

反正有什麼不明白的，就問斐迪南吧。我這樣心想著，看起浮現出來的文字。

……汝，欲為王者？不不不，我可不想當國王喔。

我在心裡這麼回應一開始與魔法陣一同浮出的文字，接著繼續往下看。雖然我不想當國王，但有書就是要看，有新的文字紀錄也要看。這就是我想做的事情。

……而魔法陣我不懂，就先跳過吧。之後再問神官長就好了。

浮現在聖典上的魔法陣太過複雜，我完全看不懂，頂多只看得出是全屬性的魔法陣。

翻頁後，又有新的文字浮現出來。只不過，這次沒看到魔法陣。我看起新的記述。

浮現出來的文字寫著，若想成為國王，就要誠心向神獻上祈禱。

想當國王的人，首先要盡可能提升自己的魔力量。似乎是向神祈禱之後，就能讓魔力增加。雖然不明白為什麼獻上祈禱就能增加魔力，總之上頭是這麼寫的。然後不斷提升魔力量後，等到容器停止成長，要再次向神獻上祈禱。如此一來，通往諸神的道路便會開啟。順著路途抵達終點，諸神就會賜予能以國王身分施展力量的必要之物。另外還說明，倘若通往諸神的道路未能開啟，代表資格不足以成王。

……資格是什麼呢？

而在得到了用以施展力量的神力後，需要再向神獻上祈禱。誠心誠意祈禱後，諸神會再賜予成為國王所需的必要知識。記述上寫著，只有在知識與神力盡皆取得之後，才會被認可為王。

……怎麼好像從頭到尾都在祈禱。

這些是成為國王的提示嗎？雖能看懂大概的步驟，但由於沒有解釋得很清楚，我還是看得一頭霧水。可能是因為並非任何人都能成為國王，才故意寫得這麼模稜兩可；也可能是記錄的當下這是所有人都知道的常識，所以就算寫得這麼籠統，當時的人也都看得懂。

……反正我又不當國王，這些教人怎麼成為國王的提示並不重要。

我把浮現出來的文字看完後，已知沒有任何記述與哈爾登查爾的儀式有關。

「總之，先完成養父大人的要求吧。」

看完新的文字紀錄後，我立刻把這件事拋到腦後。畢竟和我沒有半點關係。不過，魔法陣是不是該畫下來比較好呢？但如果要畫，就得移動到法藍他們看不見的地方才行。一想到要把聖典搬進自己的工坊裡頭，我就覺得麻煩。

……等神官長回來後再說吧。還是先調查與哈爾登查爾有關的資料。

我很快翻頁，尋找哈爾登查爾的儀式所模仿的，土之女神的眷屬向水之女神獻上祈禱的記述。由於之前就為了確認而看過好幾遍，所以一下子就找到了。找到後，我仔仔細細再看一遍。雖有詩歌與插圖，但果然完全沒有提到要如何建造舞臺。

……居然有人會破壞重要的舞臺，相信聖典的作者也是始料未及吧。

調查完了聖典，下午則是看起索蘭芝借我的資料。向別人借來的資料，就該盡早看完，盡早歸還。我拿好了筆，準備要把圖書館裡在使用的魔導具記錄下來，然後開始閱讀據說是好幾任前的圖書館員所寫的工作報告。

內容非常有趣，可以了解從前圖書館員一天的生活。

首先，在宣告開始上課的二鐘半響起前要準備開館。幾名圖書館員會分工合作，分頭為魔導具供給魔力，這似乎是他們每天的例行工作。一開始是設置在建築物上的大型魔導具，包括報時用的發光魔導具、清理館內的清潔魔導具，以及降低閱覽室內說話聲量的魔導具等等，都是透過辦公室裡的魔石逐一注入魔力。接著，會用鑰匙打開通往閱覽室的門。

到了閱覽室，為休華茲與懷斯注入魔力後，他們就會去打開閱覽室的大門，準備借還書籍需要的資料。那幅畫面真是太可愛了。光想像我就忍不住微笑。

休華茲他們在一樓做準備的時候，圖書館員們再為館內的其他魔導具注入魔力。好像還有施加了暫停時間魔法的書箱，用來保存陳舊的資料以免腐朽；另外也有不讓陽光傷害到紙張的魔導具。以後羅潔梅茵圖書館都要有這些魔導具才行。

……在圖書館員們供給魔力的魔導具中，應該也包含「爺爺大人」吧。

我想起了二樓閱覽室裡抱著古得里斯海得的梅斯緹歐若拉女神像。索蘭芝之前說過，現在因為其他圖書館員都不在了，無法為所有的魔導具都灌注魔力。而在這種情形下，休華茲與懷斯還特意要求我去供給魔力，想必「爺爺大人」在貴族院的圖書館裡是非常重要的魔導具吧。

……看來我早就在做圖書館員會做的工作了呢。

想到這裡，我有些開心起來。接著我繼續閱讀，一邊把圖書館裡有哪些魔導具記錄在紙張上。

圖書館開館後，接下來圖書館員的工作都是我知道的了。比如有人還書就把書放回書架上；出借閱覽席；評估學生帶來的參考書；老師們若捎來奧多南茲表示要借哪些資料，就要把資料準備好。光是想像，就覺得工作報告裡的圖書館生活非常開心。

……好好喔。我也好想過這樣的生活。

正如索蘭芝說過的，想必是因為以前有好幾名圖書館員，工作之餘還能有點閒暇時間，不時也能看到館員離開圖書館去參加茶會、與老師們交換情報的紀錄，偶爾還會受邀參加學生舉辦的茶會。

除此之外的新發現，就是原來上級貴族擔任的圖書館員在貴族院只會待到領主會議那時候，會議結束後就會改到王宮圖書館辦公。不過，只有上級館員會依據不同季節，在貴族院圖書館與王宮圖書館之間往返，中級貴族與下級貴族擔任的館員則是專職，固定在同一個圖書館裡工作。

……而索蘭芝老師一直是待在貴族院的圖書館，那想必也有一直在王宮圖書館工作的圖書館員吧。

既然始終沒有新的上級館員被派來貴族院，那可能就連王宮圖書館也是人手不足，正由中級館員在拚命維持運作。算了算我記錄下來的魔導具數量，想也知道如果只有幾名中級貴族，一定非常吃力。

還有，我也發現當時貴族院的情況與現在大不相同。那時候似乎是畢業前夕才會去採集「神的意志」，報告中曾描寫到畢業儀式上，畢業生們自豪地高舉起剛取得的思達普並使其發光的模樣，還寫了幾句給畢業生的祝福。

……但現在是一年級就去採集呢。

此外，已成年的王族似乎都有義務要出席領主會議，報告中還寫到王族也會造訪圖書館。當時的三名上級圖書館員都到門口迎接。

……但現在負責迎接錫爾布蘭德王子的是休華茲與懷斯吧？感覺這樣的畫面比較可愛呢。

我邊看資料，邊想像著感覺就很快樂的圖書館生活。這時，法藍忽然伸手搖晃我的肩膀。

「法、法藍，怎麼了嗎？」

我不知所措地仰起頭，只見法藍不語地指向降落在桌面上的奧多南茲。

「羅潔梅茵，我明明要妳負責監視齊爾維斯特，妳現在人在哪裡？齊爾維斯特與妳在一起嗎？」

聽到斐迪南讓人心底發寒的話聲，我用力倒吸口氣。聽起來齊爾維斯特把負責監視的我趕回神殿以後，自己就不曉得躲到哪裡去了。

……枉費我還稍微刮目相看，養父大人這個笨蛋大笨蛋！再這樣下去就只有我會挨神官長的罵！

很輕易可以想見在我被斐迪南臭罵一頓後，等他的怒火平息了，齊爾維斯特就會一臉若無其事地回來繼續工作。跟慣於偷懶而且精明得很的齊爾維斯特比起來，不管是找藉口還是迴避怒火的能力，我都輸了他一大截。

「立刻來找我。」

奧多南茲在重複了三次相同的傳話後，變回黃色魔石。

「羅潔梅茵大人，您是奉奧伯之命回來的吧？」

這下就連法藍也用充滿疑惑的眼神看我，我點頭如搗蒜回道：「是啊。」但我接下命令的時候，辦公室內還屏退了護衛，根本沒有其他人在場。除了我以外，沒人知道齊爾維斯特下過令。一旦他裝傻，就會變成是我在撒謊。

……明明就不是我的錯！

雖然我可能是有點遲鈍，沒能發現這其實是齊爾維斯特為了偷懶，把負責監視的我騙回神殿的伎倆，但這一次我並沒有做錯任何事情。全都要怪齊爾維斯特。

……明明不是我的錯，但萬一惹得神官長勃然大怒，他還要求我回城堡，這次的懲罰一定會害我完全沒有閱讀時間！怎麼辦？一定要想想辦法。

我緊握奧多南茲的魔石，內心冷汗直流地拚命讓大腦運轉，思考著有沒有什麼辦法能迴避斐迪南的怒火又不被叫回城堡。

……對了！只要讓神官長看那個魔法陣，他一定會忘了生氣！

我變出思達普，輕敲黃色魔石注入魔力，對著變作白鳥的奧多南茲說了：

「斐迪南大人，是養父大人下令要我回神殿調查聖典。而且我有非常驚人的新發現，想立即與您商量。請您快點回來吧！」

送出奧多南茲後，在我思索著有什麼藉口能平息斐迪南的怒火時，奧多南茲再次飛來傳話說：「我立刻返回神殿，妳在房內待命。」法藍與薩姆聽了，急急忙忙開始動作，不是去通知神官長室的侍從，就是走向廚房準備茶水。我用眼角餘光看著他們，一邊從奧多南茲的語氣來估算斐迪南有多生氣。

「嗯……感覺驚訝與焦急的成分稍微大過憤怒？但生氣的比例好像還是不少，有點難以判定呢。達穆爾，你覺得呢？」

「我覺得您別無謂掙扎，乖乖聽斐迪南大人的訓話比較好吧？」

……一點也不好！

「這次我又沒有做錯任何事情，沒道理白白挨罵。」

「既然如此，您也沒道理想避免斐迪南大人生氣才對……」

達穆爾受不了地敷衍回道，大嘆口氣，我噘起嘴唇。

「但沒有做錯事情就要挨罵，任誰都會想辦法避免吧。」

「羅潔梅茵大人，加油。我會支持您的。」安潔莉卡握起拳頭說。

「只有支持嗎？」我忍不住脫口而出後，安潔莉卡難過地眉毛跟著顫動。

「實在非常抱歉，斐迪南大人太聰明了，他的說教我毫無招架之力。倘若要與斯汀略克一起迎戰，即便毫無勝算，我也願意拼死一搏，或者也能在您身邊一同聆聽斐迪南大人的訓話。羅潔梅茵大人希望我怎麼做呢？」

……兩種我都不需要！

說著無意義對話的時候，告知訪客抵達的鈴聲響起。法藍與薩姆上前開門，斐迪南走了進來。在他身後還有艾克哈特、尤修塔斯與神殿的侍從們。

「這次不是我的錯喔！」

「這是開口第一句該說的話嗎？應該先問好吧？」

明明想避開斐迪南的說教，結果卻因為與正事無關的小事挨罵了。

……奇怪了，不應該是這樣子啊……

斐迪南按著太陽穴嘆氣。互相道完長長的貴族寒暄後，我邀請他入座。

「既然道過問候了，那我再說一遍……」

「不必。是我太過愚蠢，竟然會相信妳，派妳去監視。畢竟妳單純又好欺騙，只要以書為誘餌，就會忘了要思前想後直接上鉤。」

……啊嗚，我好像徹底失去信用了。

「那個，神官長，你還是罵我一頓比較好喔？」

眼看斐迪南一臉無奈至極，我忽然有種要被拋下的感覺，忍不住主動提議。斐迪南聽了，露出非常厭煩的表情。

「那只會浪費時間。不說這個了，妳說的驚人新發現是什麼？妳這個人實在難以預料，教人頭疼。」

「神官長是什麼意思呢？」

我倒覺得自己的想法總被斐迪南看穿，他卻說我難以預料。我不禁納悶偏頭。

「妳所謂的驚人新發現，有時在他人眼裡不過是稀鬆平常的小事，有時卻會一頭栽進旁人難以想像的麻煩裡，所以完全無法預料。這次又是哪一種？」

「就算問我，這種事我哪有辦法自己判定嘛。因為對我來說全部都是新發現。」

我一邊聽著斐迪南絮絮叨叨，一邊打開聖典。不只斐迪南，尤修塔斯也興致勃勃地把臉湊過來。

「我只看得到白紙呢。」

「神官長，你看得到內容嗎？」

「身為神殿長的妳沒有下達許可，怎麼可能看得見。」

「大小姐，也請對我下達許可吧。」

確認過只要不下達許可，斐迪南也看不見聖典上的內容後，我一邊仔細觀察他的表情，一邊下達許可。

「那麼，我在此准許神官長與尤修塔斯閱覽聖典。」

瞬間，我發現斐迪南的眉毛很快地抽動一下。但由於他的表情幾乎沒有改變，很難辨別他是否看見了魔法陣。

「哦……這就是只有神殿長可以閱覽的聖典嗎？與其他聖典有何不同？」

尤修塔斯興奮地翻閱聖典，但似乎看不出與其他聖典有什麼區別。至少這不像是看得見魔法陣與魔力文字的反應。

「這個可以說是完全版，內容會比神殿圖書室裡的聖典都要詳細。」

神殿圖書室裡有幾本聖典的手抄本，但頁數皆有很大的差異。我向尤修塔斯說明神殿長的聖典與圖書室裡的聖典有哪裡不一樣時，斐迪南叫了我的名字。

「羅潔梅茵。」

這聲呼喚全然沒有情緒起伏，我心頭一驚轉過臉龐。只見斐迪南的淡金色雙眸裡毫無情感波動，正低頭看著我。然後他用力閉上雙眼，拿起聖典。

「這件事不能在公開場合討論。妳也明白的吧？」

斐迪南渾身散發出了不容分說的魄力，我因此非常肯定。

……神官長看得到魔法陣與那些文字。

斐迪南神色肅穆，沒有允許任何近侍一同進入工坊，走進神殿長室裡的秘密房間。撇下一臉驚訝，都好奇著究竟發生什麼事了的近侍們，我也跟著走進去。

斐迪南攤開聖典，放在調合時使用的大桌子上後，很快坐下來。我也隔著聖典「叩咚叩咚」地搬來椅子，爬上去坐在他對面。

「羅潔梅茵，妳能看到什麼？」

「我猜就和神官長能看到的東西一樣喔，我能看見浮出來的魔法陣與文字。」

聞言，斐迪南按住眉間。

「我記得以前打開聖典時可沒有這些東西。」

「我也是因為接到奧伯的命令，隔了好久又在今天打開聖典時，就看見有魔法陣浮出來，嚇了一跳呢。安潔莉卡、達穆爾與尤修塔斯都看不見，神官長卻看得見嗎？我還以為說不定只有身為神殿長的自己看得到呢。」

我指著神秘的魔法陣說，再看向一聲不吭，只是一逕沉默的斐迪南。

「神官長知道看得見的條件是什麼……」

我的話聲不自然地中斷。因為斐迪南正極其平靜地注視著我，臉上看不出半點情緒。他筆直朝我望來的冰冷雙眼，在我目前為止見過的眼神中可說是最可怕的一次，讓我全身寒毛直豎。

「……那個，神官長？」

「汝，欲為王者……妳有意成為國王嗎？」

斐迪南的話聲冷冽，彷彿有寒氣正從腳邊襲來，我吞了吞口水。雖然他的問話聲非常平靜，但自己會有什麼下場，似乎就看我如何回答。我有種自己正站在懸崖邊緣的錯覺。

「我並不想當國王喔，我想要的只有看書而已。」

「既然如此，那妳就忘了吧。妳什麼也沒看見。這本聖典從未浮出過任何魔法陣與文字，妳也要裝作此事從未發生，明白了嗎？」

聽完我的回答，斐迪南身邊的緊繃氣氛稍微緩和下來，然後單方面地結束這個話題。他喀答一聲起身，準備闔上聖典，表現得彷彿完全看不見魔法陣。

「要我忘記是沒關係……」

明明眼前有這麼複雜又適合研究的魔法陣，斐迪南居然看也不看一眼，這讓我難以理解地歪過頭。我之所以向斐迪南報告這個魔法陣，就是為了讓他忘記發火，結果卻沒有什麼效果。

「神官長，你不研究這個魔法陣嗎？它不僅是全屬性，而且非常複雜，我覺得很有研究的價值呢。」

「羅潔梅茵，這世上有許多事情最好永遠別知道。不想死的話就別過問。」

「……不想死的話？」

見我無法理解為什麼研究魔法陣會有生命危險，斐迪南緩緩嘆口氣後，重新坐下。

「我看妳似乎不曉得，還是說明一下吧。現在的國王並未符合成王的條件。」

「咦？」

「也就是並未滿足聖典上列出的條件。」

正如聖典上的記載，王位會傳予抄寫了初版古得里斯海得的人。斐迪南說明，經過長年的歲月，現在已經演變成把國王抄寫下來的版本傳給下任國王。由前任國王傳給新任國王的古得里斯海得，則成了正統國王的證明。

然而，前任國王持有的抄本卻在政變中遺失，如今演變成了必須重新抄寫初版古得里斯海得。但是，現在根本沒有人知道初版古得里斯海得的下落。或許王族曾以口說的方式傳授，但極有可能因為政變的關係沒能傳承下來。

「領主也有一些事情得以口說的方式傳給下一任，國王多半也有吧。然而，現在的國王在政變發生之前，一直是以臣子的身分養育長大，從未接受過國王該有的教育，卻因突如其來的政變登上王位，很有可能不曉得那些口傳內容。」

現在的國王雖在獲勝後即位，但聽說過往中央神殿的聖典基本教義者曾以未持有古得里斯海得為由，反對他登上王位。

「儘管一度反對，但由於王族與貴族的人數驟減，重要的魔導具有將近一半都停止運作，就連國家的存續也岌岌可危。中央神殿不情不願地承認了現任國王的王位，而在未持有古得里斯海得的國王統治下，一直是勉強維持著和平。倘若妳在這種情況下，提起正統國王該具備的條件，並宣稱聖典上有此記載，應該多少想像得到會引發什麼後果吧？」

一旦質疑國王王位的正當性，勢必會煽動中央神殿的那些聖典基本教義者，國王也會想剷除成了危險分子的我吧。腦海中的駭人想像讓我打了個冷顫。

「神官長，聖典會浮出這些文字，難不成是我符合了可以當國王的條件？所以你才這麼警戒嗎？」

我詢問後，斐迪南搖頭否定。

「不，這不可能。妳雖是全屬性，魔力量也多，又經常如聖典所說的向神獻上祈禱，確實具有成為國王的資質吧。但是，最關鍵的條件妳並不符合。」

「最關鍵的條件嗎？」

有這種東西嗎？我看向聖典時，斐迪南說了。

「很簡單。便是妳原為平民，並非王族血脈。因此，妳當不了國王。」

「王族血脈嗎？可是，聖典上沒說需要有王族血統啊……」

斐迪南用指尖敲著太陽穴，思索了一會兒後，緩緩吐氣。

「古老文獻上曾記載……古得里斯海得放在只有王族能夠進入的書庫。就和這個秘密房間一樣，從一開始便設下了條件，需是王族血脈才能進入。因此進不了書庫、無法抄寫古得里斯海得的妳，資質再優秀也當不了國王。」

「咦咦?!神官長說的，難道是只有王族才能進入的打不開的書庫?!我還打算跟錫爾布蘭德王子成為好朋友以後，請他帶我進去，但如果需要有王族血統才能進去，那我就算找到了書庫也進不去吧！」

這真是始料未及。枉費我還打算趁著就讀貴族院的時候找到書庫——我如此哀嚎後，斐迪南用滿是狐疑的雙眼瞪著我瞧。

「妳方才不是說自己無意成為國王嗎？」

「我是不想成為國王沒錯，可是我想看書！會想翻閱古得里斯海得不是很正常的事情嗎！我為什麼沒有王族的血統?!」

「因為妳本是平民。然而，此刻我卻由衷慶幸妳與王族沒有血緣關係。況且書庫裡的古得里斯海得多半也是初代國王的抄本，與這本聖典差不了多少。妳死心吧。」

斐迪南大搖其頭，彷彿在說我簡直胡來。但明明有書庫卻不能進去，斐迪南未免也太不懂我絕望的心情了。

「明明我正為了看不到書而難過，神官長這麼說太過分了！」

「過分的是妳那顆腦袋。」

……講得更過分了！

看來再怎麼傾訴我的悲痛，也只會得到無情的評語。我不高興地閉上嘴巴，瞪著斐迪南瞧。他隨即反瞪回來，好似在問：還有什麼意見嗎？我默默別開視線，順便轉移話題。

「話說回來，為什麼聖典上會浮出這些文字與魔法陣呢？」

「應該是妳達成了某些條件，但我也不清楚浮現出來的確切理由。畢竟我未曾當過神殿長，也不曾持有過聖典……只不過，我似乎明白了聖典的存在意義。」

斐迪南以指尖輕觸聖典。

「這些文字與魔法陣皆在指引人如何成王，恐怕是為了選出正統的國王吧。」

「我不明白，神官長是什麼意思呢？」

我只是假設──斐迪南先說了這句開場白，然後為我說明。

「學習歷史的時候，妳也曉得初代國王亦是虔誠侍奉諸神的神殿長吧？」

「是的。後來初代國王的孩子還負責在神殿舉行儀式吧？就是因為這樣，其他領地也都是由領主的孩子擔任神殿長。」

如同艾格蘭緹娜說過的，由領主的孩子擔任神殿長是很久以前的做法了，而在遙遠的從前更是所有領地都這麼做。那時神殿的地位與國王以及領主相當，國王的孩子還會兼任神殿長。

「即便發生政變與紛爭，王族的口傳紀錄失傳了，只要國王的孩子還會擔任神殿長，仍能依著聖典上的指引找到古得里斯海得吧。初代國王肯定怎麼也沒想到，如今神殿竟如此式微，還與國王站在對立面……也想不到平民出身的妳竟然會當上神殿長，還具有成為國王的資質。」

斐迪南接著這麼補充。被他這麼一說，好像我異於常人一樣。呃，可能真的異於常人吧。一點點啦。

「此外，起初領主們皆會與王族聯姻，這也意味著所有領主的子女大都具有王族血統……由此來看，當初可能是為了在有王族血統的人當中，選出能力最強的國王，才把聖典發給各地的神殿。」

從保存資料的角度來看，把聖典發給各地領主也是很有效的做法。搞不好初代國王是非常聰明的人。

「對了，雖然是久遠以前的事情了，但也曾有戴肯弗爾格的人當上國王吧？我在戴肯弗爾格的史書上看過這樣的紀錄。當時還很納悶，為什麼不是國王的孩子，而是戴肯弗爾格的人當上國王呢。」

「哦，戴肯弗爾格的史書嗎？……我記得妳讓文官把內容都抄寫下來了吧？下次能借我看看嗎？」

斐迪南眼中亮起興味盎然的光彩，我立刻點頭說：「可以啊，請拿新書來交換吧。」斐迪南聽了臉龐一僵。

「我已經借好幾本書給妳了吧？」

「我對新書的渴望是沒有止盡的喔，有半點機會都不會放過。」

「我知道。」

斐迪南輕笑一聲，說好會拿新書跟我交換戴肯弗爾格的史書後，神情忽然一變。見他突然正色，我也閉上嘴巴挺直腰桿。

「關於我們在這裡的談話，以及聖典上浮現的文字與魔法陣，妳絕不能告訴任何人，也不能洩露出去。我會忘了，妳也忘了吧。」

斐迪南說他也會當作沒看見。像這樣假裝忘了與不知道的秘密，不曉得斐迪南究竟擁有多少呢？我看向被他禁止使用、始終放在工坊櫃子上的墨水壺。

「此事一旦牽連進去，絕沒有好下場。稍有不慎，政變過後的肅清行動就會在艾倫菲斯特再次上演。」

「咦？」

聽見這麼駭人的發言，我把目光拉回到斐迪南身上。他的表情無比認真，目光犀利，定定凝視著我。

「倘若一個領主候補生竟然知道真正由諸神選出的國王該是如何，同時還是出了名的聖女兼神殿長，旁人只會認為妳有意篡位，也只會掀起紛爭。如今已確定第一王子是下任國王，妳想成為新的動亂源頭嗎？」

「不想，我只要有書就夠了。」

我一點也不希望國家再度陷入動盪。我斷然回答後，斐迪南邊說著「妳明白就好」一邊起身，然後往我走來。怎麼了嗎？我好奇地抬起臉龐，只見斐迪南猶豫了幾秒鐘後，伸手輕摸我的頭。

「……羅潔梅茵，妳就看看新書，忘了聖典的事吧。這是為了妳好。」

察覺這是斐迪南笨拙的關心，擔心我被捲進紛爭裡頭，我刻意咧開笑容一口答應，想要緩和氣氛。

「這我最擅長了，包在我身上！雖然我剛才聲稱事態緊急，硬把神官長叫過來，但其實只是不想挨罵，不然本來打算等看夠書以後再向你報告呢！」

要我忘記簡直小事一樁——然而我話才說完，頭頂上的那隻手忽然用力。嗚咦？我慘叫一聲抬起頭，發現斐迪南臉上露出了可怕的笑容。雖然他面無表情很恐怖，但帶著笑容也很恐怖。

「哦……竟然自己如實招來，顯然是很想挨罵。」

「不、不是的。我只是開開玩笑，想緩和一下緊張的氣氛……」

頭頂上的指尖更是用力箍緊。好痛，超痛的，痛得我眼淚都要掉下來了。低頭看著眼眶泛淚的我，斐迪南揚起嘴角。

「既然妳想挨罵，我當然該盡力滿足。乖乖坐好。」

「啊、啊嗚，對不起！對不起！」

……我真是超級失算。

對我說完了長長的訓話以後，斐迪南說他也要去罵罵齊爾維斯特就返回城堡。然而，結果挨斐迪南罵的人還是只有我一個。

由於齊爾維斯特消失了很長一段時間，我和斐迪南都以為他跑去哪裡偷懶了。沒想到其實是因為他心想：「羅潔梅茵在的話一定會想跟，太麻煩了。」才把負責監視的我支開，自己則跑進只有領主能夠進入的書庫，尋找儀式舞臺的相關資料。

……唔唔，早知道是這樣，我就會緊黏在養父大人身邊不回神殿了！

冬天的神殿生活

有了奉領主之命調查聖典這個藉口後，我沒有返回城堡，繼續留在神殿專心看書。目前正在仔細閱讀漢娜蘿蕾借我的書。在戴肯弗爾格，魔獸與魔樹等魔物似乎出現得非常頻繁，所以每個人都需要有戰鬥能力。

書中有各式各樣的魔物登場，穿插著頌揚眾神的詩歌，磅礴壯闊地描寫書中人物是如何打倒各種魔物。比起騎士故事，更像是附有詩歌的討伐日記。而書裡出現的神祇基本上全是萊登薛夫特的眷屬，明明只是看著文字，卻能清楚地感受到洛飛身上那股熱血，甚至是書中人物的汗水淋漓。

……我非常了解戴肯弗爾格為何那麼熱愛迪塔了。

另外，我也看了戴肯弗爾格的見習文官克拉麗莎請哈特姆特轉交的戀愛故事。聽說這些都是當地居民耳熟能詳的故事。只不過，不同於艾薇拉喜歡創作的、以戀愛為主的騎士故事，戴肯弗爾格的愛情故事與日本的《竹取物語》比較類似，由女性向想要展現自己實力的騎士提出任務。而無論是多麼強人所難的要求也要達成，一直戰鬥到獲勝為止，再帶回魔獸的魔石獻給心愛的女子，即是戴肯弗爾格的男性表達愛意的方式。就算被聰明的女性耍得團團轉也不改變心意，騎士的為愛盲目——更正一下，是專情才對——簡直賺人熱淚。

……戴肯弗爾格的男性們，加油啊！

在我閱讀著借來的故事時，似乎是社交活動已經告一段落，斐迪南也回到神殿來。他說奉獻儀式前的這段時間，都要用來研究哈特姆特畫的魔法陣。由於奉獻儀式只要交給坎菲爾與法瑞塔克他們準備即可，他可以藉機休息一段時間。

「可是，奉獻儀式過後我就會回貴族院，變得非常忙碌，神官長趁著那個時候再休息就好了吧？」

可以等到被大家形容為問題兒童的我不在以後，再好好休息啊──我這麼提議後，斐迪南那雙淡金色眼眸卻瞪了過來，冷冷說道：

「妳這笨蛋。一想到妳又會在我們看不見、管不著的地方惹麻煩，還只能看著報告書什麼也不能做，我只會頭痛得要命，哪來的心思休息。」

「啊嗚，真是非常對不起。」

如果能和在神殿生活時一樣每天窩在房裡看書，對我來說就是莫大的幸福，只可惜待在貴族院的時候總是無法如願。我這麼表示後，斐迪南回過頭，抽走侍從手中的幾張紙遞過來。

「正好從貴族院寄來了要給奇爾博塔商會的訂單，還有夏綠蒂提出的幾個問題。她這封信需要妳的回覆。」

我看起斐迪南遞來的訂單。布倫希爾德記錄得非常用心，連一點細節也沒有放過。有她提供的這些資訊，不管是挑選用線還是決定款式，想必不會太困難吧。

「等暴風雪小一些的時候，我再召見奇爾博塔商會，而且我也要訂做春天的新衣。」

隔了這麼久，我想見見多莉。再加上哈特姆特與菲里妮都不在，這次會面應該可以稍微放輕鬆一點吧。大概是想法都表現在了臉上，斐迪南露出五味雜陳的笑容。

「我知道妳在想什麼，但時間所剩不多。為了給工藝師多一點時間，先連同邀請函一起把訂單送過去吧。」

「是。」

我把訂單交給莫妮卡，請她去通知正在孤兒院監督手工活的吉魯，聯絡奇爾博塔商會的人。用眼角餘光看著莫妮卡離開房間後，我再看起夏綠蒂的報告書。

『戴肯弗爾格的漢娜蘿蕾大人邀請了我參加茶會。她說想在茶會上把貴族院的戀愛故事集推薦給朋友。但因為是姊姊大人的書，能由我借給別人嗎？（夏綠蒂）』

漢娜蘿蕾看完貴族院的戀愛故事集後似乎非常喜歡，還想推薦給自己的朋友。聽說她因為想在其他茶會上推薦自己喜歡的書，並與大家討論感想，所以找了夏綠蒂商量此事。

……什麼，我太羨慕了！我好想現在就衝回貴族院與漢娜蘿蕾大人舉辦茶會！

「羅潔梅茵，那封信只是在問妳能否出借書籍吧？至於讓妳那麼苦惱嗎？」

「嗚嗚，這可以說是我最想參加的茶會，居然偏偏挑我不在的時候舉辦，太過分了。」

「想也知道妳即便參加，也只會興奮到暈倒。她們挑這時候舉辦是對的。況且推廣書籍不是夏綠蒂的分內工作嗎？」

斐迪南沒好氣地睨我一眼，我只能噘起嘴巴。總不能每次都在茶會上昏倒，所以我也明白大家的顧慮。可是，想要參加也許能結交到愛書同好的茶會，並不是什麼天大的壞事吧。不過，我當然非常贊成在貴族院裡推廣書籍，所以寫下回覆同意夏綠蒂出借書籍。

『以夏綠蒂的名義出借書籍當然沒問題喔。請大力把書推廣出去吧。參加茶會時也記得多帶一點見習文官，向其他人蒐集戀愛故事。我期待著回去後有好消息。（羅潔梅茵）』

而這封回覆就由斐迪南幫忙送回城堡。

請吉魯送去訂單後，說好了等暴風雪小一些的時候就與奇爾博塔商會會面。我滿心期待著能見到好久不見的多莉，每天早上都會確認窗外的天氣。其間，自己與神官長室的侍從們都來拜託我與斐迪南一起用午餐，似乎是他又窩在工坊裡不出來了。

儘管敲定要在神官長室一起吃午餐，但一看到斐迪南臭著臉出來迎接，我真想立刻掉頭回神殿長室。手上的書被人抽走，我才想擺臭臉呢。

「神官長，請你研究之餘也要記得休息，侍從們可是困擾到請我過來和你一起吃午餐喔。而且要是雷蒙特以你為榜樣，成天只會埋頭研究，身邊的人也會很困擾的。」

我義正詞嚴地勸道，斐迪南用力皺起了眉瞪我。

「我可是聽說妳回到神殿以後，從未離開過書本半步，侍從才安排我們一同用午餐。倒是妳別給侍從們添麻煩。」

看來我們在侍從眼裡似乎是半斤八兩。就在我與斐迪南轉頭看向自己的侍從時，艾克哈特與達穆爾都掩著嘴角在忍笑。

用午餐時，話題大多在斐迪南的研究上打轉。因為除此之外的話題他幾乎不會有反應。

「神官長，雷蒙特有順利完成作業嗎？」

「嗯，他相當有前途。想出來的改良方法都十分有意思。」

多數問題都用強大魔力來解決的斐迪南，似乎覺得雷蒙特因為魔力少而想出來的主意非常新鮮。平常評價他人總是非常苛刻的斐迪南竟然會開口稱讚，代表雷蒙特真的很有這方面的天賦吧。

「神官長，我不敢奢望馬上，但能不能把只需使用少許魔力的小型轉移陣，當成作業出給雷蒙特呢？最好能根據徵稅用的魔法陣進行改良，可以傳送幾本書就好。」

「為何？」

「我想把這種小型轉移陣發給印刷協會，讓他們把書送來。」

「現在印刷書籍的產量並不多，請人在徵稅時一併送回即可吧。」

「目前就算把所有印刷工坊加起來，一年也只能印好幾本書，可是印刷工坊以後會繼續增加吧。我認為應該在印刷業的規模擴大前，就先想好書籍的運送方式。」

我若想要有效利用呈繳制度，就必須明確書籍的運送方式。現在是因為還只有艾倫菲斯特在發展印刷業，印刷工坊也不多，只要由基貝趁著冬季的社交界時帶來就好。但一旦書本的數量增加，又或者印刷業也擴展到了他領去，屆時運送起書籍就得大費周章。為了不讓呈繳制度形同虛設，必須在印刷業拓展到他領之前擁有可以收取新書的轉移陣。

我握起拳頭極力主張，斐迪南卻只是冷哼一聲。

「哼。妳說得冠冕堂皇，在我聽來不過就是既然各地已有印好的書，妳根本無法等到冬天。」

……答對了。被看穿了嗎？

「與養父大人一起工作的時候，我學習到冠冕堂皇的理由是很重要的。」

我微微一笑說道，斐迪南用指尖按著眉心深深嘆氣。

「妳真是淨向齊爾維斯特學些壞習慣……唉。那麼，屆時轉移需要的魔力要由誰負擔？」

「我暫時打算拜託處理印刷業務的文官。將來則是想把這份工作交給身蝕，或是像康拉德那樣具有魔力的灰衣神官。因為我一直都想讓灰衣神官有份正式工作，所以就想到也許能由我這個孤兒院長當後盾，讓他們去普朗坦商會任職。不只是身蝕，我也想讓無法擁有魔導具的貴族孩子們有個出路能活下去。這樣一來也有正當名義，可以由孤兒院收留沒有魔導具的孩子吧？」

至今大家都告訴我，現在是因為貴族人數減少，就連魔力不多的人也受到重用，但貴族一旦變多就會被視為累贅。既然沒有謀生之道，那就創造工作機會，讓他們能養活自己就好了啊。

「……我再找齊爾維斯特一起商量此事。」

「麻煩神官長了。」

就這樣，用餐期間都是我想到什麼就說什麼，斐迪南再加以糾正或反駁，不然就是他為了整理思緒，自言自語地不斷講述研究過程。開始共進午餐的第三天下午，風雪總算稍稍平息，奇爾博塔商會終於能夠來訪。

午餐過後，我往孤兒院長室移動。窗外的風景一片白茫茫。雖然暴風雪暫時止息了，但依然可見點點飄落的雪花。妮可拉與艾拉為了做點心，一早就來孤兒院長室的廚房生火，也點燃了二樓的暖爐，所以走進孤兒院長室時有股暖意迎面撲來。我呼了口氣，走上二樓。

大概是想趁著風雪小一些的時候趕緊來訪，奇爾博塔商會一行人比往常要早抵達。來的人有歐托、珂琳娜、提歐、萊昂與多莉。互相道完正式的寒暄後，我招呼他們就座。坐下的只有歐托與珂琳娜兩人，多莉與萊昂則在問法藍木盒要放哪裡。

「請問訂單確實收到了嗎？」

「多虧羅潔梅茵大人預先告知，準備進行得十分順利。我真是沒想到今年會再次接到來自王族的委託，現在工藝師正用心地在製作髮飾。」

歐托轉頭看向多莉。多莉比起上次見面又長大了一些，面帶沉穩的微笑點點頭。看來我之前送去的書信狀魔導具幫上了忙。

「但這次與去年不同，不只髮飾，我還追加訂做了臂章吧？臂章有足夠的時間趕出來嗎？」

除了席格斯瓦德要送給阿道芬妮的髮飾，今年我還不得不加訂要給錫爾布蘭德的臂章。要趕出這麼多東西應該很辛苦吧？我表示擔心後，珂琳娜輕笑了聲，看向站在身後的多莉點一點頭。多莉見了，立即拿來木盒放在桌上，恭敬地打開蓋子。盒子裡不知為何竟有三個臂章。

「……怎麼有多達三個臂章呢？」

我驚訝地抬頭看向多莉，只見她那雙含笑的藍眼有些得意，像是在說：「我很厲害吧？」

「這些是追加訂做的臂章。由於您一開始曾說要送給貴族院的朋友，我想之後也許會需要加訂，便預先多做了一些。您想要哪個臂章呢？」

……多莉好厲害！

噢噢噢噢——我在內心感動不已，珂琳娜更面帶微笑表示：「多莉很有先見之明唷。」原來多莉早就猜到今年可能也會有來自王族或上位領地的委託，所以從秋天開始就構思了好幾款髮飾。也幸虧她預想周到，今年製作髮飾時才不再那麼手忙腳亂。多莉微微一笑。

「我在猜羅潔梅茵大人今年也許又會接到重要的委託，便先做好了準備。」

……我的多莉果然是天使。太可靠了！

多莉得意的笑臉上彷彿寫著「包在姊姊身上吧」。然後她維持著同樣的表情，拿來另一個木盒。

「此外，這是為羅潔梅茵大人製作的春季髮飾。不知您覺得如何呢？」

什麼！居然不只臂章，連春天的髮飾也已經做好了。而且正如我的要求，髮飾的樣式引人聯想到剛萌發的嫩葉。

「倘若您想搭配髮飾訂做新衣，可從這幾款布料中進行挑選。這是冬季期間您曾下過訂單的那三名工匠所染的布，除此之外我們也準備了一些款式相仿的布料。」

珂琳娜示意後，萊昂拿出木盒裡的布，攤開放在桌上。這是工匠們為了得到文藝復興的稱號，在參考了我冬天的訂單以後，根據我的喜好所新染的布。三款布料基本上大同小異，我完全分辨不出哪塊布是母親染的。

……虧我還心想，這次一定要把文藝復興的稱號賜給媽媽。

我「唔……」地沉吟苦惱，看向多莉，發現她的藍色雙眼一直注視著某個方向。她多半正盯著母親染的布料。我一邊留意多莉的眼神，一邊拿起她視野裡的一塊布。

……好像不是這個。

多莉眼中明顯浮現了「不是那個！」的焦急，所以我先假裝自己在仔細打量布料，看完後再拿起另一塊布。看到多莉心急不已的反應，我又把那塊布放下。

……那麼這一塊呢？

我一拿起旁邊的另一塊布，多莉的雙眼立刻發亮。然後在我仔細端詳的時候，多莉一直緊盯著布料不放，好像連手心都在冒汗。看來就是這塊布沒錯。

「春季服裝請用這塊布料製作。還有，文藝復興的稱號我想賜給染了這塊布料的工匠。」

我一本正經地向歐托這麼宣告，便見多莉的小臉綻放光彩。八成看出了我是根據多莉的反應來決定布料，歐托苦笑著表示明白。

……這下子媽媽也是專屬了。萬歲！

再與珂琳娜還有多莉一起討論後，也決定好了服裝的款式。接著，我打算順便問問平民區的消息。考慮到現在能見面的機會不多，今天又沒有文官在場，我想這正是問些深入問題的好機會。

「歐托，我聽說普朗坦商會最近新收了一名都盧亞，對方還是庫拉森博克商人的女兒。考慮到這件事帶來的影響還不少，比如商品情報可能外流，我必須向養父大人報告一聲，還請告訴我詳細情況。」

「遵命。」

歐托咧嘴一笑，看向珂琳娜。珂琳娜發出了輕笑聲。

「這位小姐名叫卡琳，是普朗坦商會破例收的都盧亞，簽了大約一年的契約。」

「大約一年嗎？」

都盧亞契約一般都簽三年，我不明白為什麼只簽一年。而且還說「大約」，代表甚至不一定會待滿一整年。見我歪過頭，歐托突然說出爆炸性發言：「因為兩位有可能結婚。」

……誰要結婚？咦？班諾先生嗎?!

「如今在艾倫菲斯特，由羅潔梅茵大人所構思的商品，不僅是貴族，也有好幾樣能賣給平民。」

中央與庫拉森博克的商人在夏季來訪時，聽說為了城市想與之打好交情的公會長，特意提供了減緩搖晃程度的馬車載他們去義大利餐廳；而商人們在高級旅館與大店店主家留宿時，也都看到了水井上裝設的手壓式幫浦。

「由於幫浦上頭刻有名字，他們馬上就知道了製造者是誰。接著只要再打聽羅潔梅茵大人與薩克的消息，自然地各式各樣的傳聞也就傳進他們耳中。譬如艾倫菲斯特的聖女不僅接連推出了新商品，還能給予真正的祝福；古騰堡則是聖女親自賜予的稱號，成員還全被納為專屬。與此同時，當然也會聽說普朗坦商會是最受羅潔梅茵大人關照的店家，不只得到賜名，還協助他們自立門戶。」

歐托說，他們很快就發現了我與普朗坦商會的關係有多麼密切。

「庫拉森博克的商人們全意識到了艾倫菲斯特這裡藏有莫大商機，想要建立交情也是再正常不過的事。而建立交情最簡單的方式，就是聯姻。」

聽到我最關照的商會老闆還單身，大領地的商人當然會覺得班諾是絕佳的獵物吧。聽說有商人透過公會長，正式提出聯姻請求。

「但班諾拒絕了。因為他擔心情報外流，再者本來也沒打算結婚。」

「……我想也是呢。」

結果，那名商人居然在談完生意、準備返回庫拉森博克之際，把女兒卡琳丟在旅館就自己走掉了。

「這根本是強迫接受吧?!」

據說卡琳當時這麼表示：「我不能給普朗坦商會造成困擾。我會先用手頭的錢住在便宜的旅館，之後再追上父親。」然後為了賣掉自己的衣裳與首飾來賺取旅費，她拜訪了奇爾博塔商會。在為衣服與首飾估價的時候，為了獲得更多有關庫拉森博克的情報，由歐托負責與卡琳攀談。

「我以前曾是旅行商人，所以很清楚一個成年不過數年的女子若要獨自旅行，會有多麼辛苦。卡琳一開始還逞強地笑著說，雖然得花不少錢，但只要搭船過河，就能在父親抵達法雷培爾塔克之前追上他吧。我聽了嚇一大跳。因為她的父親臨行前曾來打過招呼，當時還說他回程不會搭船。我把這件事告訴卡琳後……」

聽說卡琳當場變了臉色。大概這和她預想的，或是和之前聽說的回程路線不一樣吧。歐托似乎是判斷不能再置之不理，先制止了想要衝出商會的卡琳，然後聯絡班諾，也找來了公會長一起商議。

「對於要讓卡琳一個人離開城市，班諾最是面有難色。畢竟他父親就是為了談生意，在城市外頭喪命。公會長指出了這點後，最終在他的協調下順利談出結果。」

協調後的結果，就是直到明年夏天卡琳的父親再次來訪前，先由普朗坦商會收她為都盧亞，並且提供住宿。班諾則是要小心提防，別讓重要的情報傳入卡琳耳中。聽說班諾還打算在他判定情況不太妙的時候，便負起責任娶她，讓她成為自己人。

「班諾一直小心著不讓卡琳打探到任何消息，卡琳則是為了嫁給班諾，拚命地想蒐集到重要情報。我們旁人看了倒覺得很有意思呢。」

「……卡琳想嫁給班諾嗎？」

不是父親擅自決定的嗎？我眨眨眼睛後，珂琳娜溫柔地側過臉龐。

「大概是秋季尾聲發生過什麼事吧。卡琳的眼神明顯變得和以前不一樣了。雖然班諾哥哥極力在躲她，但進入冬天尾聲的時候好像也不再那麼避而遠之。看在旁人眼裡，還覺得他們好像情投意合呢。」

為了不被發現印刷業與孤兒院工坊的存在，班諾和卡琳的攻防戰似乎一直在持續著。聽了兩人也像在互相試探的舉動，我不禁感到擔心。

「但卡琳若以都盧亞的身分工作，自然可以得到不少消息吧？我雖然相信班諾，但對方畢竟是庫拉森博克的商人，還是有點擔心呢。」

光是有許多大領地的商人開始出入城市，艾倫菲斯特就陷入一片混亂。我雖然相信班諾的能力，卻不曉得能防範外人到什麼程度。我表達自己的擔憂後，歐托忽然表情嚴肅。

「班諾曾說，最糟糕的情況，就是即使要除掉卡琳也會守住情報。他希望羅潔梅茵大人與領主大人都能知道，他在決定要收留卡琳時就已做好了這樣的覺悟。」

班諾不會在這種事情上說謊。他在決定由商會收留卡琳的時候，就已經做好了不管發生什麼事都會自行解決的覺悟吧。

「……我知道了。卡琳這件事就交給班諾了。」

在城堡的生活

主要由坎菲爾與法瑞塔克負責準備的奉獻儀式結束後，我在神殿的閱讀時光也宣告結束。我與斐迪南預計在暴風雪中返回城堡。屋外的風雪相當猛烈。看來再過不久，今年又將發現冬之主的蹤跡吧。

「回到城堡以後，我可以馬上回貴族院嗎？我想與漢娜蘿蕾大人一起舉辦茶會，分享讀後心得。」

我傾訴自己的心願後，斐迪南露出了非常厭煩的表情。

「我雖能明白妳的心情，但感覺魔石準備再多也不夠用。」

「正好奉獻儀式過後多了很多的空魔石，時機真是剛好呢。」

「妳實在是……答案當然是不行。妳也想想身邊的人會有多辛苦。」

斐迪南深深嘆口氣後，又說：「反正還有幾件事需要討論，不可能讓妳馬上回貴族院。」可是，這陣子我們在神殿一起吃午餐時就已經談了不少事情，我一時間實在想不出還有什麼事需要討論。

……輒拿斯巴法隆一事說了，關於哈特姆特送回來的原料，神官長也在研究過後自言自語地下了結論，還有其他事情嗎？

「那個，請問要討論什麼事情呢？」

我一發問，斐迪南立刻狠瞪過來。原來還有一些事情得在城堡才能確認，像是見識水槍的威力、聽取尤修塔斯蒐集來的有關羅德里希的情報，以及了解齊爾維斯特查到的有關祈福儀式舞臺的資料。

暴風雪中，我跟在斐迪南他們後頭回到城堡，諾伯特與黎希達為我們打開大門。似乎是上完課回來了，柯尼留斯與萊歐諾蕾也在。

得知消息後再看向並肩站在一起的兩人，忽然就覺得是對戀人，真是不可思議。他們一定已經上完了貴族院的課，回來向萊歐諾蕾的家人打過招呼了。

「羅潔梅茵大人，恭迎您的歸來。」

「我回來了……原來柯尼留斯的對象是萊歐諾蕾啊。就只有我不知道嗎？」

「我想應該並不只有羅潔梅茵大人。」

但柯尼留斯的回答與表情倒是讓我很肯定，應該幾乎所有人都知道了。萊歐諾蕾站在一步後方，只是靜靜面帶微笑。

「那麼，你與萊歐諾蕾的家人打過招呼了嗎？他們有沒有反對呢？」

「一切順利無礙。」

柯尼留斯答得悠然自得。那一派沒什麼能難倒他的樣子，難道就只有我覺得火大嗎？一定就只有遭到排擠的我而已。正當我這麼心想時，忽然發現達穆爾的笑容也有些僵硬。瞬間，我煩躁的內心變得一片安詳。

……達穆爾連要找到對象都不容易，現在比自己小很多歲的柯尼留斯哥哥大人不僅結交到了身分與魔力都匹配的戀人，對方還是工作上的同事，心裡鐵定五味雜陳吧。我懂。我懂！

「護衛騎士請交接。」

諾伯特說完，護衛騎士們開始交接。一直在神殿負責保護我的安潔莉卡與達穆爾將得到幾天休假，並為討伐冬之主做準備。城堡裡的護衛工作則交給柯尼留斯與萊歐諾蕾。目送安潔莉卡與達穆爾返回騎士宿舍後，我轉身面向柯尼留斯與萊歐諾蕾。目光對上的瞬間，看得出來柯尼留斯微微繃緊身體。

……不用那麼警戒，我不會調侃或欺負哥哥大人的。

「可以跟我報告貴族院的情況嗎？我之前因為在神殿，只看過需要回覆的報告書而已，其他的事都不知道。」

「遵命。」

走回房間的一路上，兩人告訴我後來在貴族院發生了哪些事情。聽說不同於去年，今年以夏綠蒂為中心舉辦了好幾次茶會，地點也包括艾倫菲斯特的茶會室；還有，上位領地的女學生們開始熱中於輪流閱讀貴族院的戀愛故事集。

「我好想馬上回貴族院一起討論喔。」

「您一定會再次暈倒，請打消這個念頭。還請您想想近侍的辛勞。」

柯尼留斯也說了和斐迪南一樣的話來制止我。從神殿帶回來的行李被搬進房間後，我用眼角餘光看著黎希達與奧黛麗忙碌整理，自己則在旁邊看書。

當天晚上是與領主夫婦以及斐迪南共進晚餐。這天主要的話題，是關於麥西歐爾的洗禮儀式。聽說由於麥西歐爾在春季出生，他的洗禮儀式最好在貴族們返回各自的土地之前舉行，因此會與慶春宴一同舉辦。

「其實儀式本身就和冬天的洗禮儀式一樣，但因為不是首次亮相，不需要上臺彈琴吧。」

「是啊。」

「對了。養父大人，您有沒有找到舞臺的相關資料呢？」

為了效法哈爾登查爾重現過往的祈福儀式，基貝們希望能夠重新建造舞臺，齊爾維斯特便為此進入了只有領主能夠入內的資料室尋找。聽說他只找到了關於魔法陣的記述，但還沒找到與舞臺有關的資料。

「資料實在太多了，靠我一個人不知要找到何時。若能知道舞臺的正式名稱，或是至少可以知道是在何時建造，找起來也會輕鬆許多……」

儀式與魔法陣的相關資料太多，他說很難從中找到想要的資訊。發現這正是進入資料室的大好機會，我向連日來為了找資料而一臉疲憊的齊爾維斯特舉起手。

「養父大人，我願意幫忙！」

「不行，只有領主能入內。」

然而我笑容滿面地表達協助意願後，卻被他立刻搖頭否決。太遺憾了。

「我只是單純想幫忙而已，這樣也不行嗎？」

「對。」

「也不能請養母大人幫忙嗎？」

「對。」

……只有領主能進，領主的養女與領主夫人都進不去的資料室。既然只有領主可以進去……

「羅潔梅茵，妳該不會要說既然只有領主能進去，那乾脆自己來當領主吧？」

聽到斐迪南原原本本地把我內心的想法說出來，我嚇得整個人一震。

「斐迪南大人，您在說什麼呀？這怎麼可能呢……呵呵呵呵。」

我笑著想蒙混過關，斐迪南的眼神卻依然犀利。

……不用那樣瞪著我瞧，我也知道自己當不了領主唷。因為我不會去做可能被神官長幹掉的事情。

在斐迪南的瞪視下用完晚餐，等麥西歐爾來道過晚安後，我也向大家道了晚安要回房間。離開餐室之前，斐迪南叫住了我。

「羅潔梅茵，明天第三鐘響後來騎士團的訓練場。我想確認妳新武器的威力。」

我照著斐迪南的吩咐，隔天第三鐘響後前往騎士訓練場。到了訓練場後，首先做收音機體操。在我努力增強體力的時候，斐迪南到了。一起出現的還有一臉興致勃勃的波尼法狄斯與卡斯泰德，以及熱愛新事物的齊爾維斯特。由於各自還帶著近侍，陣仗非常龐大。

「羅潔梅茵，讓我們看看妳的新武器吧。」

「是，祖父大人。」

我在波尼法狄斯的催促下變出思達普，詠唱「水槍」使其變形。

「我從沒聽過這種咒語，也沒看過這種武器。」

齊爾維斯特說完轉頭看向斐迪南，尋求同意。斐迪南交抱手臂緩緩點頭，目光緊盯著我手上的水槍。

「我也從未聽過和看過。這個武器要如何使用？」

「我想這裡面裝著的應該是魔力。」

我揮了揮半透明的水槍，搖晃裡頭的液體。斐迪南皺著眉把臉湊過來。

「而且必須在心裡面說服自己這是武器，才能當武器使用喔。」

「這是什麼意思？」

「因為這原本是玩具。如果只是像這樣隨手一按，並沒有任何殺傷力。」

我隨手按下水槍射擊。射出的液體僅是嘩啦啦地灑落在附近的地面上，然後轉眼間消失無蹤。對此斐迪南「嗯」地點一點頭。見識過了玩具水槍的齊爾維斯特則是雙眼發亮，指向練習用的假人。

「羅潔梅茵，那妳接下來當成武器試試看吧。我比較想看這個。妳能做出與斐迪南射箭一樣的效果吧？」

我點了點頭，依齊爾維斯特的要求用水槍射出箭矢。我先是舉起水槍，瞄準不遠處的假人。然後微微瞇起眼睛，想像斐迪南射箭的畫面後，按下扳機。

「噢噢！」

液體咻地飛出後，先是分裂開來變成好幾支箭，接著應聲命中假人。

「太精采了！」

卡斯泰德與波尼法狄斯都發出讚嘆，齊爾維斯特則是瞪圓深綠色的雙眼，喃喃說道：「跟剛剛完全不一樣哪。」大家都一臉吃驚，就只有斐迪南神色肅穆地走過來，抓起我的手後開始仔細打量水槍。看來比起驚訝，水槍更成了他的研究對象。

「嗯，原來如此。是這裡的機關把魔力推出去嗎？」

為了方便自己觀看，斐迪南抓著我的手腕和手肘扭來扭去，目不轉睛地觀察水槍的內部構造。他八成完全沒發現自己在扭我的手臂。

……好痛痛痛痛痛！

「斐迪南大人，請不要扭我的手腕和手臂，好痛。」

「嗯，抱歉。先不說這個，倘若內部液體的容量會影響到射出魔力的多寡，那只要體積做大一些，應該就能提升威力吧？」

……沒在聽！這個人根本沒在聽我說話！

居然以一句「先不說這個」就帶過我抗議手痛這件事，然後開始自言自語，咕噥著該怎麼改良才能提升當武器使用的威力，以及需要多少魔力。這陣子在神殿共進午餐時一直聽他論述研究成果的我，非常清楚斐迪南一旦進入研究模式，就會把其他事情全部拋到腦後，直到他得出自己能接受的結論為止。

「咯空！」

我立刻解除思達普的變形。驚覺研究對象在眼前消失，斐迪南恍然回神般地抬起頭來，一臉不滿地瞪我：「我的觀察還沒結束。」我也不甘示弱地反瞪回去。

「……我都說了手臂很痛，請您認真聽我說話。但就算斐迪南大人道了歉，我也不會讓您繼續扭我的手臂喔。」

就在我們互相瞪視的時候，波尼法狄斯忽然大喊：「水牆！」突如其來的聲音讓我嚇了一跳，扭頭看向波尼法狄斯。他似乎是想馬上測試新武器的性能，但思達普卻毫無變化。波尼法狄斯看著自己的思達普歪過頭。

「唔？竟然沒有變化。」

「可能是發音不正確吧。是『水槍』。」

「『隨槍』？」

「還是不太對呢。是『水槍』。」

大概是日語發音並不好唸吧。在我糾正波尼法狄斯的發音時，斐迪南在旁邊環抱手臂，敲著指尖咚咚地感受發音節奏，然後以音階低聲發出「水槍」的音。接著，他不疾不徐地變出思達普。

「水槍。」

下一秒，斐迪南手上出現了半透明的廉價水槍。跟他超級不搭。水槍散發出來的溫馨感，跟面無表情的斐迪南不搭到了我都想痛罵變出水槍的自己。這種感覺就像是冷硬派風格的電影中，結果主角手上拿著的是半透明水槍一樣。簡直詭異到了極點。

「攻擊時就和射箭一樣吧？」

然而，斐迪南沒有針對外觀發表任何意見，直接舉起廉價水槍，朝著假人扣下扳機。咻地飛出的魔力攻擊比我剛才射出的還要龐大，分裂的箭矢數量也比我要多，速度更是讓我望塵莫及。

「嗯，這武器還真方便。」

僅一記攻擊就讓假人變得破爛不堪後，斐迪南看向自己手上的水槍，陷入長考。可能是想當成自己慣用的武器吧。畢竟能夠輕鬆地以單手操控，很適合坐在騎獸上進行攻擊。雖然優蒂特因為沒有大量魔力，放棄變出水槍，但魔力豐富的斐迪南完全沒有這個困擾。唯一最大的困擾，就只是外形並不帥氣。想像了斐迪南成天拿著廉價水槍的模樣後，我忍不住搖頭。

「斐迪南大人並不適合水槍，還請您不要使用。」

「妳這是什麼意思？」

「因為看起來一點氣勢也沒有。斐迪南大人不應該拿這種小孩子用的玩具，應該拿著更厲害的武器才對。例如弓箭就好多了。」

……要是我有能力重現帥氣的手槍就好了！事情也不會變成現在這樣。

明明我為此抱頭苦惱，斐迪南卻一臉受不了地看著我。

「羅潔梅茵，武器的效果與實用性可是比外觀更重要。」

「外觀也很重要喔！再不然也可以多花點心思，就像剛才說的把水槍變大，或是把外表變成純黑色的，不要看見裡頭的魔力。否則我無法接受。」

見我如此極力主張，波尼法狄斯便問我：「是嘛。羅潔梅茵，妳喜歡看來厲害一點的武器嗎？」然後變出自己的武器來問我厲不厲害。

……事到如今，任何武器看起來都比水槍要厲害喔，祖父大人。

展示完水槍的威力後，接著移動到領主辦公室，大家一起討論要怎麼修改水槍的外形，好讓斐迪南拿在手上時也不顯得突兀。齊爾維斯特還說：「外觀也是很重要的。」看來他自己也想使用水槍。

屏退其他人後，坐在三名監護人對面的我呼了口氣。這時，斐迪南忽然正色。

「羅潔梅茵，妳是在何處見過水槍？雖然妳不斷聲稱這是小孩子的玩具，但我從未見過或聽過這種玩具。這應該不是這裡的東西吧？」

我再度說明自己變出水槍的經過，同時也告訴他們自己還嘗試變了其他東西。

「一開始我只是無意識地喃喃自語而已。我用另一個世界的語言『日語』低喃以後，就變出了『水槍』。可是，唸印刷機、『影印機』和『剪刀』的時候卻變不出來呢。」

「『影印機』？『剪刀』？」

斐迪南一臉納悶地反問。影印機雖然很難說明，但這裡的人也會使用剪刀，所以倒是很簡單。

「呃，『影印機』是這裡沒有的東西，但『剪刀』就是剪刀。大家平常都會用到吧？可是我好像無法把『剪刀』當咒語使用……」

「悉依洛。」

斐迪南這麼詠唱後將思達普變成了剪刀，然後舉給我看。原來這裡早就有變出剪刀的咒語。可能是因為這樣，才無法用日語發音的『剪刀』變出來吧。

「剪刀的咒語是悉依洛。倘若『影印機』是這裡沒有的東西，那應該是妳自己的想像力不足吧。若不具體地回想出物體的構造與功能，便無法以思達普重現。所以我才會那麼仔細觀察水槍的構造。」

斐迪南斷然地說，如果無法明確地想像出來，就無法用思達普重現。換言之，我沒那麼容易就能用思達普變出影印機或印刷機。

……不——！我哪有辦法完完整整地回想出影印機的樣子！要是能具體回想出來，那該有多方便啊。我太失望了！

發現思達普並沒有那麼方便後，我為此垂頭喪氣。三名監護人則把我撇在一邊，熱中於修改水槍的外觀。看著這幅畫面，齊爾維斯特與韋菲利特還果真是父子。

最終，斐迪南成功做出了體積較大、外形更像真正手槍的黑色水槍。遺憾的是，我腦海中對於水槍的想像似乎已經定型了，所以始終只變得出半透明的水槍。

……結果不是我，反而是神官長增添了冷硬氣質。可惡！

接著我也在城堡待了一段時間。若有會面請求想要詢問哈爾登查爾的奇蹟，基本上一律回絕；至於與製紙以及印刷業務有關的會面請求，我則盡可能找艾薇拉與漢力克他們一起出席，努力增加印刷工坊的數量。

上午去兒童室看看情況，或去騎士訓練場做做收音機體操，也成了每天的例行公事。與此同時，也要尋找適合納為近侍的孩子。偶爾我的目光會與尼可拉斯對上，但他既不主動找我攀談，我也感覺得出柯尼留斯對他十分警戒，所以從不主動找他說話。

後來也討論過接受羅德里希的獻名這件事。根據尤修塔斯蒐集來的資訊，自從成了韋菲利特汙點的白塔一事發生後，羅德里希與父母的關係並不好。

「大小姐，倘若羅德里希本人希望，還請您讓他離開父母身邊。」

尤修塔斯靜靜表示。聽到他說讓羅德里希與家人分開比較好，我眨了眨眼睛。

「為什麼呢？」

「斐迪南大人不讓我告訴您。因為他擔心一旦詳細說明，您可能會太激動。」

他說我對於當成自己人的人總是特別寬容，但對於與自己人敵對的人卻很嚴厲，所以不能告訴我。

「倘若您認為非知道不可的話，可以派自己的文官去調查。或者等到接受獻名以後，要強行從本人嘴裡問出來，對大小姐來說也是輕而易舉。」

「……我不想做這種事。」我嘛起嘴巴。

「我就知道大小姐會這麼說。」尤修塔斯發出輕笑，接著又道：「大小姐，從獻名的那一刻起，我們便下定決心，無論父母還是自己，都不會比主人更重要。所以，我們絕對無法容忍自己的家人對主人帶來不利。您若能體諒羅德里希的心情，還請讓他們保持距離，暗中觀察情況。」

「我知道了。尤修塔斯，謝謝你特地告訴我這些。對我很有幫助。」

另外，在找了齊爾維斯特商量後，已經確定羅德里希獻名後會為他提供騎士宿舍裡的一間房間。女生的話就能和菲里妮一樣，提供北邊別館裡頭給侍從住的房間，但羅德里希是男孩子，不能進入侍從的房間。而提供給文官的宿舍並不在城堡裡，而是與騎士宿舍合併，因此往後羅德里希將住進騎士宿舍。

在預計返回貴族院的前一天，冬之主出現了，我也因此無法離開北邊別館。給予騎士團英勇之神安格利夫的祝福後，我便待在房內。現在北邊別館裡頭只有我一個人，到了用餐時間總有些寂寞。

發現在旁服侍的奧黛麗面露擔憂地看著我，我一時興起問了哈特姆特的對象。

「哈特姆特的對象嗎？我不清楚呢。」

奧黛麗一臉傷腦筋地說完，微微一笑。

「咦？可是他今年就要畢業了，需要有一同出席畢業儀式的女伴吧？」

「我先前曾聽他說，為了蒐集到更豐富的情報，他會與他領的女性交往。但今年出發去貴族院之前，他列出來的女性名字有好幾個，還說要到了貴族院再決定。所以，我也不曉得他最終會選誰……」

「意思是哈特姆特同時與好幾名女性交往嗎?!」

……拜託了，至少分一個給達穆爾吧！

我僵在原地，在內心發出無聲吶喊。

「羅潔梅茵大人，不是的。」奧黛麗連忙否定，為我說明：「似乎是去年在貴族院還不到交往的地步。哈特姆特這孩子，原本對任何事物都漠不關心，現在可說是所有心力都放在羅潔梅茵大人身上，所以為了蒐集情報，他是刻意廣泛但不深交地結識那些女性吧？」

……這樣聽起來，該不會其實那些女性都以為雙方在交往了，結果哈特姆特本人根本不這麼覺得吧?!太過分了，之後會被人持刀追殺喔！

「偏偏他這點像極了父親，真教人傷腦筋，但我相信他一定能找到雙方利益相符的對象，所以並不擔心。而且已經說好會在領地對抗戰上正式做介紹，我也很期待呢。」

奧黛麗呵呵笑著這麼說。眼看母親正期待著孩子要介紹女伴給自己，還笑得這麼開心，我實在不忍心說：「我看還是擔心一點吧！再這樣下去，說不定會在貴族院發生持刀傷人事件喔！」為免發生這種事情，看來我該盡早返回貴族院，盯著哈特姆特以免他遇到危險。

希望沒有人想拿刀追殺哈特姆特——我在心裡這樣祈禱著，然後栽進閱讀的世界裡。不久之後冬之主的討伐似乎已經結束，好天氣又回來了。這些天一直沉浸在美好的閱讀世界裡，我已經好懶得回貴族院。

披上明亮土黃色的披風、別上胸針，我在黎希達的催促下慢吞吞地前往轉移廳。小熊貓巴士反映了我的心情，動作非常緩慢。

「羅潔梅茵，動作快。柯尼留斯與萊歐諾蕾已經回去了。」

斐迪南充滿威嚴地站在轉移廳前等我。

「我不能在城堡待到領地對抗戰前一天嗎？我想再多看幾天書。」

「笨蛋，妳在胡說八道什麼。除了鉏拿斯巴法隆的詢問會、與多雷凡赫的茶會，妳還有很多行程都得消化。」

「可是與多雷凡赫的茶會，得先等我收到奇爾博塔商會的髮飾吧？我看還不用急著回去啊。」

今年由於我提早返回貴族院，所以奇爾博塔商會完成髮飾後必須先送到城堡，再利用轉移陣送來貴族院。因此，我們也預計收到髮飾後才與多雷凡赫舉辦茶會。

「妳不是一直想去貴族院的圖書館嗎？」

「但斐迪南大人不是說過，現在這時期閱覽席都坐滿了人，如果已經修完課的我還成天出入圖書館，只會給大家造成困擾吧？」

我既去不了圖書館，與漢娜蘿蕾的茶會也因為我絕對會暈倒而被禁止，就算回到了貴族院也毫無樂趣可言。倒不如待在城堡看書還比較開心。

……我才不想出席軔拿斯巴法隆的詢問會；就算多雷凡赫確定會與王族聯姻，也不想出席他們的茶會。反正結果一定又會挨罵。

我百般不願地垮著肩膀，這時斐迪南伸手將我抱起來，「咚」地放在轉移陣上。他用力蹙眉瞪著我。

「這段期間王族不會出來走動，妳趕快回去累積社交經驗。畢竟妳這方面的經驗實在太過缺乏，而且今年已經給妳足夠的時間看書了，別再拖拖拉拉。」

聽了斐迪南的訓斥，我只能無奈點頭。

「……是，那我出發了。」

韞拿斯巴法隆的詢問會

黑金兩色的光芒消失後，視野不再搖晃，我已經來到了貴族院。在騎士們的催促下，我邁開沉重的腳步慢慢走出轉移陣。

「羅潔梅茵大人，歡迎您的歸來。」

看到近侍們都來迎接，我擠出微笑面對。總不能擺出「其實我一點也不想回來」的表情嘛。

「我回來了，請報告我不在的時候發生了哪些事吧。」

從城堡帶回來的行李由黎希達與莉瑟蕾塔負責整理，這段期間我則與近侍們一起在多功能交誼廳裡等候。我把準備放到交誼廳書架上的書擺在大腿上，坐著小熊貓巴士移動，一路上聽取近侍們的報告。

「這陣子我與莉瑟蕾塔陪著夏綠蒂大人一起出席了茶會，也告訴韋菲利特大人的侍從們在參加社交活動時，可以帶哪些點心、準備哪些話題。他領學生也對艾倫菲斯特的流行十分感興趣。」

根據布倫希爾德的報告，他領的學生從去年到今年，始終對艾倫菲斯特的甜點與髮飾很感興趣。不僅如此，漢娜蘿蕾推薦的艾倫菲斯特的書還蔚為話題，現在大家都在茶會上其樂融融地討論著戀愛故事。

……好好喔，我好想參加。

先熱絡地討論艾倫菲斯特的書籍，再分享自己知道的戀愛或騎士故事，這種茶會聽來真是太吸引人了。然而，暈倒的可能性也是一般茶會的好幾倍，我絕不可能參加。

我不由自主嘆氣後，菲里妮的嫩綠色雙眸亮起燦爛光彩，看向我笑道：

「羅潔梅茵大人，我也陪著夏綠蒂大人一起出席茶會，蒐集到了戀愛故事唷。除此之外，還收到了好幾篇他領見習文官抄寫的故事。之後得請羅潔梅茵大人過目、估算價值才行。」

「菲里妮，這真是好消息。」

得知蒐集到了他領的新故事，我的心情迅速變好，接著我往掌心一敲。

……既然不能窩在城堡裡頭，那窩在貴族院裡不就好了嗎！

既然圖書館不能去，分享讀書心得的茶會也不能去，這正是待在房裡看書的絕佳機會。如果能夠窩在房裡閱讀新故事，還少了會碎碎唸的斐迪南，那跟城堡比起來，貴族院這裡根本是完美的與世隔絕之地。

……不，不對不對。我可是在工作。收下他領文官抄寫好的故事後，我得看過內容、評估該支付多少報酬給對方才行。如果適合印成書籍，還得加以改寫。噢，好忙、好忙啊。呀呵！

隨著情緒越來越亢奮，小熊貓巴士的腳步也變得十分輕快，我很快抵達多功能交誼廳。下了小熊貓巴士，走進交誼廳後，已經修完課的學生們正各自做著自己的事情。韋菲利特與夏綠蒂也在其中。

「羅潔梅茵，妳今年很早回來嘛。」

「姊姊大人，歡迎回來。」

兩人笑著迎接我時，我的心情已經好到了可以露出真誠的滿面笑容回應。

「我回來了，請告訴我貴族院發生了哪些事情吧。」

聽說我離開以後，夏綠蒂代替我出席了好幾場茶會。現在她也順利修完了課，還與其他人分享了我告訴她的母系紋。

「茶會上，多虧漢娜蘿蕾大人與阿道芬妮大人居中介紹，我也與其他幾個領地有了交流。在與阿道芬妮大人一同出席的茶會上，還聊到了借還書籍這件事情，她對此十分感興趣呢。但當時我手邊已經沒有能出借的書籍，便說好下次再帶給她。」

因為還不能讓他領知道印刷技術的存在，所以現在只能拿出一本書輪流出借。

「那正好哈爾登查爾送來了新書，可以把這本書借給多雷凡赫喔。」

「姊姊大人，艾倫菲斯特的學生得先看過才行唷。畢竟出借的時候，我們總不能對內容一無所知。」

說的有道理——我對夏綠蒂的建議點點頭，拿出三本書來。其中兩本是基於呈繳制度徵收來的，另一本是基貝．哈爾登查爾特別送給我的。

「這兩本我會放在交誼廳的書架上，供艾倫菲斯特的學生們翻閱。這本則是我個人的所有物，所以可以由我決定要借給誰。」

「姊姊大人，謝謝您。那我可以在兩天後的茶會上借給阿道芬妮大人嗎？」

阿道芬妮似乎十分欣賞夏綠蒂，已經又約好了下一次的茶會。

……一切順利固然值得高興，但我就沒有必要為妹妹努力了呢。

本來還心想為了夏綠蒂，也要努力參加自己並不擅長的社交活動，結果並不需要我幫忙吧。妹妹的成長讓我感到有些寂寞，笑著頷首。

「沒問題。那既要借書給阿道芬妮大人，也請向多雷凡赫借一本書來吧。」

「借一本多雷凡赫的書嗎？」

夏綠蒂眨了眨藍色眼睛，側過臉龐。

「是的。因為書非常昂貴，我與戴肯弗爾格借還書籍的時候，也會向漢娜蘿蕾大人借一本書。因此我們每借本書出去時，也都要向對方借一本書。如果與其他領地不同樣這麼做，會讓人覺得我們就只有戴肯弗爾格信不過吧？」

其實這是我為了蒐集他領故事的表面理由，夏綠蒂聽了卻臉色丕變。

「真是對不起，我之前並沒有向格里森邁亞也借一本書。」

格里森邁亞是排名第四的中領地，也是國王第一夫人的娘家。國王的第一夫人即是席格斯瓦德與亞納索塔瓊斯的母親。格里森邁亞是政變後排名驟然上升的領地，有個領主候補生與夏綠蒂同年。

「借書的時候，哈特姆特與菲里妮沒有建議妳，也要向對方借本書做為交換嗎？」

因為我吩咐過大家，參加茶會時要多多提供協助。我看向自己的近侍們。近侍們還沒開口，夏綠蒂先對我搖搖頭。

「我早就聽姊姊大人的近侍說過，您會與戴肯弗爾格交換書籍。可是，我一直誤以為只有喜愛看書的漢娜蘿蕾大人與姊姊大人才會這麼做。正如姊姊大人所說，書籍高價又貴重，一般並無法隨隨便便就帶出領地。所以，我才沒想到要與所有領地都交換書籍。」

夏綠蒂說完，我托著臉頰沉思。這時候固然可以不再堅持，回道：「既然不方便帶出領地，那就沒辦法了呢。」但萬一以後大家都理所當然地認為，可以毫無擔保就向艾倫菲斯特借到書籍，那就麻煩了。不僅艾倫菲斯特的書會被看輕，也會影響到我想蒐集更多故事的計畫。

「要把貴重的書籍帶出領地確實不容易吧。但是，這點戴肯弗爾格也一樣。還是請妳在茶會上告知眾人，若要借書，也得準備一本書做為交換。另外也麻煩妳聯絡格里森邁亞，請他們一定要提供交換用的書。準備上很花時間也沒關係，因為總不能就只有格里森邁亞毫無擔保。抱歉，是我傳達上不夠細心。」

「哪裡，姊姊大人。都怪我沒有仔細向您確認此事。那我立刻去聯絡格里森邁亞。」

為了與自己的近侍們一同討論，夏綠蒂起身離席。我接著看向韋菲利特。

「韋菲利特哥哥大人，您這段時間過得如何呢？應該已經修完課了吧？」

「嗯，修完了。社交方面我多是與奧爾特溫往來。」

不只奧爾特溫，他說庫拉森博克的領主候補生也邀請了自己。秋末初冬，來自艾倫菲斯特的商品抵達了庫拉森博克，聽說絲髮精深受女性歡迎，亞納索塔瓊斯獻給艾格蘭緹娜的歌也蔚為流行。

「啊，對了。他說亞納索塔瓊斯王子與艾格蘭緹娜大人今年會出席領地對抗戰，還問妳會不會出席，我先回答了要看妳的身體狀況。羅潔梅茵，妳今年能參加嗎？」

「養父大人沒說我不能參加，但我也預測不了自己到時候的身體狀況，所以老實說，我完全無法肯定呢。不過，養父大人他們似乎都很擔心我與王族有所接觸，因此今年說不定又不能出席。」

雖然不知道今年他們會找什麼理由，但反正還是有可能不讓我出席。

「是嘛。那我還是向父親大人與叔父大人報告一聲，說庫拉森博克曾問起這件事。妳也想參加吧？」

「是呀。」

接著，我把要給雷蒙特的作業交由哈特姆特轉交，順便請他通知赫思爾，說我已經回來了。因為說過要召開鞄拿斯巴法隆的詢問會，那只要報告一聲我回來了，她就會幫忙安排好時間吧。

「但倘若赫思爾老師忘了或嫌麻煩而沒聯絡其他老師，不會給羅潔梅茵大人造成麻煩嗎？」

「要是可以因此不必接受問話，我個人倒是完全無所謂。」

我還希望其他老師最好也忙得把我這件事忘了。結果哈特姆特一聽，居然正經八百地說：「絕沒有人能忘記羅潔梅茵大人。」我趕緊把工作交代給他，速速把他趕出去，然後伸手拿起菲里妮為我準備好的紙張。

「羅潔梅茵大人，這邊是我蒐集的，這邊是哈特姆特，而這些是羅德里希蒐集來的故事。」

「你們三個人都很努力呢。那麼接下來，我會待在房裡查看故事，希望能趕在最後一天之前支付報酬。」

後來幾天除了用餐之外，我完全沒有離開過房間。我一直忙著閱讀菲里妮他們蒐集來的故事、估算其價值，再加以修正或改寫成書面語。偶爾為了歇口氣，會停下來看看漢娜蘿蕾與索蘭芝借我的書籍與資料，並把內容抄寫下來，每天都過得非常充實。其間，布倫希爾德曾拿來茶會的邀請函。

「羅潔梅茵大人，這是茶會的邀請函。」

「請轉給夏綠蒂吧。因為我若出席會聊到書本的茶會，很可能給近侍們造成困擾，所以被禁止出席。」

「咦？羅潔梅茵大人明明在社交期間回來，卻不出席茶會嗎？」

布倫希爾德不敢置信地眨眨眼睛，我從書本抬起目光看向她，微微一笑。

「監護人們雖然吩咐過我，等收到髮飾以後要出席多雷凡赫的茶會，但其他會聊到貴族院戀愛故事的茶會恐怕就沒辦法了呢。畢竟我不能再給近侍增添更多麻煩。斐迪南大人與柯尼留斯也都這麼告誡過我。所以為了能為艾倫菲斯特的流行盡份心力，我決定專心編寫新書。」

為自己能窩在房裡找了正正當當的理由後，我回絕了所有茶會邀請，同時全神貫注看書。回到貴族院的三天後，在我吃完晚餐又打算在睡前看本書時，黎希達再也受不了地開口勸道：

「大小姐，您也該出去稍微走動，否則對身子不好喔。明天出去散步吧。」

「黎希達，可是就算要出去，我能去哪裡呢？我又不能去圖書館。」

「出去散散心，路上遇到人便打聲招呼，這也是一種社交活動吧？」

……咦～？難得我為自己打造了可以不必出門的環境，我不要。

我邊小心著不讓嫌麻煩的情緒表現在臉上，邊模仿安潔莉卡，盡可能擺出難過的表情。

「但監護人們都要我小心一點，以免遇到王族，所以待在宿舍裡是最安全的吧。」

「這種生活對身體不好，我會去向齊爾維斯特大人抗議。」

不必不必！我在心裡頭大喊，但這時候要是拚命阻止，那我故意擺出的難過表情就沒意義了。於是我順勢拜託黎希達：「那請拜託他們，讓我能去圖書館吧。」然後繼續看書。

……嗯嗯，太順利了。

然而，我開開心心的不出門生活卻沒能持續太久。因為赫思爾捎來奧多南茲，通知我問話的日期已經決定了。

……三天後的第三鐘嗎？呿，虧我正快快樂樂地過著每天看書的生活呢。

同一天大概是收到了黎希達的抗議，監護人們寄來的信上寫道：「妳也該稍微出席茶會。」萬般無奈下，我寫信回道：「那請各位幫我決定，我可以出席哪些茶會吧。」然後在等待回覆的時候，到了接受問話的日子。

「天氣這麼晴朗，真想待在房裡看書呢。但既然是老師們的傳喚，那我也只能出席了。」

難得的蔚藍晴天，真想把這美好的天然照明用在看書上。竟然在最適合待在窗邊看書的日子被叫出來，實在是糟透了。我無力地垮下肩膀後，哈特姆特與菲里妮都安慰我說：「等結束後您就能看書了。」柯尼留斯則是吃驚地瞪圓雙眼。

「羅潔梅茵大人，您還沒看夠嗎？幾乎將近一週的時間，您都沒有離開過房間一直在看書吧？」

「書怎麼會有看夠的時候呢。我相信自己就算死了，還是想繼續看書。」

這點我有信心能斷言。「您到底有多喜歡看書啊。」柯尼留斯只是無奈嘆氣。

問話將在中央樓的小會廳裡進行。赫思爾站在小會廳門前，等著我到來。

「近侍們請去等候室或者回宿舍待命，結束後我會送出奧多南茲通知你們。」

赫思爾說完，柯尼留斯的神情流露出不安。

「但會議應該都允許護衛騎士同行。」

「因為這次不是會議，而是詢問會。你們各自也被問過話吧？這是必要措施，才能防止有人暗中下達指示或是隱瞞實情，也才能與其他人的證言做比對。」

「赫思爾，那大小姐就交給妳了。我會在這裡待命，不必寄奧多南茲給我。」

「知道了。」

進入小會廳後，只見屋內的桌子排成ㄇ字形。正前方是洛飛、錫爾布蘭德，以及體格很像是中央騎士的一名男性與一名青衣神官，阿度爾則站在錫爾布蘭德身後。左右手邊分別是貴族院的老師們，當中也有我不認識的老師。

「羅潔梅茵大人，這邊請。」

我就像法庭上的被告一樣，獨自一人坐在屋內正中央，赫思爾站到我旁邊。

「羅潔梅茵，看妳氣色不錯我就放心了。妳的身體已經恢復了嗎？」

坐在正前方的錫爾布蘭德笑咪咪地問道，我也微笑著與他寒暄。

「只要不勉強自己就沒問題。」

「那就好。」

錫爾布蘭德說完，洛飛重重點頭，向我確認：「那麼今天向妳問話應該沒問題吧？」我點頭後，赫思爾開始為我介紹坐在前方的那排人。

「羅潔梅茵大人，這位是中央的騎士團長勞布隆托大人，這位是中央神殿的神官長以馬內利。」

……騎士團長與祖父大人還有父親大人一樣，都散發出強大的氣勢，但中央神殿的神官長就和我們這裡的神官長毫無相似之處了。看起來很跩，但感覺就很弱。

由於青衣神官皆由進不了貴族院的貴族孩子擔任，可能是來到貴族院後，又被一群貴族包圍，對此感到緊張吧。我先往好的方向去解讀以馬內利那僵硬的臉色。

介紹結束後，洛飛先說明了艾倫菲斯特的學生們從發現到打倒鉬拿斯巴法隆的經過。這是說給其他老師聽的吧。看來包括在宿舍留守的人在內，洛飛向艾倫菲斯特的所有學生都問過了當時情況。

「雖因個人主觀而多少有些差異，但每個人的證言都相差無幾。因此，我判定學生們的證言有一定的可信度。」

說完這句開場白後，洛飛朝我看來。我吞了吞口水，看向洛飛與其他老師。斐迪南教我的應對方式很簡單。

他說，我必須聲稱自己因為在神殿長大，經常接觸神具，所以對武器與防具的認知全來自神具。也因為在神殿長大，對諸神知之甚詳，也知道很多禱詞。而貴族院並不會教學生如何變出黑色武器，所以我甚至不曉得學生不能使用。還有，變出黑色武器的咒語似乎與禱詞不同，但我並不知道咒語是什麼——如此主張的同時，還要不斷強調「因為我是神殿長」、「在艾倫菲斯特的神殿都是這麼做」、「斐迪南大人是這麼告訴我的」，盡可能避重就輕。

在我回想斐迪南教給自己的回答時，洛飛開口說了。

「黑色武器只有在領地得到許可後，領內的騎士才能使用，就連在貴族院也不會教給學生這個咒語。儘管如此，羅潔梅茵大人卻讓當時在場的所有人都變出了黑色武器。而妳主張自己唸的是禱詞，沒錯嗎？」

「是的，我請大家跟著我複述黑暗之神的禱詞。因為我知道，若要討伐像陀龍布那樣會吸取魔力的魔物，需要黑暗之神的祝福。」

我予以肯定後，洛飛臉色變得凝重，接著問：

「妳為何知道這種事？」

「因為我是神殿長，在陀龍布的討伐結束後得治癒土地。只要與騎士團一同前往，便能觀看到現場戰鬥的情形。陀龍布與鉏拿斯巴法隆一樣，是種會吸取魔力的魔樹。」

斐迪南告訴過我，陀龍布只在艾倫菲斯特出現。為了能夠討伐陀龍布，艾倫菲斯特才獲准使用黑色武器。

「與騎士團一同前往嗎？不是討伐結束後再找妳過去？」

不只洛飛，騎士團長勞布隆托與中央神殿的神官長以馬內利都驚訝眨眼。看樣子其他地方都是等到討伐結束後，才呼喚神官或巫女。

「因為在艾倫菲斯特的神殿，神官長斐迪南大人也會參與討伐，大概是讓我一同前往比較能節省時間吧。」

「神官長竟然參與討伐嗎?!這怎麼可能……」

以馬內利大搖其頭，直呼「不可能」，洛飛對此提出反駁。

「斐迪南大人可是同時修習了騎士課程的領主一族，會參與討伐也不足為奇。考慮到艾倫菲斯特的戰力，更可說是理所當然……羅潔梅茵大人，妳也會參與討伐嗎？」

「怎麼可能呢。我還只是貴族院的二年級生，也沒有打算要修習騎士課程。我只是讓侍從拿著芙琉朵蕾妮之杖，在討伐結束前待在附近待命而已。」

……但這次因為想幫羅德里希取得原料，確實幫忙出了點力啦。

我在心裡補上這一句。

「嗯……我稍微可以理解，艾倫菲斯特神殿的情況比較特殊。但是，聖典上並未記載可以得到黑暗之神祝福的禱詞。關於這點妳打算如何說明？」

「聖典上怎麼可能沒有獲取黑暗之神祝福的禱詞呢。倘若沒有記載，神殿要如何給予祝福？」

這簡直莫名其妙。我眨眨眼睛後，洛飛於是看向以馬內利尋求說明。

「聖典上雖有星結儀式時該說的禱詞，好給予新婚夫婦最高神祇的祝福，卻從未提到能讓人變出黑色武器的黑暗之神的祝福。神殿長也說他的聖典上並無此記載。」

「好了，羅潔梅茵大人。請妳說明這到底是怎麼一回事！」

坐在左手邊的傅萊芮默用尖銳的嗓音厲聲質問。我強忍下想摀住耳朵的衝動，內心有些火大。

……我才想請對方說明呢！聖典上怎麼可能沒有祝福的禱詞。

想到這裡，我恍然驚覺。對了，圖書室裡的手抄版聖典中，也有一些版本的禱詞並不完整。肯定是中央的聖典也和那些聖典一樣，內容有所缺失。

「但是，我的聖典上確實有此記載。手抄聖典的內容每本都會因時代而有所差異，應該只是中央神殿使用的聖典並沒有記載吧。」

「羅潔梅茵大人，妳的意思是我們的聖典並不正確嗎？」

大概是從沒有人質疑過聖典的內容吧。以馬內利面露慍色，話聲變得凌厲。但不管對方怎麼說，我都無意推翻自己的想法。

「既然我聖典上有的禱詞，中央神殿的聖典上卻沒有，會覺得是你們的聖典有所缺失也是很正常的吧？畢竟連神官長斐迪南大人也確認過禱詞了。」

「妳、妳說什麼──」以馬內利的嘴巴一張一合。我別開目光，看向洛飛。

「而且斐迪南大人說了，變出黑色武器的咒語，與取得黑暗之神祝福的禱詞並不一樣。」

「什麼?!咒語與禱詞並不相同嗎？明明有一樣的效果？」

這次不只洛飛，其他老師也明顯倒吸口氣。

「我從不知道變出黑色武器的咒語是什麼，也聽說只有騎士才能學，所以這部分我不清楚。但是，確認過咒語與禱詞的斐迪南大人是這麼說的。」

兩者確實都能攻擊會吸取魔力的魔物，但若仔細觀察，會發現其實連效果也不太一樣。不過，這件事沒必要告訴在場眾人吧。我若無其事地避而不談。

「沒想到咒語與禱詞竟然並不相同。」

洛飛吐了口大氣。這時，多雷凡赫的舍監賈鐸夫舉起手來，要求發言。賈鐸夫是去年我在騎獸製作課上說過話的那位老爺爺。聽說他既是赫思爾的研究夥伴，也是競爭對手。

「羅潔梅茵大人，我最好奇的是採集場所的復原情況，這點也教人匪夷所思。被韜拿斯巴法隆破壞過的土地，都得同時派出好幾名青衣神官及巫女，花上數天的時間舉行治癒儀式。然而當我們趕到時，艾倫菲斯特的採集場所已經恢復原樣。」

「就是說呀！照理說，艾倫菲斯特的採集區域應已被韜拿斯巴法隆汙染了才對。羅潔梅茵大人，妳到底做了什麼？快點如實招來！」

傅萊芮默猛然起身，咄咄逼人地質問。大概是受不了她的尖銳話聲，賈鐸夫摀住耳朵。雖然我也很想捂住耳朵，但此刻在眾人的注視下實在不適合這麼做。

「我也想知道，妳究竟是如何在不到一鐘的時間內完成治癒。」

以馬內利可能是負責舉行貴族院這邊的儀式吧。只見他用力擰眉，幾乎是用瞪的盯著我瞧。

「中央神殿的神官長說得不錯。羅潔梅茵大人做的事情總是不合常理！包括做出來的騎獸也是！」

傅萊芮默硬要扯出去年的騎獸那件事，開始大聲嚷嚷。四周的老師們儘管嫌吵地皺起眉頭，看著我的眼神卻與傅萊芮默還有以馬內利一樣。

……真想馬上回去，好想回去繼續看書喔。

我忍不住想逃避現實，同時看向在場的老師們。明明在場有這麼多老師，為什麼這麼簡單的道理卻不明白呢？這點才讓我匪夷所思。坦白說，我實在懶得一一說明。

「貴族很少進入神殿，不明白也是正常的吧。但是，各位問我的這個問題，就好比在問生命之神埃維里貝最渴求的事物是什麼唷。」

我用非常文雅的方式暗示道：「為什麼這麼簡單的道理會不明白？」卻見赫思爾按著眉心嘀咕：「這種面帶笑容冷嘲熱諷的本事，妳倒是不必像到斐迪南大人。」

……嗯？我只是指出他們的無知，並不是要冷嘲熱諷喔。

然而正如赫思爾所說，似乎有人將我這番話解讀為嘲諷。

「妳這話是什麼意思？我在神殿長大，自認非常了解神殿的一切。」

以馬內利平靜地表示道，幾乎沒有情緒起伏的灰色眼眸直勾勾地望著我。

……啊，原來我不小心對在神殿長大的人說「你太不了解神殿了」。聽到我這麼說，確實會覺得挖苦意味十足吧。

「那句話是對貴族院的老師們說的。而您雖了解神殿，卻不了解貴族的事情呢。」

以馬內利「唔」地蹙眉，老師們也同樣一臉不明所以，我再環顧眾人。

「各位當真認為，既無法進入貴族院就讀、也未持有思達普，甚至也不懂得魔力壓縮的青衣神官及巫女，魔力量能與我這個領主候補生相提並論嗎？更別說我還在貴族院得到了最優秀表彰。」

不只洛飛，所有老師皆瞠大雙眼，而眼中大多綻著了然的光彩。只見以馬內利似乎想要反駁卻說不出話來，嘴巴張合了幾次後，最終緊緊咬牙。

「剛才有老師說，舉行儀式時得派出好幾名青衣神官、花上好幾天的時間，但是洛飛老師，您的魔力量能抵幾名青衣神官呢？」

「我雖然答不出確切人數，但確實能代替好幾名神官供應魔力吧。」

我想也是。洛飛可是足以轉籍至中央、還能擔任教師的優秀貴族。拿來跟青衣神官相比反而荒謬。洛飛回答後，賈鐸夫表示認同地點了幾下頭，稍微傾身看我。

「我已經明白不光羅潔梅茵大人，就連我們的魔力量也能抵好幾名青衣神官……但是，本該耗費數日的儀式妳卻能在短時間內完成，這又是為何？」

「單純只是因為貴族擁有許多神官沒有的東西。當然魔力量本就有所不同，但最關鍵的原因，在於回復藥水的有無。」

「哦，回復藥水嗎？」賈鐸夫聽了我的回答後，一邊喃喃說著，一邊摸向自己腰帶上的藥水瓶。由於貴族有時會不小心在課堂上消耗過多魔力，因此基本上都會隨身攜帶回復藥水。而神殿的神官們不可能來貴族院上課，也無法自行製作回復藥水，只能等著魔力自然恢復。這可說是關鍵性的差異。再加上我的回復藥水是由斐迪南製作，效果跟在貴族院學到的回復藥水截然不同，但這部分沒必要告訴大家。總之只要讓所有人明白，貴族與只能等著魔力自然恢復的神官不同，有辦法自行恢復。

「也就是說，羅潔梅茵大人不僅魔力量高，還持有回復藥水，因此既不需要耗上數天的時間等待魔力恢復，也無須中斷儀式與人交接。僅此而已，沒錯嗎？」

賈鐸夫簡單地歸納結論後，老師們之間便彌漫起了「原來如此」的氛圍。事情的發展很不錯，希望可以繼續保持。

「正如賈鐸夫老師所說，此事特別的地方，就只在於身為領主候補生的我還兼任神殿長而已。只要有神具，也曉得禱詞，就連老師們也能治癒採集場所。除此之外毫無特別之處。」

太好了，總結得很完美——我悄悄吁了口氣時，洛飛忽然抬起頭來。

「羅潔梅茵大人，聽說妳還在治癒儀式上變出了神具，關於這點也請詳細說明。」

「竟敢做出虛假的神具，對諸神太不敬了！」

傅萊芮默插嘴怒斥道，但大家似乎已經習慣她的大呼小叫，僅是往她瞥了一眼，沒有更多反應。我也在看她一眼後，重新望向洛飛。

「如各位所知，我因為在神殿長大，武器與盾牌都只看過祭壇上諸神拿著的那些。雖然斐迪南大人可以隨心所欲地變出神具與一般的武器，但慚愧的是，我並沒有他那麼厲害。我能變出來的，就只有自己最熟悉的神具而已。我想只要擁有思達普，青衣神官能變出來的大概也是神具吧。」

一般貴族不會接觸到神具，所以無從想像，也很難用思達普變出來。聽完我的主張，老師們皆表示認同。就在這時，至今一直安靜聆聽的錫爾布蘭德忽然發言，明亮的紫色眼眸熠熠生輝。

「羅潔梅茵，神具長什麼樣子呢？我從來沒有見過，很想見識一下。」

「……咦？」

本該全程靜靜觀看的王族突然開口說話，導致現場瞬間一片靜默。被阿度爾伸手按住肩膀後，錫爾布蘭德才一臉「糟了」地掩著嘴角。

「羅潔梅茵大人變出的神具嗎？若有機會，我也很想親眼見識見識哪。」

「羅潔梅茵大人在課堂上變出的萊登薛夫特之槍確實美麗，還綻放著耀眼藍光。」

賈鐸夫與洛飛紛紛開口，為錫爾布蘭德的失言打圓場。我偷偷瞄向站在一旁的赫思爾。赫思爾想了一會兒後，小聲建議道：

「我認為妳可以變出來給大家看看。畢竟也有老師在懷疑妳能否變出神具。如果能變出神具，就能證明羅潔梅茵大人所言不假。」

循著赫思爾的視線看去，可以知道她指的是壓根不信我半句話的傅萊芮默。她再壓低音量說了幾句話，意思就是要我藉著為錫爾布蘭德的失言打圓場，順便賣個人情給王族——正確地說是賣給他的近侍。

「我明白了，由我向各位展示以思達普變成的神具吧。考慮到在這裡變出萊登薛夫特之槍太過危險，我會變出治癒土地時使用的芙琉朵蕾妮之杖。錫爾布蘭德王子，這樣可以嗎？」

正因自己失言而不知所措的錫爾布蘭德，立刻露出鬆了口氣的笑容。

「好的。羅潔梅茵，這真是太好了。」

我也對錫爾布蘭德回以微笑後，接著往身旁的赫思爾伸出手。因為沒人幫忙，我無法優雅地起身。

經過數秒的沉默後，赫思爾總算明白了我的意思，伸手扶我站起來。我盡可能優雅地離開座位，變出思達普。

我的思達普造型十分簡單，不像韋菲利特的那麼講究。然而，所有人全都往前傾身，注視我的思達普。儘管他們臉上的表情幾乎沒有變化，眼神卻非常認真，聚精會神地看著我這邊。最是一臉興味盎然的，是騎士團長勞布隆托。

在這麼多人的注視之下，我不禁倒吸口氣。若不在腦海中具體回想，就無法讓思達普變形。這時候要是失敗就糟了。我輕輕閉上眼睛，回想芙琉朵蕾妮之杖的模樣。

「修得列坎布恩。」

下個瞬間，我手中出現了腦海中所想的芙琉朵蕾妮之杖。精雕細鏤的長長握柄上有著成排的小魔石，頂端的精巧金屬外框更鑲有偌大的綠色魔石。以我魔力變出的神具，一向是處於充滿魔力的狀態。偌大的綠色魔石搖曳著熠熠流光。

以馬內利忽然喀噠一聲站起來，原本沒什麼情緒起伏的灰色雙眼中流露出驚愕與陶醉。他就像喝醉了一樣，腦袋不穩晃動，往前傾著身子，目不轉睛地注視法杖。

「芙琉朵蕾妮之杖……」

以馬內利一臉茫然地沙啞喚道。大家因而確信，在我手中的確實是芙琉朵蕾妮之杖。現場一陣喧譁，眾人臉上變得滿是驚訝與興奮。一群人當中，就只有錫爾布蘭德天真爛漫地發出讚嘆，以充滿佩服的眼光看著我。

「神具真是美麗呢，我還是第一次見到。謝謝妳答應我如此任性的要求。」

「這是我的榮幸，錫爾布蘭德王子……咯空。」

錫爾布蘭德既已心滿意足，我便解除思達普的變形。法杖在一瞬間消失無蹤。老師們都像是忽然清醒，收回身子重新坐正。以馬內利瞪大了眼，好一會兒盯著我瞧，最後慢慢地坐回椅子上，緩緩閉上眼睛低喃：「原來真能用思達普變出神具。」

「如今已能清楚知道，羅潔梅茵大人與青衣神官的魔力量之懸殊實屬正常。」

洛飛這麼表示後，感覺得出問話也將就此結束，我用力握起拳頭。

……好耶，老師們接受我的說法了。我說服他們了。這下可以回去了！

我正這麼心想時，以馬內利忽然慢慢睜開雙眼說：「不，我還有事情不明白。」明明他的話聲和剛才一樣沉靜有禮，眼中卻閃著格外銳利的光芒。

「舉行儀式時，羅潔梅茵大人與青衣神官的魔力量確實相差懸殊。若再飲用只有貴族才能製作的藥水，也確實能夠縮短儀式時間吧。但是，關於黑暗之神的祝福一事，我還是不明白。」

以馬內利說完，老師們的耳朵都動了一下，抬起頭來。好不容易結束的爭論又要開始了。巴不得趕快回去的我，真想像斐迪南平常做的那樣按住太陽穴說：「你別多嘴。」

「羅潔梅茵大人方才說了，中央神殿的聖典有誤。但是，受初代國王所託，並由中央神殿守護至今的聖典，絕不可能有任何缺失。反倒是艾倫菲斯特的聖典，更有可能被人隨意增刪修改吧？」

面對以馬內利的質疑，我一時無法回答，只能沉默。因為聖典上的確有疑似是前任

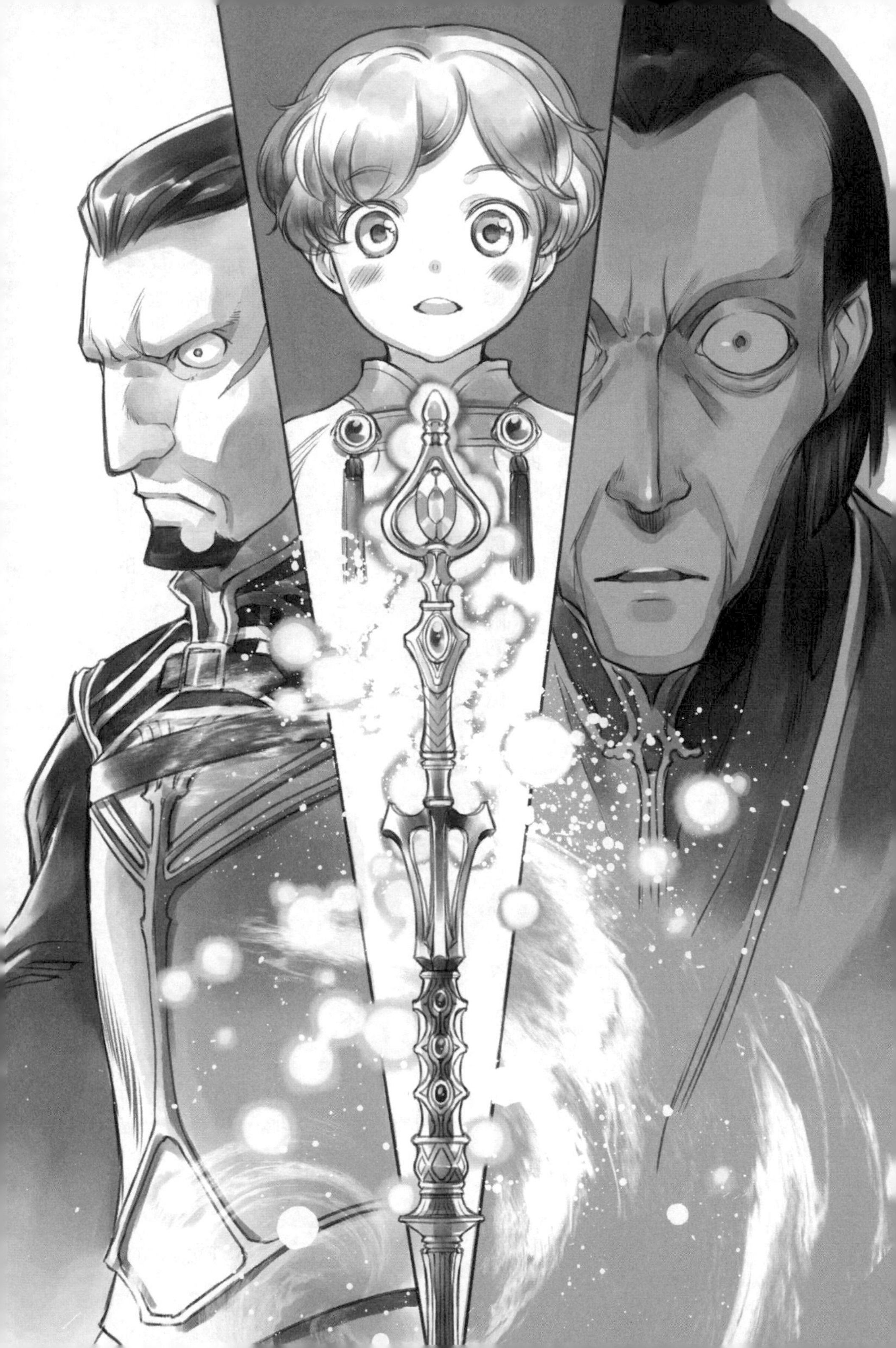

神殿長抄寫下來的祈禱文，所以我的聖典確實有另外補上的文字。但當然，黑暗之神祝福的禱詞是聖典上本來就有的。

……唔唔！可惡的前任神殿長！

「妳不敢回答，一定是聖典被修改過吧?!天呀！天呀！真教人不敢置信！」

傅萊芮默又大呼小叫起來，我在心裡反駁她說：「是前任神殿長啦！」洛飛兇狠地瞪向傅萊芮默。

「傅萊芮默，妳安靜一點。此刻在討論有關神殿的事情，貴族院的教師不該插嘴。妳這樣有失品格。」

洛飛出聲訓斥後，傅萊芮默再度「天呀！」地叫了一聲，然後不高興地別過頭。看得出來前方的錫爾布蘭德正捏著冷汗看我。

……嗯，畢竟聖典可說是神殿長權威的象徵，我能明白不想承認內容有所缺失的心情呢。但他那麼說也不合理啊。

我刻意以手托腮，偏過頭看著以馬內利。

「您的見解真是獨到呢。言下之意是說，在艾倫菲斯特只要隨便加上禱詞，我們便能得到黑暗之神的祝福囉？」

「不、我並非這個意思……」

這次換以馬內利語塞。這時，騎士團長像是隱忍不住地笑了出聲。至今從未發言的勞布隆托看向坐在身旁的以馬內利，勾起嘴角說了：

「倘若隨便加上禱詞就能得到神的祝福，那麼比起中央神殿，艾倫菲斯特的神殿更優秀吧？」

由於他們同是中央的人，又坐在一起，我還把兩人歸為同個陣營，但關係似乎並不好。騎士團長露出挑釁的笑容看著以馬內利。

「中央神殿鎮日主張該以聖典選出正統的國王，結果你們的聖典卻可能有缺失嗎？既是如此，那種聖典選出的國王真能稱為正統嗎？」

……咦？難不成這位騎士團長是討厭聖典基本教義者的那派人？

「中央神殿的聖典才是最正確的，望您謹慎發言。」

「是嗎？我看倒未必。艾倫菲斯特的聖女不都說你們的有錯嗎？」

看來現任國王派與聖典基本教義派本就針鋒相對，結果我認為聖典有缺失的發言更是火上加油了吧。我立刻在心裡向斐迪南下跪道歉。

……神官長，對不起！事態好像變得更嚴重了！可是，這不完全是我的錯喔。因為我一開始就聲明我們是取得了黑暗之神的祝福，總不能隱瞞禱詞的出處，況且我們的聖典才沒有缺失呢！

我邊看著互瞪的騎士團長與以馬內利兩人，邊在心裡想著該怎麼向斐迪南解釋。這時，賈鐸夫出聲說了：「兩位，請冷靜下來。」年邁的老爺爺都帶著溫和的笑容調停了，兩人於是閉上嘴，轉身面向前方。也就是往我的方向看來。

被以馬內利欲言又止的眼神緊盯著，勞布隆托則是饒富興味地看著我，我真想立刻逃離現場。賈鐸夫看看兩人，再看向我，輕撫著鬍子說：

「嗯……我看最好請中央神殿與艾倫菲斯特都把聖典帶來，進行比對。畢竟我們與神殿毫無關係，也從未看過兩邊的聖典，無從判定誰的主張才是對的。」

表面上要我們拿來聖典，然後進行仲裁，但賈鐸夫的眼神明顯就只是想親眼看看聖典而已。根本只是研究欲望被點燃了吧，我想。不管是聖典基本教義派、王位的正當性還是我的主張，他看起來都沒有半點興趣。

「賈鐸夫老師，我贊同你的提議。只要拿來兩本聖典互相比對，確實就能知道誰的主張才是對的。」

站在我身旁的赫思爾立刻表示贊成，雙眼閃閃發亮。從那興奮的嗓音就能聽出，她覺得這麼做一定很有意思。但這是與神殿有關的事情，我真希望這些瘋狂科學家可以保持沉默，不要多嘴。

因為這個提議非常不妙。畢竟我的聖典會浮現奇妙的魔法陣與文字。萬一有人也看得見，就會被解讀成是對當今國王的挑釁。怎麼辦？

「要我帶來艾倫菲斯特的聖典恐怕不方便。聖典不是應該放在各自的神殿裡嗎？但如果是手抄版本，我倒是可以帶過來。」

「哎呀？……那麼，我倒覺得應該徹底地檢查一遍，確認艾倫菲斯特的聖典是否曾被修改過呢。羅潔梅茵大人現在的反應明顯是作賊心虛！」

「我、我才沒有作賊心虛呢！」

我忍不住這麼反駁傅萊芮默後，以馬內利的雙眼閃過精光。

「看來應該要雙方都把聖典帶來，進行比對。我會向神殿長提出請求。」

儘管以馬內利的表情幾乎沒變，但他顯然已經打定主意。這下糟了。至少我可以肯定，事情再這樣發展下去，我鐵定會被斐迪南臭罵一頓。必須想辦法避免才行。如果不能說服眾人，讓自己不用帶聖典過來，我的閱讀時間很有可能會變少。

呃……不如試著這樣說：「我們的聖典不能帶離神殿。那麼就算聖典上沒有禱詞，也當作你們的聖典最正確吧。」……不行，挑釁意味比剛才更濃厚了，對方一定會堅持要我帶過來。啊啊啊啊！我的腦袋快想想辦法啊！快點快點！

在我拚命動著腦筋思索時，洛飛想了一會兒後開口說了：

「我記得星結儀式與王族首次亮相時，中央神殿的神殿長都會帶著聖典一同來貴族院。既然如此，聖典不至於不能帶出領地吧？」

「是啊。」

……不不不，能帶出來我就麻煩了。神官長會罵我的！

儘管很努力地思考可以推掉的藉口，一時間卻什麼也想不出來。就在我拚命轉著腦筋時，大家逕自討論起來。

……等一下，我還在想辦法！

然而殘酷的是，正當我努力思考時，眾人還是敲定了之後將召開聖典檢證會。「那麼改日再議。」老師們紛紛起身。

「羅潔梅茵大人，事情就這麼決定了。妳沒意見吧？」

「其實就判定中央神殿的聖典最正確也沒關係，不需要特意進行比對喔。大家都很忙，這樣只會浪費各位的時間……」

所以還是別召開檢證會吧——但我話還沒說完，傅萊芮默又大聲嚷嚷：「妳果然作賊心虛！」洛飛要求她安靜後，朝我咧嘴一笑。

「放心吧，我不認為羅潔梅茵大人會撒謊。既然確實得到過黑暗之神的祝福，代表聖典上一定有禱詞吧。我只是想請妳證明這一點。」

「也不必這麼麻煩，就當作中央神殿的聖典最正確不就好了嗎？」

然而，認為不需要證明的似乎只有我而已。包括被激起了研究欲望的老師們在內，大家都積極表示贊成。最積極的，就是用挑釁眼光看著以馬內利的勞布隆托。

「現在就連中央神殿的聖典是否正確也不曉得，我希望能詳加調查。相信國王也會如此希望吧。還請艾倫菲斯特的領主候補生提供協助。」

……意思是就算我不想協助，只要下令就好了是嗎？

「遵命。」我垮著肩膀回道。至少不是由我主動提供協助，而是不情不願地奉命，相信監護人們聽到時的感受也會大不相同吧。

「那麼，羅潔梅茵大人。我希望能由斐迪南大人帶聖典過來，畢竟不管是貴族還是神殿的主張，他都能夠理解。」

……咦？斐迪南大人嗎？為什麼突然提到他？

洛飛對著納悶眨眼的我露出爽朗笑容，遞來寫在木板上的邀請函。

「因為羅潔梅茵大人不管說明任何事情，都會提到斐迪南大人說過的話與做過的事。再者，我們也得向他請教有關暗之咒語與禱詞的差異……此外我還想趁這機會，與他商量讓羅潔梅茵大人修習騎士課程一事。」

……最後那件事跟這次的事情完全無關吧?!

我還以為自己說服了大家，讓問話順利結束，回過神時才發現是我被說服了。

……奇怪了，不應該是這樣才對啊。

我拿著洛飛遞來的邀請函，半是茫然自失地離開小會廳。

一回到宿舍，韋菲利特就要我報告詢問會的情況。我在近侍們的包圍下開始說明。

「啊？發出了邀請函給監護人嗎？一般都是學生犯下了非常嚴重的過錯、得一起商議是不是該讓學生離開貴族院，才會叫監護人過來喔！」

其實這次的事情已經不只是我個人的問題，牽涉到的範圍更廣。不過，為了稍微緩和大家內心受到的衝擊，我開口安撫道：

「……這次為了檢查艾倫菲斯特的聖典，所以被找來的監護人不是養父大人，而是斐迪南大人喔。並不會發生我得離開貴族院的情況。」

「我的意思不是這個！而是監護人被找來這件事本身就非常罕見！」

「這麼說是沒錯啦……」

我也不樂意看到監護人被找來啊，大家就只是想看我的聖典而已。況且雖然事情已成定局，但其實我也很努力想推掉這件事，只是想不到有說服力的理由而已。

「妳記得寫封完整的報告書給叔父大人，叔父大人的追究會很可怕喔。」

「我知道。」

把今天詢問會的情況寫成報告書後，我連同洛飛給的邀請函一起寄回艾倫菲斯特。邀請函上的時間是三天後的上午。

……唉，我的閱讀時光就這麼消失了。幸福真是短暫。

就這樣，我成了艾倫菲斯特史上第一個監護人被叫來貴族院的領主候補生。

聖典檢證會

檢證會的前一天，第五鐘剛響，斐迪南便帶著尤修塔斯與艾克哈特來到宿舍做準備。學生們都一臉緊張地聚集在多功能交誼廳裡迎接。斐迪南環顧成群的學生，開始下達指示。

「黎希達，準備一間我能與羅潔梅茵談話的房間。」

「遵命。」

黎希達與布倫希爾德馬上離開交誼廳，斐迪南再看向站在屋內正中央的韋菲利特與夏綠蒂。

「這次我被叫來是因為鞀拿斯巴法隆一事。由於不能讓他領知道當初是艾倫菲斯特討伐了魔獸，因此我被找來一事不會對外公開，你們放心吧。羅潔梅茵此次的事情全由我負責善後，你們只要帶領學生，繼續參加社交活動即可。」

「叔父大人，那就拜託您了。」

由於事態發展成了還傳喚監護人前來，代表老師們認為此事無法只靠孩子們解決。韋菲利特一直膽顫心驚，不知道事態到底有多嚴重，但在聽到斐迪南會負責善後以後，露出了安心的笑容。

「尤修塔斯，等你房間整頓好了，順便了解領地對抗戰的準備進度。」

「了解。」

尤修塔斯立刻轉身，去整理今晚要留宿的房間。斐迪南瞥了他一眼後，接著把目光投向哈特姆特。

「見習文官便由最高年級的哈特姆特帶領，準備好資料後再度於此會合，向尤修塔斯匯報進度。」

由於會在神殿幫忙，哈特姆特與菲里妮早就習慣斐迪南分配工作的方式，聽完馬上轉身開始行動。然而，多數見習文官似乎還搞不清楚狀況，只是一臉茫然。哈特姆特在走回房間的半路上，輕拍了拍羅德里希的肩膀。

「羅德里希，別傻愣著。我們要動作快，否則尤修塔斯大人很快就整理好了。」

羅德里希這才反應過來，跟上哈特姆特，其他見習文官也急忙開始動作。正當交誼廳裡的氣氛變得一片忙亂時，整理好會議室的黎希達回來了。

「羅潔梅茵，妳跟我來。走吧。」

斐迪南呼喚後，我在黎希達的帶領下走進一間較小的會議室。聽到斐迪南要我坐在他對面，我往莉瑟蕾塔幫忙拉開的椅子坐下。

……嗚嗚，神官長一定會罵我說：「老師竟把我叫來貴族院，妳又惹了什麼麻煩。」

我一邊偷瞄斐迪南毫無情緒的臉龐，一邊悄悄按住肚子。雖然這件事並不完全是我的錯，但把斐迪南拖下水來仍是無庸置疑的事實。

「談話內容事關僅由神殿長管轄的聖典，因此與神殿無關的你們都出去吧。有護衛騎士守在門前即可。」

　斐迪南正想把所有近侍全趕出去，黎希達立刻橫眉豎目。

「斐迪南小少爺，兩位不可單獨談話！」

「黎希達，退下。我們要談的內容不能讓任何人聽見，而且現在刻不容緩。」

「小少爺！大小姐已經有未婚夫了，我不能讓她有任何機會招來不必要的誤解。請您讓近侍陪同在場。」

　以貴族的常識來說，黎希達的主張合理至極。反倒是之前在神殿屏退所有人、兩人一起進入工坊的情況，其實是不應該發生的。但是，接下來要與斐迪南討論的事情中，多半也包含了關於聖典上的魔法陣要如何統一口徑吧。讓近侍們聽見太危險了。

　斐迪南的眉頭皺得幾乎快要打結，思索了片刻後說：「……好吧，能在屋內的只有艾克哈特與柯尼留斯。這已是我的極限。」然後他擺了擺手，要其他人都離開房間。「雖然我比較希望女性護衛騎士能留下，但好歹血親更能讓人放心，那便這樣吧。」黎希達一邊這麼說著，一邊退出房間。

　僅留下艾克哈特與柯尼留斯，確認門扉已經徹底關上後，斐迪南再向兩名護衛騎士下令道：

「你們兩個，都面向房門站著。」

「是！」

　艾克哈特接到命令後立刻轉過身，柯尼留斯卻是眨眨眼睛：「咦？」對於護衛騎士竟然要讓自己的目光離開護衛對象，柯尼留斯一時間困惑無措，斐迪南馬上喝道：「太慢了！」

「是！」

等到兩人都面向門扉，也就是都背對我們以後，斐迪南接著拿出防止竊聽用的魔導具。看來連讓他們讀出唇語也不行。看到斐迪南如此警戒，我跟著緊張起來。

「斐迪南大人，真的非常抱歉！那個，我沒能阻止老師們叫監護人過來，也沒辦法阻止他們比對聖典……」

在被臭罵一頓之前，先自己道歉吧！我這麼心想著，一握緊防止竊聽用的魔導具就開口道歉，怎知斐迪南只是輕輕擺手。

「無妨，被叫來貴族院本就在我預料之中。倒不如說我就是為了讓他們把我找來，才要妳回答時都提及我的名字。比對聖典時能避免只有妳一個人得應付他們，這樣的結果已經算是不錯了。」

原來監護人會被叫來貴族院，早就在斐迪南的預料之中。看他似乎沒有生氣，我這才放鬆下來，思緒飄到明天的檢證會上。

「可是，居然要比對神殿長的聖典，這下可麻煩了呢。」

「我倒是不太明白有何麻煩？」

「咦？因為……要是大家看到了那個魔法陣，不是很危險嗎？」

之前斐迪南還擺出那麼恐怖的表情，嚴厲告誡我不能說出去，那被別人看見不就會有大麻煩嗎？我提出疑惑後，斐迪南環抱手臂睨我一眼。

「我們若是看不見，哪會有任何問題。換言之，只要妳別說溜嘴或不小心多嘴就好了。我來便是為了防止這件事。」

斐迪南說，既然尤修塔斯也看不見，代表除了魔力量、魔力適性與取得加護的屬性等等條件外，應該還要有其他條件才能看見魔法陣。否則的話，不可能我與斐迪南突然之間都看得到。

「恐怕明天的檢證會上，也幾乎無人看得見魔法陣吧。」

「那假如有的話，我該怎麼辦才好呢？」

「沒什麼怎麼辦，因為我們看不見。不論看得見的人是愚蠢到直接唸出內容，結果因此被王族盯上；還是不吭一聲，但在暗中意圖謀取王位，那都是他們自己的選擇，與我們無關。我們只要確保艾倫菲斯特不會受到波及即可。」

斐迪南要我裝作什麼也不知道，就算有人問起，也要故作驚訝地反問：「您看得見那種東西嗎？」聽他說完，我意識到確實有個人物也許能看見魔法陣，而且還會驚訝地老實說出來。

「鉬拿斯巴法隆的詢問會上，錫爾布蘭德王子也在。由於他是王族，貴族院內發生事情時都會在場見證，所以很有可能也會出席明天的檢證會。錫爾布蘭德王子若看得見那個魔法陣，會有什麼麻煩嗎？」

「國王的孩子當中出現真正的國王，這有什麼問題嗎？相較於毫無關係的我們竟看得見魔法陣，這根本不值一提。倘若席格斯瓦德王子與錫爾布蘭德王子皆能看見魔法陣，那由兩人正正當當地爭奪王位即可。倘若只有其中一人看得見，便由看得見的人成為國王。要是兩人都看不見，一切不過就是維持原樣。」

斐迪南的說明令我偏過了頭。要是發現一直以來都接受臣子教育的錫爾布蘭德具有成為國王的資質，他的近侍們肯定為之振奮，也免不了與將被指定為下任國王的席格斯瓦德形成對立吧。到時候的情況可是非常不妙。

「可是，我聽說錫爾布蘭德王子一直是接受臣子的教育……」

「他才剛剛受洗，甚至尚未正式亮相。若有成王的資質，只要重新接受教育，仍具有極高的可塑性；再加上他的母親是戴肯弗爾格出身，要後盾也有後盾。倘若錫爾布蘭德王子能夠取得古得里斯海得，我想國王會指定他為下任國王吧。因為在沒有古得里斯海得的情況下統治國家有多麼艱難，相信國王自己最有體會。」

斐迪南這些話讓我感到非常神奇，忍不住歪過腦袋。

「沒有古得里斯海得，國王治理起尤根施密特會很辛苦嗎？」

「……我想，就相當於領主還來不及把基礎魔法傳給下任領主便猝死吧。未取得基礎魔法的領主，必須以一族的身分前往供給室提供魔力，同時還得尋找基礎魔法的下落。只要仍在供給魔力，基礎魔法便能保存延續。但是，領主無法改動領地的基礎。無論是修補還是其他，什麼也不能做。」

例如平民區的因特維庫侖就得動到基礎魔法，哈塞的小神殿也是在徵得領主的許可後才能建造。未獲得基礎魔法的領主不算是真正的領主，也無法行使只有領主才能施展的魔法。

「神官長真是了解呢。」

「妳是領主候補生，以後也會學到基礎魔法。姑且不論齊爾維斯特是否還記得全部內容，但這些事連他也知道。」

面對明天就要到來的檢證會，斐迪南臉上卻沒有半點不安。這雖然令我感到安心，卻也不明白他為什麼能這麼泰然自若。

「斐迪南大人，您完全不擔心明天的聖典檢證會嗎？」

「我們該做的只是證明而已。證明艾倫菲斯特的聖典上確實有著如何取得黑暗之神祝福的禱詞，證明變出黑色武器的咒語與禱詞並不相同，以及證明艾倫菲斯特的學生並未違反國王訂下的規定。既是聖典上有的記載，向他們展示即可。」

聞言，我才想起了為什麼事情會演變成要拿聖典過來。雖然中途開始被捲進中央神官長與騎士團長的爭論，但其實本來只是軔拿斯巴法隆的詢問會而已。

「中央的聖典如今究竟有何變化，與艾倫菲斯特完全無關。中央神殿的人與中央的騎士團長想吵就隨他們去。不管是制止還是煽動雙方對立，皆是國王的職責。這不是妳能干涉的事情。老實說，我擔心的只有妳而已。」

斐迪南明確說出該做哪些事情以後，我的心情頓時輕鬆一些。本來還很擔心事態好像不受控地越來越嚴重，但明天的檢證會只要交給斐迪南就沒問題了吧。

「明天就全面交由斐迪南大人應對，我會在旁邊乖乖待著。」

「我也如此希望。」

再與斐迪南討論了一些細節後，隔天第三鐘響起的同時，檢證會也開始了。屋內桌椅的排列與上次的詢問會相同，但正前方的以馬內利身旁，這次還坐著中央神殿的神殿長。由於那身白袍我也會穿，所以絕不可能認錯。每當聽到神殿長這個職稱，腦中總會浮現出前任神殿長那樣的身形，但中央神殿的神殿長是位正值壯年的男性。

「這位是中央神殿的神殿長雷利吉歐，今天特意帶來了中央神殿的聖典。」

互相介紹完畢，也打過招呼後，檢證會正式開始。勞布隆托站起來，聲音嘹喨地說明今天是因為我上次在詢問會上的發言，要確認中央神殿的聖典有無缺失。

「那麼，讓我們看看艾倫菲斯特的聖典吧。」

「我有異議。」

斐迪南對勞布隆托的發言提出異議，捧著聖典起身。

「你說什麼？」勞布隆托眨眨眼睛。

斐迪南帶著貴族特有的禮貌性微笑說了：

「邀請函上寫道，今日召開檢證會，是為了證明討伐軛拿斯巴法隆時，艾倫菲斯特的學生並未違反國王訂下的規定，並不是為了調查中央神殿的聖典有無缺失。看來我似乎是走錯了地方。」

……如果我是騎士團長，神官長的意思就是：「你這個笨蛋，是不是忘了原先的目的？」

斐迪南聲明中央神殿的聖典有無缺失，皆與艾倫菲斯特無關後，面帶著笑容與騎士團長互相瞪視。大概是斐迪南的牽制奏了效，勞布隆托輕笑一聲做了讓步。

「嗯，這麼說來確實是為此叫你前來……那麼讓我們看看聖典，證明艾倫菲斯特並未違反國王訂下的規定吧。」

「遵命。羅潔梅茵，打開鑰匙。」

斐迪南淡淡微笑，走到騎士團長面前放下聖典。雖然他臉上帶著專門給貴族看的有禮微笑，在我看來卻恐怖得要命。我在赫思爾的攙扶下離開座位，把鑰匙轉進斐迪南放在桌上的聖典。一翻開封面，和先前一模一樣的魔法陣與文字再度浮現。

「……全是白紙嘛。」

勞布隆托翻了幾頁後皺起臉龐。赫思爾以協助我為名義，也跟了上來端詳聖典，蹙起眉說：「羅潔梅茵大人，這上面什麼也沒寫啊。」

「天呀！居然在這種場合下還帶偽造的聖典過來嗎?!簡直不可置信！」

「這下我終於明白了。我還奇怪為何政變過後，貴族院的畢業生們素質皆有下降，原來不是學生，而是教師的素質下降了。」

斐迪南毫不掩飾不快，直視著傅萊芮默說。雖然他的看法我也贊成，但真希望他能說得再委婉一點。因為身為斐迪南弟子的我，很可能更被她視為眼中釘。

「在聽完說明前，不懂得保持沉默的無能之人只會礙事，最好還是閉上嘴巴……神殿長的聖典需有神殿長的許可才能閱覽，因此只能看見白紙也屬正常。」

「那麼，請向在場所有人下達閱覽許可吧。」

大概是心裡頭萬分期待，赫思爾用雀躍的嗓音這麼要求。然而，斐迪南面帶微笑一口回絕。

「恕難從命。因為與神殿無關的人，沒有資格閱覽。」

「咦？這是什麼意思?!」

「天呀！」

斐迪南看向發出訝叫聲的貴族院老師們，平靜說道：

「聖典本來不該帶出神殿。」

「但是……」

「因此，可以閱覽聖典的人，有負責為此事做見證的錫爾布蘭德王子、知道暗之咒語也參與過此次討伐的騎士團長，以及兩位來自中央神殿的人就夠了吧。」

「斐迪南大人！」

這太過分了！赫思爾只差沒把這句話也喊出來。斐迪南看著她輕聲嘆氣。

「既然黑暗之神禱詞的效果與黑色武器的咒語相似，便不能隨便讓未得到許可的人看見。我雖敬佩各位老師的研究熱情，但此事另當別論。」

黑色武器的咒語，只有需要此種武器的領地的騎士才能學，不能未經國王許可就教給熱愛研究的文官。聽了斐迪南列出的理由，一個個好比瘋狂科學家的老師們都露出了想反駁卻無法反駁的表情。

「羅潔梅茵，下達閱覽許可吧。」

「是。我在此准許錫爾布蘭德王子、勞布隆托大人、雷利吉歐大人、以馬內利與斐迪南大人閱覽聖典。」

我唸出每個人的名字，允許他們閱覽聖典。

……錫爾布蘭德王子沒問題嗎？

我偷偷觀察他的反應。錫爾布蘭德是王族，也許看得見這個魔法陣。雖然斐迪南說就算看得見也沒關係，但我還是深感不安。

「啊，我看到字了。」

「嗯……原來神殿長的聖典是魔導具嗎？」

我本來還在擔心，但錫爾布蘭德似乎看不見浮現出來的發光魔法陣與文字。靜靜等著下一頁被翻開的他，紫色眼眸裡沒有半點驚訝，勞布隆托的表情也完全沒變。兩個人好像都看不見。

「還請中央神殿也打開聖典，並下達閱覽許可。」

斐迪南催促後，雷利吉歐神殿長拿出聖典放在桌上。看起來就和艾倫菲斯特的聖典沒有兩樣。接著他插進鑰匙，同樣翻開封面，下達閱覽許可。當然對象也包括我。

……咦？這本聖典看不到魔法陣與文字。

聖典上的內容雖然一樣，卻沒有魔法陣與文字浮現而出。

「內容完全相同呢。」

大家接連翻頁比對，發現內容一模一樣。呃，其實艾倫菲斯特的聖典到處都另外寫上了洗禮儀式與成年禮的禱詞，所以好像不能說是完全一樣。

「艾倫菲斯特的聖典上好像另外補充了不少文字哪。」

以馬內利瞇起眼睛。為免我亂說話，斐迪南立即開口說了。

「寫下這些文字的，是以前的神殿長吧。由於平民聽不懂古老用語，補充的內容也多數都改寫成了現代用語。」

……雖然這也可以稱作小抄啦。

「那麼，可獲得黑暗之神祝福的禱詞在何處？」

騎士團長詢問後，我把聖典翻到那一頁。與黑暗之神有關的禱詞很少使用，頁數在相當後面。

「就是這裡，這部分便是黑暗之神的禱詞。」

「……哪裡？在我看來只是一片空白。」

以馬內利看向我指的地方，臉上滿是狐疑。中央神殿的兩人都瞇起了眼睛細細察看，但好像無法看見文字。

「不，我看得到。只是用詞過於古老，無法立即理解，但我確實看得到字。」

「是的，我也看得到……但很難看懂在寫什麼呢。」

騎士團長與錫爾布蘭德似乎看得到，中央神殿的兩人更是反覆端詳聖典。

「請問中央神殿的兩位，聖典上的內容可以看到哪裡為止？」

聽了斐迪南的問題，中央神殿的兩人開始往前翻頁，直到差不多中間為止才停下來。正好聖典上的補充文字也是從那之後開始增加。

「這本聖典是魔導具，倘若魔力不足或是欠缺某種屬性，部分內容可能無法看見。這也意味著中央神殿的聖典並沒有缺失，只是閱覽者的魔力或屬性不足吧。與身為領主候補生的羅潔梅茵相比，這也是自然的結果。」

「原來如此。」

勞布隆托接著同樣翻開中央的聖典。但是，頁面從中間開始變成一片空白，他停下翻頁的手。我也從騎士團長停下的地方開始看不到後面的內容。

「既然所有人都是在同一頁之後看不見內容，可能是根據管理者神殿長的屬性與魔力量，這已是這本聖典能夠閱覽的上限。若能蒐集到所有聖典進行檢證，相信可以有更多新發現吧。」

斐迪南這麼低喃時，整個人已經進入了研究模式。我趕緊輕拉他的袖子，指了指赫思爾。

……神官長，你也別忘了原先的目的喔。今天並不是要檢查聖典，而是要證明艾倫菲斯特的清白吧？你現在的眼神根本和赫思爾老師一模一樣。

大概是感受到了我無聲的吐槽，斐迪南假咳了一聲。但斐迪南雖然恢復了理智，看得見聖典內容的人仍非常認真地在比對。

「在我看來，羅潔梅茵的聖典到這裡就沒了呢。嗯？但後面這邊又看得見了。為什麼呢？」

「我也是這部分雖有少許空白，但從這裡又看得見了。到這邊又斷了。」

錫爾布蘭德與騎士團長翻著我的聖典，訴說著自己可以看到哪裡。騎士團長看得見的部分似乎更多，但中間有某部分兩人都看不見。

……會不會是沒有命屬性呢？

我依著兩人皆說是一片空白的部分，猜測兩人的屬性。這時，錫爾布蘭德微微笑著看向我問：

「羅潔梅茵，妳能看到哪一頁呢？」

……到最後一頁為止。

但要是直接把心裡想的說出來，恐怕又會惹來麻煩。我單手托腮，慢慢地歪過頭往後退了一步。斐迪南則是往前一步。

「不論羅潔梅茵還是我，最終能看到的頁面都與騎士團長相同。代表這與騎士團長無關，而是羅潔梅茵這本聖典的閱覽上限就到這裡為止吧。」

「哦？」

勞布隆托挑起單眉，輪流看向我與斐迪南。說不定被他發現了我打算把難懂的事情都丟給斐迪南說明。與內心七上八下的我不同，斐迪南一派從容自若，將聖典翻回到有黑暗之神禱詞的那一頁。

「正如各位所見，比對兩本聖典以後，中央神殿的聖典之所以沒有禱詞，並非因為有所缺失，而是持有者神殿長的屬性與魔力量所造成的差異。也能證明艾倫菲斯特因為是由領主候補生擔任神殿長，聖典上才有黑暗之神的禱詞。」

斐迪南如此宣告後，勞布隆托緩緩搖頭。

「很遺憾，聖典上的文字實在太過古老，很難判定禱詞與我們平常所用的咒語有何不同。」

「咒語與禱詞的不同，由我來證明。羅潔梅茵是領主候補生，不是騎士，沒有必要讓她知道暗之咒語吧。」

斐迪南向勞布隆托遞出防止竊聽用的魔導具。兩人分別握住魔導具後，另一手皆變出思達普來，接著變形成小刀。然後他們掩著嘴巴不讓人看出唸了什麼，再把小刀變成黑色武器。

「噢噢，原來這就是黑色武器嗎？我還是頭一回見到。」

老師當中有人這樣喊道。由此可知即便是貴族院的老師，也有不少人從未學過這個咒語。

兩人交談幾句，解除了祝福後，勞布隆托開口斷言：「艾倫菲斯特的禱詞與暗之咒語確實不同。」多虧於此，我與艾倫菲斯特的見習騎士們都不會因為使用了黑色武器而受罰。接著我消除閱覽的許可，闔上聖典重新上鎖。

……好，結束了。

一切還算順利地結束了檢證會後，我如釋重負。抬起頭時，目光卻對上了以馬內利閃著精光的灰色眼眸。他用帶有古怪熱意的雙眼，注視我與聖典。

「羅潔梅茵大人不該留在艾倫菲斯特，更適合成為中央神殿的神殿長吧？艾倫菲斯特當初也不該派那些青衣神官過來，應該讓羅潔梅茵大人轉到中央神殿才對。」

由於以馬內利的眼神太過恐怖，讓我忍不住馬上回頭，抓住斐迪南的袖子想躲到他身後。斐迪南往前一站，替我擋下了以馬內利的視線，冷冷低頭看他，厲聲回道：

「羅潔梅茵是領主候補生，不可能轉籍至中央。既然神官就連貴族社會的基本常識也不曉得，最好不要多言。」

「領主候補生不能招攬至中央神殿嗎？」以馬內利語帶遺憾地低喃，靜靜垂下目光。

以馬內利突如其來的發言，讓等同要他交出神殿長之位的雷利吉歐面露不快，貴族院的老師們更用明顯在看外人的眼光看著以馬內利。勞布隆托也若有所思地看著我、斐迪南與以馬內利三人。處在這麼讓人如坐針氈的氣氛下，我躲在斐迪南的袖子後面安心吐氣。

……嗚嗚，幸好神官長也在。剛才的以馬內利好可怕，而且是超級可怕。

之後我始終緊緊抓著斐迪南的袖子，以便隨時能躲到他身後去。與此同時，勞布隆托也向洛飛簡單說明了咒語與禱詞的不同，再向錫爾布蘭德徵得同意後，檢證會便宣告結束。

「羅潔梅茵，走吧。」

斐迪南抱起聖典立即轉身。我也非常贊成趕快回宿舍，邁開腳步跟上斐迪南。

「斐迪南大人，請留步！我想請你同意羅潔梅茵大人修習騎士課程……」

「不可能。」

沒等洛飛說完，身為監護人的斐迪南立刻回絕。

「當初羅潔梅茵為了讓安潔莉卡能順利畢業，靠著自學就幾乎學完了騎士課程的學科內容，沒必要再去修習。」

「可是迪塔……」

斐迪南接著手指一彈，將防止竊聽用的魔導具彈向洛飛。一等洛飛接住，他就講了些什麼，然後攤開掌心說：「還來。」洛飛一臉驚愕地低頭看我，把魔導具還給斐迪南。

「怎麼可能……這是真的嗎？」

「騙你做什麼。此事絕不可告訴任何人。還有，別再勸她修習騎士課程了。艾倫菲斯特絕不會答應。」

斐迪南說完轉身邁步。我也加快腳步追上他。

「斐迪南大人，您剛才對洛飛老師說了什麼呢？」

我在回到宿舍後這麼發問。

「我只是告訴他，妳因為尤列汾的影響，現在若沒有輔助用魔導具仍無法如常生活，也基於各種理由不便取下身上的護身符。除非蠢到極點，否則不會再開口勸說吧。」

聽到有人不戴輔助用的魔導具就無法如常生活，一般人都會覺得這種狀態不可能上騎士課程的術科課吧。但是，也不能排除有人會覺得那只要戴了輔助用的魔導具，就能如同常人活動。因此，斐迪南才把我身上還戴了複數的護身符一事也告訴洛飛。上術科課時一旦接受訓練，護身符便會發動，對周遭學生造成危險。但是，斐迪南並不打算取下我身上這些護身符。

「……這下子洛飛老師終於能死心了吧？」

畢竟見識過他死纏爛打的功力，我還是有些不安。聽見我的低語，斐迪南輕揚起眉冷哼一聲。

「屆時我會盡全力終止他的教師生涯，妳放心吧。」

……聽了這種話是教人怎麼放心?!

儘管我仍是提心吊膽，但看來洛飛並沒有那麼愚蠢。自那之後，他不再勸說我修習騎士課程。

茶會對策

檢證會結束後，我還以為斐迪南會馬上返回領地，沒想到他卻與尤修塔斯一同確認起文官們準備領地對抗戰的進度，還指示要多發表一樣新的研究成果。

「斐迪南大人，您要再加入什麼研究呢？」

「只是與聖典禱詞有關的簡單研究。赫思爾老師八成會等到我返回領地後，跑來說她想更加了解聖典，問妳手邊有沒有資料。屆時只要告訴她，你們會在對抗戰上發表，便能擺脫她的追問。我可不想三番兩次被叫過來。」

斐迪南說完，開始對哈特姆特下達指示。斐迪南似乎是把我給他的筆記增修成了研究成果，早早做好預防工作。

……當初我只是一邊比對抄寫版的聖典，一邊把想到與發現到的事情隨手記錄下來，他居然能修改到可以在領地對抗戰上發表……不愧是瘋狂科學家，太強了。

「我可以看看嗎？」

研究內容是關於青衣神官也能輕易看見的禱詞，主要是關於水、火、風與土屬性。

斐迪南還說，其實應該等到我開始修習文官課程，明年再於領地對抗戰上發表是最適當的時機。但是，由於先前無法向老師們展示神殿長的聖典，所以他從手抄版聖典中挑選出了公開也沒有關係的內容。

「可是，這要當成誰的研究呢？我因為在神殿長大，看得到聖典也很正常，但一般貴族根本不會出入神殿，就算有手抄本，也沒什麼機會能看到聖典吧。」

「那當然是哈特姆特，這也有助於完成他的聖女傳說研究。只要聲稱他在成為妳的近侍以後才開始這個研究，即便有些簡略和粗糙也說得通吧。」

他們說以最高年級生的研究成果來說，這樣的內容有些不足也不夠深入。不過，哈特姆特說他還有自己另外準備的研究，所以只要當成是額外追加的資料就沒問題。問題只在於，旁人會覺得他是頻繁出入神殿的怪人。

「反正眾所皆知我是羅潔梅茵大人的信徒，再被當成怪人也無妨。」

哈特姆特帶著和煦的笑容爽朗說道，但說話的內容跟爽朗一點也沾不上邊。

「這件事是從什麼時候開始眾所皆知的了?!」

「就從羅潔梅茵大人陷入長眠時開始。」

據說自從我在首次亮相上邊彈飛蘇平琴邊灑出祝福後，哈特姆特到了貴族院就開始推廣聖女傳說。而且他推廣的，還是齊爾維斯特用以對貴族們說明的，那套加油添醋過的版本。

……怪不得第一次見面的時候，亞納索塔瓊斯王子就用那麼狐疑的眼神看我！

「哈特姆特，你那時候還不是我的近侍吧？」

「是的，因為母親大人覺得我太衝動了。她還要我冷靜下來，蒐集到更多情報後再做考慮。雖然在那之後我等了一年，但心裡早已認定自己是您的近侍。」

……嗚哇！明明羅德里希也說過類似的話，說他早在成為近侍之前就決定效忠於我，但為什麼聽起來感覺會這麼不一樣?!奧黛麗，我看妳兒子不管再過多少年也不會冷靜下來喔！

針對領地對抗戰向見習文官們下達完指示後，斐迪南接著召集了領主候補生與其近侍。關於我參加茶會一事，要與大家商量對策。

……其實只要讓我待在房裡看書，我就心滿意足了，神官長竟然說不行。呿。

不僅黎希達充滿幹勁，想讓我離開房間過過一般貴族該有的生活，布倫希爾德也很高興終於能與主人一起推廣流行，因此我不得不出席一些基本該露面的茶會。

「可是，現在的茶會都在討論艾倫菲斯特的書吧？我沒有信心不會暈倒。」

為了盡可能不出席茶會，我搬出了非常正當的藉口。斐迪南一聽，遞來了一串繫有好幾顆大魔石的項鍊。

「出席茶會時，妳記得佩戴這條項鍊。倘若一半以上的魔石都染了魔力，便要馬上離開。如今他領的人都已知道，身體虛弱的妳偶爾會突然失去意識。只要表示自己身體不適，感覺隨時都會暈倒，相信主辦人會同意妳早退吧。」

與其突然看到我在眼前暈倒，這麼做比較不會讓茶會的主辦人與賓客受到驚嚇。斐迪南還說，若能親眼看到魔石變色的程度，侍從們也比較好掌握何時該請我離開。而且吸收了魔力的魔石之後還能用在祈福與奉獻儀式上，不會造成浪費。

……我還真像是充電器。

「只不過，羅潔梅茵若會中途離開，得有人能留下來善後。因此，妳只能參加夏綠蒂也能一同出席的茶會。」

畢竟不能中途撇下茶會不管——斐迪南說完，韋菲利特面露難色。

「叔父大人，這樣對夏綠蒂的負擔太大了。她今年才剛入學，都還沒習慣社交活動，應該再讓她適應一段時間。在此之前，羅潔梅茵先別參加茶會比較好吧？」

韋菲利特說的話我完全無法反駁，只能低下頭。在圖書館舉辦的茶會也就算了，但領地間的茶會我並沒有特別想參加，更不想因此造成夏綠蒂的負擔。

……所以我早就說了，我只想待在房裡乖乖看書啊。

內心滿是憂鬱的我悄悄嘆氣。幾乎同時，斐迪南以充滿怒火的冰冷目光看向韋菲利特，受不了地嘆氣。

「你還是老樣子目光短淺，不懂放眼未來。」

「什麼?!」

「如果不趁著這時候，讓羅潔梅茵在貴族院多累積點社交經驗，將來會感到困擾的人可是你。你將成為下任領主，往後勢必得出席領主會議，難道你要帶著不懂社交的第一夫人同行嗎？屆時你甚至無法找夏綠蒂來幫忙。你為妹妹著想的心意固然值得嘉許，但往後要當領主的人應該想得更遠。」

你現在反而該請夏綠蒂多多幫忙，即便下跪也要求她答應——斐迪南對韋菲利特這麼斥道。這次換他垮下腦袋。

「夏綠蒂，大概是因為看著沒用的兄姊長大，妳明明還這麼小，卻已經十分可靠。雖然我也知道會給妳造成負擔，但請妳一定與羅潔梅茵一起出席茶會。」

「我既無法像姊姊大人那樣創造新流行，也無法在領內發展新事業，所以能做的事情我自然會竭盡全力。」

充滿幹勁的夏綠蒂太耀眼了。但在貴族的茶會上，大家講話總是拐彎抹角，互相試探。原本應該要是哥哥或姊姊在參加的同時，保護經驗還不多的夏綠蒂。然而，現在反倒是身為姊姊的我成了累贅，夏綠蒂得一邊參加茶會一邊協助我。

……我該不會根本沒資格當夏綠蒂的好姊姊吧？

自己得出了這個結論後，我暗暗消沉沮喪。像多莉總能料到我可能會做的事情，預先多做好了臂章，還設計好了髮飾的款式。我本來想成為像她一樣可靠的姊姊，但好像不管怎麼努力也不可能。

「我不想給夏綠蒂帶來那麼大的負擔，所以希望能不出席茶會，乖乖待在房裡看書就好。」

「如果可以只提供書籍再把妳關在房裡，這當然是最輕鬆的做法，但我剛才已經說了，這樣下去不是長久之計。妳到底有沒有在聽我說話？妳只能參加前先想好對策。」

斐迪南厲聲斥道，黎希達倏地上前，將我護在身後。

「斐迪南小少爺，『您到底有沒有在聽我說話？』這句話，我原封不動地還給您。打從以前我就說過好多遍了。您說話容易太過嚴厲，一定要先字斟句酌再開口。您把我這些話都忘了嗎？」

見斐迪南垂下目光，黎希達的表情稍稍放柔。

「斐迪南小少爺，我也知道您為了大小姐總是盡心盡力，不僅為她做了魔導具，也會幫忙思考對策。但對於無法與朋友一起舉辦茶會、聊些自己喜歡話題的大小姐，您的語氣太嚴厲了。」

說完，黎希達再兇巴巴地瞪向韋菲利特。

「韋菲利特小少爺也是。雖然您每次都得幫忙收拾善後，會覺得是種負擔也無可厚非，但大小姐也不是自願想暈倒的呀。聊到自己喜歡的事情時會情緒激動，這不是很正常的嗎？這就好比小少爺現在非常熱中於下加芬納棋，卻有人要求您贏了以後也不能高興，否則就不能下棋喔。」

聽了黎希達的指責，韋菲利特臉色大變，不知所措地轉向我。

「羅潔梅茵，抱歉。我不是故意要對妳提出這麼過分的要求。因為今年和去年不一樣，有夏綠蒂在，我也不用再參加全是女性的茶會，才心想與其讓妳在茶會上暈倒，不如交給夏綠蒂一個人更妥當……」

我對韋菲利特輕輕點頭。當然他沒有惡意也不是想欺負我，但我自己也很清楚，對艾倫菲斯特來說，我不出席茶會才能確保沒有任何意外。

「……我若能待在房裡看書，對所有人來說都是最好的結果吧？」

「大小姐，請您別露出這種表情。這其實是我們侍從的責任，沒能做好事前準備，讓您開開心心地在茶會上待到最後。」

黎希達的回應讓我突然警醒。我只是在想有沒有辦法可以不出門，表情才變得凝重而已，並不是在難過不能參加茶會。

「我並沒有這麼覺得喔。侍從們已經很為我著想，也總是為我竭盡心力。這些事我都知道。」

「大小姐，既然如此，請您再給我們一些機會吧。您若能多參加幾次茶會，我們才有機會了解大小姐的魔力在什麼情況下會失控，而哪種程度的失控還在可接受範圍內，以及該如何避免才能讓茶會順利結束。侍從也需要累積經驗。」

黎希達說話時眼神非常認真。

「大小姐因為有兩次茶會都在中途暈倒，我也能明白您因此變得畏縮。但是，侍從得要累積經驗才能成長。好比先前在圖書館的茶會，只要預先備好魔石，即便是互借書籍、分享感想也都沒出什麼問題。那您要不要戴上斐迪南小少爺準備的項鍊，再試著參加茶會呢？」

黎希達的循循善誘有些說服了我。的確，在參加愛書同好茶會的時候，直到提起王宮圖書館之前，一切都十分順利也非常開心。如果不會全面禁止我聊書的話，其實我多少有參加茶會的意願。

……因為我也想聽大家的讀後心得，以及在他領有什麼口耳相傳的故事嘛。

彷彿看出了我內心的動搖，夏綠蒂用她那雙略帶憂愁的藍色眼眸望來，輕輕握住我的手。

「姊姊大人，我一直期待著能與您一起參加茶會呢。好不容易等到姊姊大人從艾倫菲斯特回來了，真希望下次可以一起出席茶會。」

……可愛的妹妹都這麼說了，身為姊姊不去怎麼行！

「知道了，那下次我們一起出席吧。」

我「呵呵」笑道，夏綠蒂也笑了起來。

「如果要參加茶會，記得安排與戴肯弗爾格的茶會。」

「與戴肯弗爾格嗎？」

「那裡的領主候補生很習慣與羅潔梅茵往來了吧？不僅交情好到會互借書籍，跟妳也聊得來，即便妳暈倒多次，也願意參加茶會。妳就算稍微表現不佳也不用擔心吧。」

斐迪南說完，韋菲利特臉色丕變地站起來。

「叔父大人，您誤會了。漢娜蘿蕾大人並沒有習慣看到羅潔梅茵在自己面前暈倒。像上次羅潔梅茵暈倒也是，她又受到了強烈的衝擊……」

「既是戴肯弗爾格的女性，無論面對何種情況，相信都會妥善利用。往往我們自以為在利用對方，其實對方也在把握能利用我們的機會，所以算是各取所需。」

斐迪南揮揮手說不必擔心。雖然我一點也不覺得漢娜蘿蕾有什麼心機，但他說戴肯弗爾格的女性個個聰明機智，說不定那也只是在演戲而已。

再提醒了幾件事情後，斐迪南他們便返回艾倫菲斯特。

突然多了一項研究成果要發表，見習文官們都忙得不可開交。哈特姆特倒是神采奕奕，一雙橙眼燦亮生輝，菲里妮則是跟在他身邊拚命學習。如今一旁還多了羅德里希的身影，看來十分開心。

向戴肯弗爾格詢問舉辦茶會的意願後，也得到了正面回應。對方還反過來邀請我們，說是想在戴肯弗爾格的茶會室舉辦茶會，並且關於我改寫為現代書面語的戴肯弗爾格史書，想問我一些事情。

……為了得到印製許可，還有延長手上這本書的借閱時間，我要加油！

這天我帶了孤兒院工坊印製的新書要給漢娜蘿蕾，內容是奧蕾麗亞之前分享的亞倫斯伯罕的騎士故事，再戴上斐迪南準備的項鍊，與夏綠蒂一同前往戴肯弗爾格的茶會室。

戴肯弗爾格的茶會室樸實簡單，沒有任何華麗或繽紛璀璨的擺設，單純僅以白藍兩色構成。就連桌子也是稜角分明的長方形。角落擺有一座騎獸雕像，跟真人孩童差不多大的騎士跨坐在上頭。雕像的光澤宛如透明澄淨的藍水晶，美得令人屏息，而且雕得栩栩如生。

嗯……線條簡單俐落又富有現代感，跟庫拉森博克相比另有一番風情呢。但戴肯弗爾格的歷史很悠久了，用現代感來形容還真是有些不可思議。

我看著戴肯弗爾格的茶會室，心裡浮出這樣的感想。漢娜蘿蕾有些難為情地紅了臉頰。

「戴肯弗爾格的茶會室很單調無趣吧？而且因為領地色是藍色，在這個季節顯得有些寒冷呢……」

例如夏天回到領內或者騎士們齊聚一堂時，還會覺得藍色的房間看來很清爽，但到了冬天要舉辦茶會的時候，反而覺得有絲寒意呢——漢娜蘿蕾低聲喃喃說。

「但屋內沒有過多的裝飾，線條乾淨簡單，我倒覺得清楚突顯出了戴肯弗爾格尚武又質樸剛毅的特色呢。雖然不是女孩子們會喜歡的可愛布置，但騎士們若出現在這裡也不會顯得突兀吧。而且待在這樣的房間裡，也會覺得騎士們看起來都很強喔。我覺得這個茶會室非常有戴肯弗爾格的風格。」

漢娜蘿蕾驚訝地眨眨眼睛後，環顧房間，點了幾下頭。

受邀入座後，確認漢娜蘿蕾都喝了口茶、吃了口點心後，我也吃了口從艾倫菲斯特帶來的餅乾。接著，再品嘗漢娜蘿蕾招待的點心。看起來像是淋了蜂蜜、加了葡萄乾的優格。

「這是戴肯弗爾格的特產嗎？」

「是的。這是種名叫璐萊的果實，還會用來釀造比蘇酒。大人們都愛喝比蘇酒，但我個人更喜歡吃璐萊果乾。在中央與貴族院款待訪客的時候，我們經常會端出加了璐萊的砂糖點心，但我想推出了磅蛋糕與餅乾的艾倫菲斯特，應該會更喜歡這款甜點吧。」

漢娜蘿蕾是評估過我們的喜好後，準備了這款點心。我高興得笑著點點頭。

「是啊。這款點心十分美味，連我也想要璐萊果乾了呢。感覺加進麵包裡頭也很好吃。」

「姊姊大人，我想加進磅蛋糕裡一定也很美味吧。」

「哎呀，要把璐萊加進磅蛋糕裡嗎？聽來就很美味呢。」

漢娜蘿蕾柔柔微笑著說。「一定很美味吧。」我點頭附和後，漢娜蘿蕾便向侍從下達指示，在我離開前要送點璐萊果乾給我。

「倘若做出了璐萊磅蛋糕，還請讓我也品嘗看看。」

「那是當然。」

……再拜託艾拉研發新口味吧。

「那麼，關於羅潔梅茵大人改寫為現代語的戴肯弗爾格史書……」

「發現了什麼嚴重的錯誤嗎？」

「不，不是的。改寫得十分引人入勝唷。哥哥大人好像還反覆看了好幾遍呢。呃，他還陶醉不已地說，戴肯弗爾格的歷史真是精采絕倫……」

我認識的藍斯特勞德老是只會找碴，想不到他竟然還是會把書反覆看好幾遍的文學少年，太教人意外了。就算這是始於對自己領地的熱愛，但熱中於閱讀的表現還是值得表揚。

……我心裡對他的好感度稍微提高了！

「因此奧伯也提出請求，希望能讓我們也抄寫您所改寫的版本。那個，雖然細節部分要等到了領地對抗戰或領主會議時再談，但不知您能否同意呢？」

當然當然，請便——但在我欣然答應之前，夏綠蒂先笑盈盈地開口：

「我們也要先與奧伯商量。等到了領地對抗戰，再交由兩位奧伯詳談吧。」

「謝謝夏綠蒂大人。」

……啊，原來不能隨便答應嗎？但我什麼也還沒說，應該不要緊吧？

緊接著，話題跳到貴族院變愛故事集的感想上。漢娜蘿蕾分享了不少心得，比如哪篇故事十分動人，她也希望有男士能像那樣為自己獻上魔石，以及喜歡哪些故事等等。出乎意料的是，她似乎最喜歡齊爾維斯特與芙蘿洛翠亞那一篇。漢娜蘿蕾那雙紅眼甚至泛著淚光，訴說哪個部分深深吸引了她。

「為了讓排名比自領要高、年紀也稍長幾歲的女性回頭看看自己，主角努力不懈的姿態讓人很想為他聲援呢。真希望也有人能那樣熱切地追求自己。」

……嗚哇，養父大人竟然感動了漢娜蘿蕾大人。真教人震驚。

而夏綠蒂也知道參考人物就是自己的父母，所以在聽漢娜蘿蕾訴說感想時，臉上始終帶著難以言喻的微笑。

「我個人倒是很喜歡這篇見習騎士的故事。就算失敗了也不氣餒，竭盡所能只想擄獲對方的芳心，這種男士並不多見呢。」

聽了夏綠蒂的感想，這回換作漢娜蘿蕾露出難以形容的微笑。說不定漢娜蘿蕾知道參考人物是誰。所以這名見習騎士是戴肯弗爾格的人嗎？

……不過，故事裡頭這名騎士可是從頭到尾都沒成功呢。

「現在因為其他人也能借到艾倫菲斯特的書，可以與朋友一起討論書上的內容，我真的很開心呢。」

一聽到漢娜蘿蕾提起借書的話題，我立刻接話，沒有錯過這個好機會。

「那不嫌棄的話，也請您看看這本書吧。書裡的騎士故事，都是從亞倫斯伯罕嫁來的女性告訴我的喔。我會帶這本書來，是希望上次向您借的那本書能再借一段時間。畢竟漢娜蘿蕾大人都已經歸還了書籍，向您借的書我卻還未抄寫完畢……」

菲里妮把書遞給漢娜蘿蕾的見習文官。漢娜蘿蕾對見習文官輕輕點頭後，見習文官把書接下。

「其實您大可不必這麼介懷，但我還是感激地收下您的心意了。」

……我可以延長借閱時間了。好耶！

我在心裡用力握拳，擺出勝利姿勢，這時黎希達伸手輕輕按住我的肩膀。我低頭看向項鍊，發現將近一半都變色了。斐迪南說過，到了這個程度就要離開。

……可是，我覺得自己還能再撐一段時間呢。

茶會這麼開心，真不想回去——但在我這麼心想時，夏綠蒂也注意到了我的項鍊已經有一半變色。她用手托著臉頰，藍色眼眸流露擔憂。

「姊姊大人，您的臉色好像不太好呢？」

「漢娜蘿蕾大人，實在非常抱歉，今天請恕我就此失陪。那個，因為要是在這裡暈倒，給各位造成麻煩就不好了。」

我毫不隱藏自己的遺憾，按著項鍊這麼表示後，漢娜蘿蕾的小臉立刻盈滿擔心。

「您千萬不要勉強自己。我完全不在意，還請回去好好歇息。」

「今天的茶會真的非常開心，下次還請與我分享讀書心得……夏綠蒂，接下來就麻煩妳了。」

「好的，姊姊大人。放心交給我吧。」

打完招呼後我起身離席，把接下來的事情交給夏綠蒂，自己先一步返回宿舍。這次很順利地沒有在中途暈倒，我一回到房間便吐出大氣。而且不光是我，陪同出席的近侍們也同樣鬆了口氣。

「……今天非常順利，羅潔梅茵大人即使聊到書的事情也沒有暈倒呢。」

「是呀。大小姐，您就連與最好的朋友舉辦茶會也沒暈倒，相信接下來與多雷凡赫的茶會也不用擔心吧。」

莉瑟蕾塔與黎希達接連這麼表示，為我感到開心。

……大家的心意固然令我高興，但多雷凡赫帶來的壓力是另一種層面呢。

多雷凡赫的茶會

「好漂亮的髮飾啊。」

一看到從艾倫菲斯特送來的髮飾，布倫希爾德便發出讚嘆。

木盒裡躺著偌大的純白花朵，將用以襯托阿道芬妮那頭波浪般的酒紅色捲髮。形似玫瑰的花朵以蕾絲編織而成，四周環繞著引人聯想到春天的粉嫩綠葉。而且大概是因為多莉早就預料到了，不光先想好了款式，也備好了絲線，用來編織花朵的絲線皆屬上等，讓一片片花瓣都帶有耀眼光澤。不僅如此，髮飾上還點綴著像是玻璃或珠子的物品，正如同朝露般閃閃發光。

……多莉太厲害了。

「若說這是席格斯瓦德王子要送給阿道芬妮大人的髮飾，這樣的成品沒問題吧？」

我詢問後，布倫希爾德點了點頭，蜜糖色的雙眼中甚至帶著沉醉。

「是的，這個髮飾真是巧奪天工。羅潔梅茵大人專屬的手藝又精進了呢。」

近侍裡頭布倫希爾德的眼光特別精準，能夠辨別品質的好壞，評定的標準也很嚴格。所以多莉的手藝能得到她的稱讚讓我非常高興，忍不住揚起微笑。

「那麼，請與夏綠蒂的侍從一起訂個日子，然後聯絡多雷凡赫吧。」

「遵命。」

透過侍從詢問多雷凡赫對於茶會的意願後，對方表示：「正好我們預計舉辦茶會，希望兩位能一起參加。」由於比起主辦茶會，參加茶會更輕鬆，再加上那天也沒有其他行程，我與夏綠蒂都答應了。然而，在收到正式邀請函的那一瞬間，我們兩人不約而同扶額。

「我們要參加這場茶會嗎？」

「但對方都問過我們的意願了，總不能現在兩人都不出席吧？」

……我不應該心想參加的話就不用準備，會比較輕鬆，早知道該乖乖主辦！

事到如今後悔也來不及了。既然已經答應，又收到了上位領地正式寄來的邀請函，也只能硬著頭皮出席。

……沒錯，參加出席者只有上位貴族的茶會！

如今阿道芬妮已與第一王子訂下婚約，這次她主辦的茶會，主要是邀請了未來將成為尤根施密特中心的上位貴族。出席者有庫拉森博克的上級貴族、戴肯弗爾格的漢娜蘿蕾、亦是阿道芬妮異母妹妹的多雷凡赫領主候補生、格里森邁亞的一年級領主候補生、哈夫倫崔的四年級領主候補生，以及亞倫斯伯罕的蒂緹琳朵。排名從第一到第六的上位貴族一字排開，從第七名開始便無人受邀。然而在這種情形下，卻突兀地加入了排名第十的艾倫菲斯特。

……老實說超級突兀！這根本不是我們該去的場合！這種時候我真想暈過去不省人事，偏偏我不僅不興奮，反而非常冷靜，一點也沒有要暈倒的感覺！

現實真是不如人意。但當然，我很清楚不能讓夏綠蒂一個人去出席這種茶會。我也必須做好覺悟一同出席。

「換個角度來想，這件事或許也有好處。」

「好處嗎？」

夏綠蒂偏過腦袋瓜，我對她點點頭。既然這場茶會非去不可，還是樂觀一點看待比較好。

「要是與多雷凡赫單獨舉辦茶會，就算想要避免也可能會提到比較深入的話題，或是向我們提出難以拒絕的要求。但這場茶會有這麼多人參加，自然地談話內容也會偏向閒話家常。從這方面來看，對我們來說是件好事。」

只要聊些輕鬆愉快的話題、送上髮飾，就能完成最重要的任務。我想了一會兒後，抬起頭來。

「為了讓艾倫菲斯特能主動提供話題，我要帶新的點心去參加茶會。」

「您要帶什麼呢？」

「就是千層蛋糕。」

在煎得薄薄的可麗餅皮間塗上鮮奶油，然後一層層疊上去。這次的對象又是平常已經吃慣美食佳餚的上位貴族，所以餅皮我決定不用加了蕎麥粉的格雷餅，而是只用麵粉的可麗餅。雖然得花不少工夫，但切開時層層相疊的餅皮與鮮奶油不僅迷人，也能依據個人口味調整甜度。

就和磅蛋糕一樣，我會再請人準備果醬、蜂蜜、鮮奶油、酒漬水果，還有磨成粉末狀的糖粉，讓大家能自行添加配料。雖說是糖粉，其實顆粒並不小，但利用濾茶網灑下糖粉時，畫面會美得如同雪花降下那般。

到了茶會當天，艾拉非常努力地做了千層蛋糕。由於我在提供新食譜時就請她做過了，之後她也為求熟練試做了很多次，因此我吃過千層蛋糕的次數還不少。但是，夏綠蒂似乎只吃過幾次而已。大概是因為太費工夫，要準備充足的數量也耗時耗力，所以其他廚師很少做千層蛋糕。

準備好了該帶的髮飾與點心後，這天我也打算要蒐集戀愛故事，所以帶了好幾名見習文官前往多雷凡赫的茶會室。

「今天非常感謝您的邀請。」

「哎呀，羅潔梅茵大人、夏綠蒂大人，真高興看到兩位。」

阿道芬妮帶著微笑前來迎接。

多雷凡赫的茶會室在裝飾上使用了大量植物。牆壁皆圍著半高的護牆板，牆面上則掛著繪有草木花卉的布料。到處還擺有盆栽，種著乍看下我也分辨不出是觀葉植物還是藥草的花草。

「多雷凡赫的茶會室充滿了植物的香氣呢。彷彿置身在森林裡一樣，可以讓人心情平靜下來。」

「哎呀，呵呵……那麼身體虛弱的羅潔梅茵大人來到這間茶會室後，應該能有在森林裡野餐的感覺吧。」

結束了貴族間冗長的寒暄後，她領著我們入座。我的座位在夏綠蒂左手邊，正前方是漢娜蘿蕾。蒂緹琳朵的座位與我有些距離，可能是考慮到了去年茶會上發生的事情吧。

「漢娜蘿蕾大人，很高興見到您。」

我開口問候後，正前方的漢娜蘿蕾也微微一笑回以寒暄。

「我也很高興見到您。羅潔梅茵大人竟然參加這場茶會，我嚇了一跳呢。」

「我帶來了席格斯瓦德王子要送給阿道芬妮大人的髮飾，肯定是想藉這個機會先向各位展示吧。」

「哎呀，那真教人期待。去年艾格蘭緹娜大人的髮飾也很漂亮呢。」

與漢娜蘿蕾聊了幾句話後，夏綠蒂為我介紹坐在她身旁的領主候補生。

「姊姊大人，這位是格里森邁亞的露辛達大人。」

露辛達是一年級的領主候補生，聽說是夏綠蒂十分要好的朋友。現在正是露辛達在閱讀漢娜蘿蕾已經歸還的貴族院戀愛故事集。那頭美麗的淡綠色直髮輕柔晃動。

「羅潔梅茵大人，這是我第一次與您一起出席茶會呢。我照著夏綠蒂大人的建議，在思達普上加了母系紋喔。夏綠蒂大人跟我說，這也是羅潔梅茵大人想出來的呢。她還說您是她引以為傲的姊姊大人。」

一聽到露辛達說「引以為傲的姊姊大人」，這幾個字開始在我腦海裡飛快旋轉。我還以為自己來到貴族院後根本沒幫上什麼忙，想不到夏綠蒂在她朋友面前竟然是這麼形容我的。

……怎麼辦，我好高興！不行，要冷靜一點。要不然茶會還沒開始我就得退場了。

啊啊，可是，我實在忍不住想笑。

「不過，其實夏綠蒂比我更厲害喔。她又溫柔又可愛，是我自豪的妹妹呢。」

我不落人後，正準備要大力稱讚自己的妹妹，卻被夏綠蒂輕拉了袖子制止。「兩人的感情真好呢。」露辛達咯咯笑了起來。

「多虧有漢娜蘿蕾大人的介紹，夏綠蒂大人也將故事集借給了我，我現在看得非常開心呢。另外很抱歉拖了這麼久，這是借給艾倫菲斯特的書。」

「感謝露辛達大人。」

格里森邁亞的見習文官將捧在胸前的書遞來，菲里妮與瑪麗安妮上前接下。光是向露辛達借到了書，我的心情就開始變得激動。

……冷靜，我要冷靜。茶會都還沒開始呢。

全員到齊以後，茶會的主辦人阿道芬妮率先喝了茶、吃口點心，代表茶會正式開始。大家一邊喝茶，一邊吃了口各自帶來的點心，然後做介紹。而介紹艾倫菲斯特的新點心是我的工作。

「這款點心叫作千層蛋糕。平常就連在艾倫菲斯特也少有機會吃到，但今天因為受邀參加上位領地的茶會，便帶來請各位品嘗看看。這款點心與磅蛋糕一樣，可以依喜好添加果醬、蜂蜜、砂糖等配料，還請好好享用。」

我說明完，再請侍從往千層蛋糕灑上糖粉。莉瑟蕾塔搖了搖濾茶網，白色糖粉便如細雪般落下。

想必是因為夏綠蒂很認真在推廣磅蛋糕，大家都已經習慣了點心要加配料的品嘗方式吧。面對新的點心，沒有半名侍從表現出困惑，都依著主人的指示為千層蛋糕添加配料。上位領地的口味果然偏甜，有不少人選擇加蜂蜜。

「這是把好幾層薄薄的餅皮疊在一起嗎？側面的層次真是美麗。」

「除了磅蛋糕外，艾倫菲斯特還有好多罕見的點心呢。比起磅蛋糕，我個人更喜歡這款千層蛋糕。」

千層蛋糕看來大獲好評。我向開口稱讚的人道謝，順便問起他領的特產。因為我希望能找到更多美味的食材。

「現在砂糖點心在中央十分流行，但不曉得大家各自的領地裡頭，有沒有什麼特有的點心或水果呢？我很好奇其他領地有怎樣的點心。」

大家十分熱烈地與我分享，說起自己的領地有哪些水果、都是怎麼食用，結果我發現其實每個領地都有自己的特色食物。在貴族院舉辦茶會時，雖會端出在中央流行的甜點，但回到領地以後，各領都有各自偏好的點心。

「我真想吃吃看每個領地的點心，感覺會有新發現呢。」

「聽來真有趣呢。羅潔梅茵大人便是透過這樣，開發出新口味與新紙張的嗎？」

阿道芬妮說道，我笑著點點頭。

「先前漢娜蘿蕾大人也告訴了我璐莱這款水果，有機會做出新口味的磅蛋糕呢。」

「哎呀，新口味的磅蛋糕嗎？妳如此熱中開發，想必還會推出其他香氣的絲髮精吧。真希望今年能與艾倫菲斯特展開貿易。多雷凡赫雖然分析了去年拿到的絲髮精，也做出了類似的產品，去除髒汙的效果卻比不上艾倫菲斯特的絲髮精呢。」

阿道芬妮一臉惋惜地以手托腮。據說他們製作的絲髮精雖能讓頭髮產生光澤，洗完以後卻沒有同樣的清爽感。聽完，我馬上想到了原因出在哪裡。

……啊，難不成是磨砂的關係導致失敗？

得知多雷凡赫無法完全重現，我悄悄鬆了口氣。搞不好是我自己太過警戒了。

「艾倫菲斯特推出了好多不可思議的東西呢。譬如分析後看似簡單的絲髮精，旁人卻做不出一模一樣的東西，就連辨別商人身分用的紙張也非常特殊。我實在非常好奇，不曉得你們是否還藏了其他秘密。連我的弟弟奧爾特溫也咳聲嘆氣，說他始終查不出艾倫菲斯特能夠提升成績的秘密是什麼。」

……嗯，韋菲利特哥哥大人應該說不出口，自己是為了點心的食譜那麼努力吧。

阿道芬妮先表示了我們越是隱瞞她越好奇，接著不露聲色地探問，今年我們在領主會議上能夠增加多少貿易對象。

「如您所知，艾倫菲斯特至今一直是下位領地，因此領內的情況還無法一下子接待那麼多外來的商人。我想，貿易對象的增加恐怕得循序漸進吧。至於能夠增加到多少，端看奧伯的考量，我實在無法給您任何答案。」

我笑容可掬，拐著彎表示「還是別抱太大的期待比較好喔」，同時趁著提起貿易的話題，決定在這時提交髮飾。

「現階段，確實還不曉得何時能與多雷凡赫展開貿易，但以阿道芬妮大人的身分，您已經有辦法取得艾倫菲斯特的商品了吧。對了，這是席格斯瓦德王子要送給您的禮物。」

我照著預先說好的，以眼神向布倫希爾德示意。她輕輕點頭後，把裝有髮飾的木盒遞給阿道芬妮的侍從。

「為了祝賀阿道芬妮大人成年，這是席格斯瓦德王子為您訂做的髮飾。」

我說完，茶會上的女性們都發出了羨慕的嘆息。看來男性贈送禮物的行為，確實具有特別的涵意。尤其是看過了貴族院戀愛故事集的漢娜蘿蕾與露辛達，兩人的眼睛簡直是閃閃發亮。

「好漂亮……」

阿道芬妮看向侍從打開的木盒，不由自主發出讚嘆。但由於髮飾放在盒子裡，坐在位置上的大家都看不見。

「您要不要別上試試呢？我想大家一定也很想看看，侍從也能藉著這個機會學習如何別上髮飾。」

阿道芬妮接受了我的建議後，布倫希爾德先請她的侍從將頭髮盤作成年禮時的造型，再教對方如何別上髮飾。正如同我的想像，純白花朵在酒紅色頭髮的襯托下格外皎潔醒目。阿道芬妮本是高傲豔麗型的美女，現在則多了幾分楚楚動人的感覺。

阿道芬妮以指尖輕觸髮飾，像在確認它的位置。

「……看起來如何呢？」

「非常漂亮，而且非常適合阿道芬妮大人唷。」

「竟能贈送如此符合您氣質的髮飾，席格斯瓦德王子真是有心呢。」

聽見大家的讚美，阿道芬妮這才安心地淡淡一笑。

「畢竟去年的艾格蘭緹娜大人那般脫俗出眾，希望相比之下我不會太過遜色呢……」

阿道芬妮故意用調侃的語氣笑著說道，大家紛紛微笑回道：「不會的。」但在阿道芬妮的笑容底下，看得出來同樣將是王子的妻子，她真的很擔心被人拿來與艾格蘭緹娜做比較。

「就好比芙琉朵蕾妮與洛古蘇梅爾的治癒並不相同，阿道芬妮大人與艾格蘭緹娜大人的優點也不一樣喔。既然每個人的個性各有不同，自然不該拿來進行比較，更何況阿道芬妮大人一點也不遜色。」

艾格蘭緹娜的氣質柔美典雅，阿道芬妮則是高貴凜然的美女，看來有些高傲的笑容正適合她。兩人是完全不同的類型，根本不能做比較。我說完後，阿道芬妮瞪圓了琥珀色雙眼，然後綻開了感覺發自內心的愉快笑容。

「還記得艾格蘭緹娜大人曾說，羅潔梅茵大人總會說出自己想聽的話……」

阿道芬妮整個人放鬆下來，露出非常迷人的微笑。

……被人拿來與艾格蘭緹娜大人做比較一定很辛苦，如果能讓阿道芬妮大人心裡輕鬆一些，那就太好了。

我與阿道芬妮對著彼此微笑時，一段距離外的蒂緹琳朵忽然長吁口氣。

「明年的畢業儀式我也打算戴上這種髮飾唷。兩位覺得我適合怎樣的花呢？」

蒂緹琳朵撫著自己耀眼華麗的金髮，看著我與夏綠蒂問道。但就算她這麼問，目前我們還不能賣髮飾給蒂緹琳朵。如果因為排名比艾倫菲斯特要高，又因為與我們有血緣關係便施壓，其他上位領地也會來向我們施壓吧。

「等到艾倫菲斯特開始與亞倫斯伯罕進行貿易，我們自然很樂意接下您的委託。但是，目前我們不能破壞協議，僅對亞倫斯伯罕有所偏袒。而且阿道芬妮大人的髮飾也不是來自多雷凡赫，而是來自王族的委託喔。」

「哎呀？可是，我們明明是堂姊妹……」

「貿易方面的協議是由領主們訂定，與我們是否為堂姊妹並無關係。若想說服奧伯，還需要血緣以外的現實因素。」

畢竟牽涉到不小的利益，請與奧伯商量——我這麼表示後微微一笑。然而，蒂緹琳朵還是不肯死心。

「就不能想想辦法嗎？枉費我與妳們這麼親近……」

這種糾纏不休是亞倫斯伯罕的特色嗎？感受到了與傅萊芮默相通的窮追不捨，我不禁「唔」地倒吸口氣。這時，還戴著髮飾的阿道芬妮笑著走來，帶有袒護意味地站到我與夏綠蒂身旁。

「哎呀呀，蒂緹琳朵大人，妳別對羅潔梅茵大人提出強人所難的要求，可以和我一樣去央求自己的對象呀。」

聞言，蒂緹琳朵的臉頰瞬間漲紅，不甘心地抿緊了唇。

……好狠！聽說蒂緹琳朵大人的男伴還沒有定下來，這句話太狠了，阿道芬妮大人！這簡直是在挑釁對方，要她也去找個中央或庫拉森博克的男人。

這下該怎麼安慰蒂緹琳朵才好？我在心裡慌得不知如何是好，卻看見夏綠蒂帶著笑容走過去，輕輕握住蒂緹琳朵的手。

「蒂緹琳朵大人，既然您明年才要畢業，也許情況到了明年又會有所不同呀。雖說艾倫菲斯特與亞倫斯伯罕現在並未有貿易往來，但到了春天的領主會議，說不定就會增加新的貿易對象了。」

「妳說的是呢。那麼還請拜託奧伯，多多增加貿易對象的數量。」

現場氣氛因此緩和下來，茶會又重新開始。

……夏綠蒂太厲害了。

後來，聊到了艾倫菲斯特的書正慢慢在貴族院裡傳開。聽說阿道芬妮正在閱讀哈爾登查爾最新印好的戀愛故事集，也就是夏綠蒂借給她的那本。

「我雖然看得很開心，但奧爾特溫覺得都是戀愛故事，似乎提不起興趣呢。艾倫菲斯特有沒有適合給男士看的書呢？」

「我們也有騎士故事集唷，我再請韋菲利特哥哥大人借給他吧。」

接著，阿道芬妮也出借了一本多雷凡赫的書做為交換。加上露辛達借給我們的，總共就有兩本新書了。糟糕，我高興得不得了。

……冷靜、冷靜。

「艾倫菲斯特的書上都寫了哪些故事呢？」

有人提出這個問題後，漢娜蘿蕾與露辛達很熱心地幫忙解答。阿道芬妮也從她在看的戀愛故事集裡頭，挑了幾則出來分享。據她們所言，那些老是有神祇冒出來的戀愛場景都描寫得非常生動，故事主角的心情她們也都能感同身受。

……啊啊啊！不行，我完全無法產生共鳴。為什麼在戀人互相對視的場景裡，看到

一群春之女神突然冒出來引吭高歌，大家還能覺得很感動?!

「在我聽說過的故事裡頭……」

其他領主候補生也開始分享自己知道的戀愛故事，見習文官們則是在旁拚命記錄。

結果我發現就只有我一個人聽了這些戀愛故事也沒有任何感覺，不由得抱頭苦惱。

茶會上雖然聊到了書，但大概是因為不太能理解女孩子們的興奮與感動，最終項鍊上的魔石只是有些變色，我也沒有失去意識，順利地待到最後才離開。

羅德里希的獻名

與多雷凡赫的茶會可說是最大的難關，因此結束後我向艾倫菲斯特寫了報告書。由於吩咐過我要寫得像工作報告一樣，所以我卯足全力，想要證明只要有心我也辦得到。我首先寫下茶會日期與出席者名單，再列出各領帶來的點心並附上評語，然後條列式地記下茶會上出現過的話題。最後提醒監護人們，領地對抗戰與領主會議時可能會有哪些領地來攀談探問，也寫下我想到的應對方法。

「這下子斐迪南大人不會有意見了吧。」

看著這一次變得厚厚的報告書，我甩了甩痠痛的手臂，整個人充滿成就感。

「羅潔梅茵大人，請您確認這封信能否寄給錫爾布蘭德王子。」

我看起布倫希爾德遞來的信。這封信在詢問錫爾布蘭德該怎麼把臂章送給他。確認過格式與內容都沒有問題後，我把信還給布倫希爾德。

「沒問題喔，那請寄出這封信吧。」

「遵命，那恕我暫且失陪。」

布倫希爾德離開後，我把整疊報告書交給莉瑟蕾塔，請她送回艾倫菲斯特。

「黎希達，幫我拿書過來吧。現在我寫好報告書了，想看格里森邁亞借我們的那本書。」

由於該做的事情都做完了，我正想馬上開始看書，黎希達卻一臉無奈地拒絕。

「現在大家都在準備領地對抗戰，大小姐身為領主候補生應該在旁監督，掌握整體的情況才行。」

「……我今年有辦法出席嗎？」

「斐迪南小少爺已經說了，他想盡可能讓您出席。因此接下來只要沒發生什麼大事，我想您應該能夠參加吧。」

於是我在黎希達的催促下前往多功能交誼廳。要是明知無法參加還得一起準備的話，內心只會感到非常空虛，也只會想回房看書；但如果今年能參加的話，我倒是想感受一下祭典般的氣氛。

到了多功能交誼廳後，只見文官們忙碌不已，不是在謄寫茶會上蒐集來的故事，就是在準備要發表的研究成果。儘管如此，交誼廳內還是比平常要冷清。因為見習騎士們只留下基本人手，其他人都去參加迪塔練習了。我在書架前發現韋菲利特與夏綠蒂的蹤影。兩人的侍從也湊在一起，不知在討論什麼。

「韋菲利特哥哥大人、夏綠蒂，你們在討論什麼呢？」

「啊，羅潔梅茵。正好我們想討論有關領地對抗戰的事情，妳有空嗎？」

韋菲利特抬起頭來這麼說，我便往黎希達拉開的位置坐下，準備豎耳傾聽。

「今年因為有三個領主候補生，我們打算每個人分別帶領騎士、侍從與文官，妳覺得如何？每個課程都有明確的負責人比較好吧？」

聽完提議我想了一會兒。至於誰適合當哪個課程的負責人，答案很快就出來了。

「那麼哥哥大人負責帶領騎士，正在參加茶會累積經驗的夏綠蒂負責侍從，我則負責文官吧？」

「嗯。老實說，我根本不太懂文官要發表的那些研究成果。但妳說過妳明年也要修習文官課程，應該多少比較熟悉吧？」

「是啊……現在又多了禱詞的研究成果，再加上赫思爾老師很有可能跑來，由我來應對是最妥當的吧。」

我手邊多的是斐迪南寄放的資料，可以用來引開赫思爾的注意力。但能否有效利用，倒是另當別論就是了。

「我的近侍當中有已經是最高年級、去年還獲選為優秀者的哈特姆特在，所以幾乎所有事情都可以交給他處理，但夏綠蒂會不會太辛苦呢？今年會有很多來自上位領地的訪客喔。」

「今年和去年一樣，等比完迪塔了，我可以叫見習騎士們一起去幫忙，再加上父親大人與母親大人都會過來，負擔應該不會太大吧。」

我深知自己不太擅長社交，所以若能交給夏綠蒂，自然是再好不過。

再討論完了有關領地對抗戰的幾件事情後，正要往書架伸手的我，忽然想起自己答應過阿道芬妮，要請韋菲利特借書給奧爾特溫。

「哥哥大人，請您把適合男士閱讀的騎士故事集借給奧爾特溫大人，從他那裡也開始向男士們推廣艾倫菲斯特的書吧。雖然現在戀愛故事集的數量變多了，但我們也還有幾本騎士故事集吧？」

我說明自己在參加多雷凡赫的茶會時，阿道芬妮這麼拜託過我。韋菲利特原本一直點著頭聆聽，但聽到我說：「請記得也向對方借一本書做為交換喔。」他立刻皺起臉龐。

「妳這麼做根本是為了自己吧？」

「畢竟要把昂貴的書籍借給對方，當然需要擔保呀。」

我理直氣壯地這麼回答，夏綠蒂也附和說：「我也對朋友提出了同樣的請求唷。」韋菲利特儘管一臉無法釋懷，還是點頭答應。

……冠冕堂皇的正當藉口，這點太重要了。

我在多功能交誼廳裡看書時，去錫爾布蘭德那裡送信的布倫希爾德回來了。

「羅潔梅茵大人，阿度爾大人給我回覆了。臂章已決定透過近侍轉交。請問由我負責處理此事可以嗎？」

去年因為亞納索塔瓊斯都會召見我，我只要照著他的指示行動就好，但錫爾布蘭德得依規定待在離宮裡頭，避免與其他學生接觸。由於不曉得該怎麼把臂章交給他比較妥當，才會先寫信詢問，看來是敲定了由雙方的近侍出面處理。

「這件事對中級貴族的莉瑟蕾塔來說負擔有些太大，那就麻煩布倫希爾德了。」

「請放心交給我吧。」

雙方的侍從利用信件往來溝通了幾次後，臂章似乎順利地送到了錫爾布蘭德手中。在去信詢問的兩天後，有奧多南茲飛來表達謝意。因為已經說過本人會直接傳送訊息給我，而不是寫信回覆，所以我不怎麼驚訝。

「羅潔梅茵，我是錫爾布蘭德。我收到臂章了。」

白鳥以錫爾布蘭德稚嫩的嗓音道謝後，接著開始對自己的現狀表達不滿。他說他其實很想親自收取臂章，無奈得奉命待在離宮裡頭，不能與學生見面，而且也禁止他給予學生特殊待遇，邀請學生進入離宮。

「好不容易羅潔梅茵幫我訂做好了臂章，我現在卻不能去圖書館，也見不到休華茲他們，真是太遺憾了。不過，羅潔梅茵修完課的速度很快吧？我很期待明年貴族院開學喔。」

聽得出來錫爾布蘭德充滿幹勁，明年要一起戴上臂章當圖書委員，我忍不住笑了出來。我用思達普輕敲變回黃色魔石的奧多南茲，將其變成白鳥。

「我也很期待明年一起在貴族院從事圖書委員的活動喔。」

揮下思達普後，白鳥張開翅膀起飛，穿透牆壁消失蹤影。

「羅潔梅茵大人，我終於完成了！」

羅德里希帶著無比自豪的笑容，手上拿著一疊植物紙，與哈特姆特一同出現。羅德里希曾說，希望我連同故事一起接受他的獻名，所以這陣子來都絞盡了腦汁在創作故事。看樣子終於完成了。眼看能夠拿到新故事，我跟著興奮不已。

「羅德里希，這段時間辛苦你了。」

「羅潔梅茵大人，您也該稱讚我一聲。」

哈特姆特哀怨地睨我一眼，我輕笑起來，也稱許他的努力。

這陣子羅德里希的任務，不只是寫故事與製作獻名石而已。哈特姆特總說著距離他畢業沒剩多少時間了，然後拉著羅德里希到處跑，把貴族院內需要有一定身分的業務交接給他。必須吸收大量新知的羅德里希固然辛苦，但幾乎是貼身在旁指導他的哈特姆特也一樣勞心勞力吧。

「多虧了哈特姆特不遺餘力幫忙，羅德里希才能成功做好獻名石，等他成為近侍以後，也能馬上開始工作吧？哈特姆特，你做得很好唷。謝謝你。」

原本貴族並不會在成年前就獻名，所以我聽說羅德里希連要怎麼製作獻名石也不曉得，也是哈特姆特告訴他的。我稱讚後，哈特姆特高興得露出笑容。

「那麼馬上開始吧……雖然我很想這麼說，但其實我對獻名並不了解。要怎麼接受獻名才好呢？」

我側過臉龐，羅德里希也歪了歪頭。只要收下獻名石就好了嗎？還是有什麼特殊儀式？看到兩個當事人完全不曉得該怎麼做，黎希達苦笑著告訴我們。

「雖然也可以只收下獻名石，但還是得做點準備。」

黎希達說，獻名一般不會聲張，都是當事人們自己私下舉行簡單的小儀式。獻名石因為刻有獻名者的名字，等於是獻名者的命，也就把自己的生死完全託付到主人手中。因此獻名石有著怎樣的形狀、主人是如何管理等等，不能讓太多人知道。

「不過，在您接受獻名石的時候，需要有一至兩人在旁見證。」

據說也曾發生過有人聲稱要獻名，卻暗算即將成為主人的人，所以需要有人在旁見證，順便保護主人的安全。

「大小姐，請您挑選自己信得過的人吧。畢竟說不定會有人想搶走要獻給大小姐的獻名石。」

「……但我覺得自己身邊並沒有這種人喔。」

聽說黎希達在尤修塔斯獻名時當過見證人。而且當時斐迪南信得過的人寥寥無幾，他又提防著遭到暗算，本來還遲遲不願接受尤修塔斯的獻名。

「那艾克哈特哥哥大人獻名的時候，是誰當見證人呢？」

「自然是尤修塔斯了，因為斐迪南小少爺沒有比他更信任的人了。」

黎希達苦笑著說。此外，艾克哈特因為與羅德里希一樣是在未成年時獻名，所以父母也在旁見證。

「那羅德里希的父母……」

「沒有這個必要，他們是羅潔梅茵大人最不能相信的人。」

羅德里希說得斬釘截鐵。記得尤修塔斯也說過，羅德里希家的情況可能會讓我聽了情緒失控，所以我決定不深入追問。

「不過，真是傷腦筋呢。該選誰當見證人呢？黎希達是最適當的人選吧？」

黎希達既當過見證人，也曉得獻名的流程，應該可以在旁邊提供協助。我邊「嗯嗯」點頭邊這麼心想時，發現哈特姆特舉起手來，橙色雙眼目不轉睛地盯著我瞧。

「羅潔梅茵大人，請務必指定我為見證人。」

……看到那雙炯炯發亮的眼睛就讓人不太想答應。

不過，這段時間哈特姆特一直在指導羅德里希製作獻名石，也因為要交接工作教了他不少事情，說不定哈特姆特此刻的心情，就像是看著弟子成長的師父吧。

我這樣心想著，還是先問了哈特姆特為什麼想當見證人。他露出無比爽朗的笑容爽快回答：

「這可是羅潔梅茵大人首次要接受獻名的珍貴場面，我想深深烙印在自己的腦海中。」

……這理由比我預期的還要沒意義，而且跟羅德里希完全沒關係嘛！

「我決定拜託黎希達當見證人。」

我這麼宣布後，哈特姆特一臉大受打擊。然而下一秒，他忽然一臉認真地開始思索。

「既然被拒絕了，那我也別無他法。倘若不能以見證人的身分在旁觀看，只能獻上我自己的名字，成為獻名者目睹儀式過程……」

感覺哈特姆特真的會只為了目睹獻名過程，就決定也獻上自己的名字，這點太恐怖了。哈特姆特一旦獻名，恐怕他信奉我的程度會比現在還要瘋狂。

「……我知道了，哈特姆特也一起當見證人吧。黎希達，請妳看好哈特姆特。」

「遵命，大小姐。那我們去準備一間房間，讓您接受獻名。」

羅德里希三人去做準備的時候，我則在多功能交誼廳裡等候。結果還是被哈特姆特逼著答應的我，忍不住嘛起嘴唇。看到我這副模樣，柯尼留斯故意取笑我說：

「不如您就接受哈特姆特的獻名，再下令限制他的行動如何？到時候說不定會覺得輕鬆許多。」

「我才不想做這種事。」

我更是鼓起臉頰，柯尼留斯忽然正色。

「我知道。正因如此，羅德里希才想向您獻名，其他人也都關注著這件事。」

柯尼留斯以眼神示意交誼廳裡的舊薇羅妮卡派孩子們。他們似乎都在屏息觀望，想知道羅德里希獻名後待遇會有怎樣的改變。

「如今在貴族院，韋菲利特大人、羅潔梅茵大人與夏綠蒂大人並沒有為了領主之位展開派系鬥爭，反而融洽地帶領眾人，互相彌補不足。不僅每個人的成績都進步了，艾倫菲斯特也備受他領矚目。以前的情況根本無法與現在相比。」

柯尼留斯說，所有人都能切身感受到艾倫菲斯特的地位有顯著提升。而越是在我們入學之前，或者說得更精確一點，越是在兒童室發生變化前經歷過從前情況的高年級生，越有深刻的體會。

「夏綠蒂大人也許總有天會嫁往他領，但韋菲利特大人與羅潔梅茵大人已訂下婚約。任誰看了也知道，今後將由兩位帶領艾倫菲斯特的下一代。」

既然如此，應該跟隨誰才好？決定好跟隨對象後，與父母以及家人的關係會發生什麼變化？他說舊薇羅妮卡派的孩子們都在拚命思考這個問題。

「像這樣一起生活、一起攜手合作後，想法也會變得與以前不同。現在我開始會覺得，希望他們也能有美好的未來。儘管父母那一代仍是需要警戒的對象，但沒必要把舊薇羅妮卡派的所有人都排除在外。」

「柯尼留斯哥哥大人，您好像稍微成長了呢。」

我感慨萬千地低喃後，柯尼留斯不高興地板起臉孔。

「也請羅潔梅茵大人有所成長，尤其是請改善您對於書本的過度執著。」

「我知道了。我會盡己所能，讓自己變得更喜歡書、爭取到更多閱讀時光。」

「不對！妳根本反過來了吧！」

柯尼留斯正大喝一聲吐槽我時，黎希達前來呼喚。看來準備已經就緒。

我讓護衛騎士們守在門外，自己走進房間。進屋後只見哈特姆特站在右手邊，羅德里希正跪地等候。

「大小姐，請您走到羅德里希前方等著。」

我聽話地移動腳步，聽見黎希達請其他人離開，並牢牢關上門扉。

一站到羅德里希面前，稍微低頭就能看見他那偏橘的茶色髮絲。由於羅德里希微仰著頭，可以看到他一臉緊張，但深棕色雙眼中有著激動。手上拿著他嘔心瀝血創作的新故事，以及一個想必放有獻名石的金屬盒。金屬盒呈圓柱形，跟拳頭差不多大，很像是用來裝求婚戒指的盒子。盒蓋上嵌有白色魔石。

黎希達站到哈特姆特身旁，露出微笑緩和緊張氣氛。

「那麼開始吧。這一點也不難，獻名儀式並不是要向神，而是要向自己認定為主人的人宣誓。所以羅德里希，你對著大小姐說出自己想好的誓言即可。」

看見羅德里希點頭，黎希達也點一點頭，再把目光投向我。

「大小姐，等您確認過獻名石上確實刻有羅德里希的名字後，還請蓋上蓋子，登記自己的魔力，將盒蓋上的魔石染上您的魔力即可。如此一來，其他人再也不能觸碰羅德里希的獻名石。」

黎希達說明完，我在腦海裡重複了一遍自己該做的動作。

……檢查完名字後，蓋上蓋子，登記魔力。好，沒問題。

在我確認步驟的時候，羅德里希那深棕色的眼眸定定看著我。我點了點頭。

羅德里希先是慢慢地深呼吸，垂眸低下頭去。然後，他把慎重捧著的紙張與寶石盒放在自己身前，在胸前交叉雙手。

「我，羅德里希謹在此宣誓，將永遠效忠羅潔梅茵大人，這一生皆為您創作、奉獻故事，並為您獻上這篇新故事及我的名字，以此為證。我的名字永遠與您同在，我的性命僅屬於您。」

說完誓言，羅德里希接著拿起眼前的盒子，鄭重地打開蓋子、露出裡頭的獻名石後，重新把盒子放回紙上。然後，他用雙手捧起整疊紙張，緩緩地往上舉，直到比自己的頭還高為止。由於羅德里希跪著，這些東西就這麼精準無誤地呈至我面前。

我伸手拿起紙張上的盒子。金屬盒裡躺著澄澈透明的獻名石，彷彿雙色寶石一般，黃紅兩色形成了夢幻的美麗漸層。石頭呈橢圓形，內部以搖曳的金色火焰銘刻著羅德里希的名字。我不禁感到胸口發熱。看得出來羅德里希耗費了大量魔力，傾盡全力完成這顆獻名石。

我把獻名石放回盒裡，蓋上蓋子。然後照著黎希達說的，用手覆住盒子，往盒蓋上的白色魔石注入魔力。下個瞬間，羅德里希發出了「唔嗚?!」的痛苦叫聲。他按著胸口蹲伏在地，紙張從手中滑落。

「羅德里希?!」

我睜大雙眼，鬆手放開盒子。「大小姐，請您繼續。」黎希達則是一邊制止身旁的哈特姆特，一邊目光平靜地開口。

「畢竟是自己的名字要被他人的魔力束縛住，多少會感受到衝擊，但也只會持續到封印結束為止。為了羅德里希著想，還請您不要放慢速度，直接一鼓作氣。」

「我知道了。」

就好比為生物的魔石染色時會感受到抗拒一樣，若被他人以魔力束縛住，自然也會有排斥反應吧。聽到黎希達要我長痛不如短痛，我一鼓作氣注入魔力。

「嗚啊！」

羅德里希再度發出痛苦的吶喊。但就在下一秒，盒蓋上的白色魔石發出亮光，旋即化作盈滿白色魔力的絲線，如同細網一般往外散開。與此同時，盒子也開始出現變化，變得越來越小。最終白色細網依著獻名石的形狀牢牢收緊，將其徹底包覆，看起來就像是一顆雪白的繭。

……啊，我在神官長身上看過一樣的東西。

印象中，似乎是與斐迪南腰間上那些噹啷作響的魔石和藥水瓶放在一起。於是我也模仿他，把獻名石放進裝有騎獸魔石的金屬籠裡，再向緩慢直起身體的羅德里希伸出手。但我手還沒有碰到，羅德里希便抬頭露出笑容。

「……羅潔梅茵大人，我已經沒事了。」

羅德里希擦去額上的冷汗，緩緩吐了口氣。看來是真的已經不痛了。他撿起掉落在地的紙張，再次呈獻給我。

「請您收下。」

我收下後，隨手翻看。

「這篇故事在講述貴族院裡的見習文官與見習騎士，為了在奪寶迪塔上贏得勝利是如何同心協力。因為我想寫寫看不是騎士故事，也不是戀愛故事的內容。」

以麗乃那時候的小說類型來看，大概類似於青春少年們的熱血運動故事吧。看著類別與以往截然不同的新故事，我開心地揚起微笑。

「羅德里希，我已接受你的獻名，也收下了你的新故事。我也在此發誓，會努力當個符合你期望的好主人。」

我變出思達普來，就像面對受封的騎士一樣，輕觸跪地的羅德里希肩膀。

二年級的領地對抗戰

在為領地對抗戰做準備時，我雖然負責帶領文官，但其實真正在下達指示的，是今年已經是最高年級的上級貴族哈特姆特。而我在旁邊觀摩做筆記，希望能在明年派上用場。哈特姆特分配起工作時果斷俐落，檢查也很嚴謹，感覺深受斐迪南與尤修塔斯的影響。我說出自己這樣的感想後，哈特姆特高興地綻開燦笑。

「去年斐迪南大人與尤修塔斯大人還給過我不少批評指教。看在熟知兩位的羅潔梅茵大人眼裡，能讓您覺得我工作起來很像兩人，我真是太高興了。」

今年因為由三名領主候補生分別帶領騎士、文官與侍從，準備工作進行得非常順利。對我來說最大的收穫，就是可以不用擔心其他，專心監督見習文官們的工作進度，以及藉這機會直接了解韋菲利特與夏綠蒂的近侍水準。

……結論就是，我手下受過神官長摧殘的見習文官們真是太優秀了。

當然優秀也代表得肩負起更多重擔，但辦事能力實在有著天差地別。尤其菲里妮因為是下級貴族，為免太出風頭，她都是以助手的身分從旁協助哈特姆特。她總會觀察四周，主動找出自己能做的工作，整理起資料也是駕輕就熟，在在可以看出她顯著的成長。

看著這樣的菲里妮，眼中流露出焦慮的，正是剛成為近侍的羅德里希。儘管他被哈特姆特帶著跑來跑去，交接了一些工作，但工作起來的速度還是遠遠不及兩人。

「我要努力追上兩人的腳步才行。」

眼看羅德里希充滿鬥志，我便這麼鼓勵他：「等你去神殿接受了斐迪南大人的訓練，一年後再不願意也會成長喔。」

而今年入學的夏綠蒂，似乎都會坦率地接受侍從以及幫忙準備茶會的布倫希爾德等人的建議；韋菲利特則是護衛我與夏綠蒂，有見習騎士沒能參與練習或討論時，也會在事後提供協助。我們頂多偶爾確認彼此的進度，準備十分順利地進行著。

「那把資料搬到會場去吧，記得按照昨天說好的順序。」

一晃眼就到了領地對抗戰當天。大家一早吃完早餐，馬上要開始布置會場。我下達指示後，見習文官們開始動作。

「布倫希爾德，你們那邊還順利嗎？」

「是的，羅潔梅茵大人。渥多摩爾商會的磅蛋糕已經從艾倫菲斯特送來，廚房也不斷地在製作招待客人用的點心。」

正如布倫希爾德所說，此刻宿舍裡頭正瀰漫著讓人口水直流的甜香。夏綠蒂似乎正在檢查茶具，並指示侍從搬運。發現見習騎士們皆不見蹤影，我不自覺地四下張望後，以護衛騎士身分跟在身邊的柯尼留斯為我說明。

「韋菲利特大人與見習騎士們正在做最後確認，複習到時可能會出現的魔獸及其弱點，還有討伐策略，另外也在分配可以恢復魔力的回復藥水。」

「柯尼留斯不一起做最後確認沒關係嗎？」

我詢問後，柯尼留斯露出信心滿滿的笑容。

「沒問題。我們已經練習過了無數次，魔獸的弱點與討伐策略也牢記在心。剩下的就只是照著指示進行攻擊。」

「所以，柯尼留斯其實是在炫耀，自己與負責下指示的萊歐諾蕾已經心意相通到了連討論也沒必要的地步囉？」

「並不是。您到底是怎麼聽的才能得出這種結論?!」

……咦～？明明就是故意放閃嘛。

接著我與文官們一同前往會場，護衛騎士有柯尼留斯，侍從有黎希達。

領地對抗戰將在騎士專業樓裡最大的訓練場上進行。便於騎士們在空中飛行的橢圓形訓練場，造型就和去年比迪塔時的場地一樣。頭頂上方是灰雲滿布、飄著細雪的大片天空，所以乍看下還以為是戶外競技場，但在場內卻感覺不到半點風雪，彷彿覆有著看不見的透明屋頂。這些都和上次的場地沒什麼不同。

但是，大小卻差很多。上次的競技場幾乎是正圓形，但這次的場地像是由兩個圓結合成橢圓形。而橢圓形的競技場外圍設有看臺。看臺區遠比進行比賽的場地要高，地面也和上次一樣平坦。當時我還心想既沒有做成階梯狀，地面也不傾斜，那要怎麼觀看比賽呢？但現在知道是因為要在這裡舉辦茶會、發表研究成果以後，就能理解為何地面是平的了。

「羅潔梅茵大人，從這裡到那條線為止是艾倫菲斯特的使用範圍。」

文官們一派熟練地開始布置時，柯尼留斯為我說明會場的大小。看臺區的地板保留了建築物原有的白色，而地板畫上了紅線，牆上則掛著與各領披風同色的布條。一眼就能看出所有領地是在哪裡觀賽。

「正中央比較寬敞又能清楚看到比賽場地的位置，都是上位領地呢。」

「今年艾倫菲斯特因為上升到了第十名，會場位置已經比以前寬敞，視野也好多了。記得我一年級的時候可是在那邊。」

柯尼留斯露出苦笑，指向好幾個小領地擠在一起的角落。排名也會影響到觀賽場地的大小，所以聽說以前即便我們是中領地，卻因為排名和小領地一樣靠後，觀賽場地十分狹小。現在的場地終於能夠抬頭挺胸地說我們是中領地了。

其他領地的學生也陸續來到，各自進行準備。只見五顏六色的披風忙進忙出，現場看起來色彩繽紛。而且大家似乎都會與宿舍裡的人聯繫溝通，無數的奧多南茲半空中在來回交錯，這也讓我看得津津有味。正看著滿天飛的奧多南茲時，忽然其中一隻往我飛來。柯尼留斯把手伸到我面前，那隻白鳥便停在他的手臂上，用莉瑟蕾塔的聲音開始說話。

「羅潔梅茵大人，奧伯．艾倫菲斯特到了。他說想在領地對抗戰開始前討論一些事情。請您盡快返回。」

我用思達普輕敲重複了三次傳話後變回魔石的奧多南茲，回覆自己知道了。

「哈特姆特，因為奧伯傳喚，我得回去一趟。等這邊準備好了，再麻煩你們去協助侍從。」

「明白。」

由於要盡快返回宿舍，我如果還用走的就太慢了，因此一離開訓練場，我們便坐上騎獸起飛。貴族院占地遼闊，我根本不曉得艾倫菲斯特舍在哪裡，黎希達卻清楚知道方向。

「因為以前都是比奪寶迪塔，大家得騎著騎獸到處飛呢。」

宿舍與騎士樓有段距離，但幸好能夠使用騎獸，所花時間比我走到中央樓的大門還要短，而且也不會累。

「羅潔梅茵大人，奧伯在這間會議室內等您。」

一抵達宿舍，齊爾維斯特的侍從似乎早已先來候著，帶我前往會議室。會議室內，齊爾維斯特、芙蘿洛翠亞、斐迪南、韋菲利特與夏綠蒂都到了。一行人中我把目光投向斐迪南。因為斐迪南今天一身貴族的正式裝扮，還披著代表艾倫菲斯特的明亮土黃色披風。

「斐迪南大人，我第一次見到您披上代表艾倫菲斯特的披風呢。想必是平常很少使用，看起來跟新的一樣。」

「因為我確實是今天才拿到。」

「咦？」

聽說斐迪南本來要如同往常披上藍色披風出席，卻被齊爾維斯特制止了。

「你這樣會被誤認為是戴肯弗爾格的人，至少今天該披上艾倫菲斯特的披風。」

「很遺憾，我沒有艾倫菲斯特的披風。在我決定要進入神殿時，你母親便說神官不需要這種東西，收走了頒授儀式上父親大人賜予我的披風。」

「這種事你怎麼不早說！」

「是你答應過與你母親有關的事，我可以不用說的吧？」

於是經過上述的對話後，斐迪南獲得了新披風。「這披風完全沒有護身用的魔法陣，真教人不放心。」儘管他嘴上這麼抱怨，但心情看起來倒是不錯。我猜他其實很高興吧。而藍色披風聽說會由尤修塔斯連同行李一起帶來。

「那請問要討論什麼事情呢？」

「我聽韋菲利特說，你們決定分別帶領騎士、侍從與文官……」

「是的。也因為這樣的分配，準備工作進行得非常順利呢。」

「準備階段或許可以這麼分配，但領地對抗戰正式開始後，領主候補生該做的工作是社交。」

他們說領地對抗戰等於是未來領主會議的預先演習。必須趁著這個機會先與他領的領主們打過照面，領主候補生們也都要在會場上負責接待訪客。這真是太出乎意料了。我趕緊寄出奧多南茲通知會場的人，說明領主候補生們都得負責接待賓客，並指定哈特姆特為見習文官的帶領人。這下子他們應該就會自己想辦法了。

「那麼，關於領主候補生座位的安排……」

去年是領主夫婦與韋菲利特分開來坐，然後依訪客的重要程度與之應對。但是，今年可以預想到訪客人數一定比去年要多，有的還會來自上位領地，所以他們希望無論來客是男是女，最好每一桌都有能力應對。

「因此我打算安排韋菲利特與羅潔梅茵同桌，夏綠蒂與斐迪南同桌，這樣便能多一組人負責接待……」

「我與羅潔梅茵同桌嗎？」

韋菲利特語帶不安地反問。芙蘿洛翠亞思索了片刻後，回道：

「既然你們已經訂下婚約，由你與羅潔梅茵一組是最妥當的安排，同時也能有昭告的意味在。不過，韋菲利特，你有信心能與羅潔梅茵一起接待訪客嗎？」

「這……」

韋菲利特擔心地看我一眼，不知該如何回答地垂下目光。見他這副樣子，芙蘿洛翠亞露出溫柔的微笑催促。

「韋菲利特，這種時候你要如實說出自己的想法。因為在領地對抗戰上，社交表現的成功與否會對未來有深遠的影響。」

這與貴族院內只有孩子們出席的社交活動不同，一舉一動皆會被他領的奧伯看在眼裡。韋菲利特想了一會兒後，難以啟齒似的開口。

「……只要過程中不聊到書，我想應該沒問題。」

「哥哥大人，今天的領地對抗戰將有他領的人來訪，恐怕會頻繁問起我們製作的新書唷。因為就連在女性的茶會上，也經常出現這個話題。」

夏綠蒂提醒後，韋菲利特臉色非常為難地看著我。看到他的表情，大概是多少有所察覺，芙蘿洛翠亞微笑說道：

「那麼，不如由韋菲利特與夏綠蒂同桌，羅潔梅茵再麻煩監護人斐迪南大人在旁看著吧。我想這是最適切的安排。畢竟領地對抗戰是非常重要的場合，最好還是把任何風險都降到最低。」

在場無人對此表示反對，每一桌的組合就這麼決定了。如同既往由斐迪南負責監督我後，韋菲利特顯得鬆一口氣，其實我也鬆了口氣。因為安心感截然不同。

「韋菲利特、夏綠蒂，把握開始前的這點時間，你們看看羅潔梅茵寫的報告書吧。每項重要情報她都整理得很好。」

齊爾維斯特各把一份報告書交給兩人。看來他讓文官們抄寫了我的報告書。韋菲利特與夏綠蒂很快翻看，然後一臉驚愕地看向我。

「……羅潔梅茵，這是妳寫的報告書嗎？」

「因為監護人們說，他們想看的不是信，而是工作報告，所以我就沿用了在神殿寫工作報告時的格式。斐迪南大人，如何呀？這次沒有意見了吧？」

我「唔呵呵」地得意挺胸，斐迪南稍稍揚起嘴角，稱讚我說：「非常好。」齊爾維斯特與卡斯泰德則是露出苦笑。

「是啊，簡直無可挑剔。竟然可以和之前的報告相差那麼多，真是嚇了我一跳。怪不得斐迪南在神殿那麼器重妳，妳要不要也來城堡工作啊？」

「請養父大人不要再增加我的工作量了，應該減少才對吧。」

我們笑著輕鬆閒聊時，似乎已經到了見習騎士們該出發的時間。侍從前來呼喚。

「羅潔梅茵大人，見習騎士們希望您能與去年一樣，給予他們祝福。」

以柯尼留斯為首的見習騎士們都跪在地上等候，我給予大家英勇之神安格利夫的庇護後，目送他們離開。

「考慮到與騎士樓有段距離，羅潔梅茵最好立即前往會場。我們先走一步。」

「斐迪南，羅潔梅茵就拜託你了。」

在齊爾維斯特他們的目送下，我與斐迪南率先從宿舍出發。

迪塔開始的同時，領地對抗戰也開始了。在庫拉森博克的領主候補生宣誓後，會公布第一個要比迪塔的領地。聽說上半場都是從下位領地中隨機抽選，而艾倫菲斯特今年是第一次到了下半場才上場。

「第十五順位法雷培爾塔克！」

法雷培爾塔克的看臺區隨即爆出歡呼。見習騎士們一個個地跳上騎獸，往競技場內降落，水藍色的披風在身後飛揚。他們先是在競技場內飛了一圈，就定位後等待魔物登場。一名老師騎著騎獸在場內著地，往魔法陣注入魔力。魔法陣亮起光芒後，魔獸也現身了。我對那個外形像貓的巨大魔獸有印象。

「那個是戈爾契嗎？」

「不，是低一階的孜爾契。別管這些了，羅潔梅茵，快坐好。」

明明迪塔正要開始，被斐迪南叫走的我垮下臉龐。領主候補生似乎只有在自領騎士上場的時候才能離開座位觀看，其餘時間都得待在位置上。

……坐著的話根本看不見迪塔，而且這樣多無聊啊。

我嘟起嘴唇，但很快就沒有心情再喊無聊。因為迪塔開始的同時，領地對抗戰也開始了。訪客開始湧入艾倫菲斯特。去年在領地對抗戰上沒能吃到磅蛋糕的貴族們，都帶著「我今年一定要吃到」的氣勢走來。

「因為先前在領主會議上分得了一些，這次我想嘗嘗其他口味……」

「我從幾天前開始便萬分期待呢。」

……言行舉止雖然還是很優雅，但那燦然發亮的雙眼簡直就和特賣會時鎖定限量商品的婦女們一樣！

目標主要是點心的人，就直接把點心送給對方，並且建議對方可以回到自領的位置上享用；如果是想要有貿易往來的人，便引導他們去韋菲利特與夏綠蒂那一桌。至於領主夫婦那一桌，只帶上位領地的領主夫婦過去就夠了。

我正向侍從們下達指示時，往艾倫菲斯特走來的人們忽然停下腳步，開始往旁邊退開讓路。怎麼了嗎？我眨了眨眼睛後，發現原來是光之女神正從人群中走來。那頭耀眼奪目的金髮複雜盤起，與紅色的蔻拉蓮耶髮飾相互輝映。女神臉上還帶著恬靜的微笑，一邊邁步一邊向周遭人們簡單致意，看起來比去年更成熟又更美麗了。

「艾格蘭緹娜大人！噢，還有亞納索塔瓊斯王子。兩位竟然大駕光臨，真是我們的榮幸。」

斐迪南輕拍了下我的大腿。看樣子是被他發現，我剛剛根本沒注意到亞納索塔瓊斯。互相道完冗長的寒暄，我正想請人帶他們到領主夫婦那一桌去，亞納索塔瓊斯卻搖了搖頭，往我們這一桌坐下。

「羅潔梅茵，我有話跟妳說。」

艾格蘭緹娜也優雅落座，侍從們馬上在一旁開始準備茶水。今天的餅乾與磅蛋糕都是今年在貴族院推出的新口味，我各吃了一口後，招呼他們享用。亞納索塔瓊斯大概是對新奇的事物更感興趣，伸手拿了餅乾；艾格蘭緹娜選了磅蛋糕。侍從以熟練的動作將磅蛋糕盛到盤子上。

「羅潔梅茵，聖典的禱詞研究是怎麼回事？雖然研究者寫著其他人的名字，但真正的研究者應該是在神殿長大的妳吧？」

亞納索塔瓊斯開口發問後，我看向提議這麼做的斐迪南。真正的研究者不是我，其實應該是斐迪南才對。斐迪南掛上貴族特有的禮貌性微笑，看著亞納索塔瓊斯。

「由於檢證會時不便讓老師們閱覽聖典，才想藉此稍稍彌補他們的遺憾。」

「原來你才是主謀嗎？隨著時間過去，本已稍微拉近距離的神之居所卻因此再度遠離，甚至有人盼望起聖女的祈禱，不知你對此作何感想？」

「我們不過是謹遵國王之命。」

「……我就看你這裝模作樣的態度能持續到什麼時候。」

亞納索塔瓊斯冷哼一聲。他和斐迪南似乎都明白對方在說什麼，我卻一句話也聽不懂。我決定乾脆不去理會，對艾格蘭緹娜投以微笑。

「艾格蘭緹娜大人，真高興見到您。」

「我也很高興唷。聽說羅潔梅茵大人又推出新流行了？」

「是的，這是新推出的璐萊磅蛋糕。戴肯弗爾格的漢娜蘿蕾大人贈送了璐萊果乾給我，我便馬上請人試做。請您品嘗看看吧。」

這次我試著先用酒泡過璐萊果乾，再加進磅蛋糕裡，風味相當不錯。

「真是美味呢。竟能與磅蛋糕結合得這麼完美，那麼只要使用各領的特產，想必可以做出各種口味的磅蛋糕吧。我深深為自己已經畢業感到可惜呢。」

她說畢業以後再回到貴族院，內心總感到十分落寞。麗乃那時候也體驗過畢業滋味的我，非常能明白艾格蘭緹娜的心情。

……畢業後就不能再隨意進入圖書館，突然覺得很有距離感對吧？我懂我懂。

「此外，我也聽說艾倫菲斯特今年推出了很有趣的故事集呢。羅潔梅茵大人正在推廣書籍嗎？」

「是的，也幸好大家都看得很開心。當中尤其是戀愛故事集最受歡迎。如果可以，我也很想借本艾倫菲斯特的書給艾格蘭緹娜大人，可惜手邊目前沒有半本……」

「妳冷靜一點。」斐迪南小聲斥道，我立刻挺直背脊。艾格蘭緹娜咯咯地輕笑起來。

「這位是斐迪南大人嗎？就是傳說中的……」

聽見艾格蘭緹娜小聲補上的後半句，我心驚膽顫地偷瞄斐迪南。他臉上雖然還帶著客套有禮的笑容，但那雙淡金色眼眸卻明顯在噴火。

……慘了。我徹底忘記有神官長傳說這回事了。

「不過是人們加油添醋的傳聞罷了，請您不必當真。」

斐迪南如此回應後，艾格蘭緹娜點點頭，忽然面露擔憂地看著我。

「至於羅潔梅茵大人的傳聞，雖然不知是否屬實抑或僅是誇大，但我擔心也許會遭到時之女神的捉弄呢。」

「艾格蘭緹娜大人？」

「還請多加小心。」

由於還有其他地方要去，亞納索塔瓊斯與艾格蘭緹娜便離開了。我還是不明所以，納悶地歪過頭。

「艾格蘭緹娜大人是什麼意思呢？」

「亞納索塔瓊斯王子剛才就已經說了吧，妳沒在聽嗎？」

「我聽了也沒聽懂。」

斐迪南厭煩地嘆了口氣，遞來防止竊聽的魔導具。確認我拿好了，斐迪南才開口。

「剛才他的意思是，聖典檢證會過後，中央神殿與王族之間的隔閡再次加深；甚至有人提議，他們舉行星結儀式時應該找來艾倫菲斯特的聖女，而非中央神殿的神殿長，所以來問我們有何居心。」

聽完斐迪南的說明，事態好像非常嚴重，但眼看說話的人這麼面不改色，我實在搞不太懂到底有多嚴重。

「呃……所以現在的情況很麻煩，對嗎？」

「以王族的角度來看，沒錯。但無論是問話還是檢證，全是國王的旨意。不管事態如何發展，都不是艾倫菲斯特的責任。只不過，妳勢必會受到牽連吧。」

「請等一下。斐迪南大人，您怎麼有辦法這麼悠哉？既然您是我的監護人，肯定也會受到牽連吧？」

「事態隨時會因國王的一句話而改變，現在就緊張也無濟於事。」

斐迪南一派鎮定自若，毫不理會我的抗議，但下一秒突然老大不高興地沉下臉。

「妳先想想該如何解決眼前的難題吧。看對方手上那疊紙，應該是妳的客人。」

眨眼間斐迪南又變回了面對貴族的有禮笑容。跟著他的視線望去，我發現前方來了一大群披著藍色披風的人。乍看下有三十個人以上，其中我只認識漢娜蘿蕾。從她不時偷瞄身旁男性的模樣來看，恐怕那位拿著改寫版史書原稿的高大男性，正是奧伯．戴肯弗爾格。

……但如果這些人是兩人的近侍，數量未免太多了吧？

我偏頭納悶時，忽然發現戴肯弗爾格的騎士們根本沒在看我，目光明顯都固定在斐迪南身上。我緊接著想起，聽說斐迪南在學期間每次都讓戴肯弗爾格輸得慘兮兮。

……莫非是麻煩找上門來了?!

我連忙看向齊爾維斯特那一桌，但從披風的顏色來看，可以知道他們正與奧伯．多雷凡赫在交談；我再看向韋菲利特與夏綠蒂，也有好多不認識的貴族圍著他們。我們完全是孤立無援。

「海斯赫崔也在嗎？這可麻煩了……」

斐迪南的低喃讓我眨眨眼睛。我從沒聽過這個名字。

「海斯赫崔是誰呢？是斐迪南大人的朋友嗎？」

「他不是我朋友，是那件藍色披風的原本主人。」

據說明明是海斯赫崔自己交出披風，當作是輸了的證據，之後卻三番兩次下戰書，說要擊敗斐迪南並拿回披風，是個比洛飛要麻煩好幾倍的男人。然而結果直到畢業為止，海斯赫崔一次也沒能擊敗斐迪南，也沒能拿回藍色披風。

「他不至於在這種時候要求比迪塔吧……」

斐迪南才剛嘀咕說完，戴肯弗爾格一行人已成排站到我們桌前。應是奧伯．戴肯弗爾格的那名男性上前一步。他的身材魁梧，實力看來不容小覷，光從樣貌就讓人覺得他非常適合率領戴肯弗爾格的騎士們。

「妳就是向漢娜蘿蕾提出請求，希望能把戴肯弗爾格的現代語版史書製成書籍的領主候補生，羅潔梅茵大人嗎？」

我差點就要往前傾身，精神抖擻地回答：「沒錯！」但被斐迪南拍了下大腿制止。好險好險。對方可是大領地的奧伯，絕不能忘了保持優雅與氣質。

「是的，我正是羅潔梅茵。不知能否得到您的允許呢？」

回話時我盡可能表現得優雅端莊，卻見奧伯．戴肯弗爾格咧嘴一笑。

「妳贏了我就答應。但我贏了這份原稿就歸我，並由戴肯弗爾格製成書籍。」

「……什麼？」

「我要求與妳比迪塔決勝負！」

他「磅」的一聲把原稿放在桌上。

「父親大人，您在說什麼啊?!」

漢娜蘿蕾一臉震驚地大喊，但馬上被周圍騎士們的「噢噢噢」吶喊聲蓋過。看來面對戴肯弗爾格時，對方需要的是迪塔，並不是優雅或氣質。太過突如其來的要求讓我目瞪口呆，只能愣愣仰望奧伯。

……怎麼辦？這種時候該怎麼做才好?!

但是，不知如何是好的並不只有我而已。

「父親大人，母親大人知道您會提出這種要求嗎？我要向她確認。」

漢娜蘿蕾明顯手足無措，甚至眼眶含淚地變出奧多南茲。該不會這是奧伯・戴肯弗爾格自作主張吧？

……嗚哇～漢娜蘿蕾大人也真辛苦……啊，現在不是恍神的時候。

領地對抗戰對領主候補生來說就是戰場。社交應對上，我必須表現得像個領主候補生。可是，不僅宮廷禮儀課從沒教過我們「當上位領地的奧伯連句問候也沒有，一開口就要求比迪塔時該怎麼做」，我也不曉得該怎麼與戴肯弗爾格應對才正確。

……對了！有神官長在！

斐迪南似乎與戴肯弗爾格的騎士們頗有交情，搞不好很習慣應付這種突發狀況了。我立刻仰頭看向身旁的斐迪南，用眼神向他求救：「神官長，輪到你出場了！」想不到斐迪南居然擺出事不關己的樣子，彷彿在說：「讓我看看妳會怎麼應對吧。」而且還刻意不與戴肯弗爾格的騎士們對視。

……神官長這個大笨蛋！這種時候應該救我才對啊！

結果一邊留意著我的反應，一邊努力阻止奧伯・戴肯弗爾格的人只有漢娜蘿蕾而已。這時，我恍然驚覺。

這該不會是監護人們的測試，想要了解每個領主候補生在面對突發狀況時會怎麼應對吧？就連宮廷禮儀課上，我也遇過一些刻意刁難學生的關卡。說不定領地對抗戰也一樣，還是由訪客出題測試領主候補生。

這麼心想後，我猛然湧起幹勁。接著，我馬上開始回想在圖書館以及在戴肯弗爾格的茶會室舉辦茶會時，我們關於改寫為現代語的原稿曾有過怎樣的對話。除了接受對方比迪塔的要求外，應該還有其他解決辦法。

……我要通過奧伯．戴肯弗爾格的測試，取得印製成書的權利！

我把背挺直後，對漢娜蘿蕾投以微笑。

「漢娜蘿蕾大人，記得關於抄寫史書一事，我們曾說好要交由兩位奧伯商議吧？既然如此，身為領主候補生的我似乎無法給予任何回答……」

這種莫名其妙的狀況，不如就丟給奧伯他們去處理吧？我暗暗這麼提議後，漢娜蘿蕾似乎馬上就明白了我的意思。她先眨了眨眼睛，然後堆起笑容。不愧是大領地的領主候補生。漢娜蘿蕾真是一點就通。

「說得是呢，父親大人！您先前不是說過，要與奧伯．艾倫菲斯特商議嗎？卻對羅潔梅茵大人突然提出這種要求，把她嚇了一跳。」

聞言，奧伯．戴肯弗爾格只是輕輕挑眉，一臉饒富興味。果然，就算沒有正面回答迪塔一事也沒關係。

「那麼，我去請奧伯．艾倫菲斯特過來。」

……很好，把麻煩全部丟給養父大人，我趁這機會開溜！

但我正想站起來時，斐迪南卻制止了我率先起身，環顧戴肯弗爾格的騎士們露出微笑。

「不了，羅潔梅茵。這件事不用麻煩妳。妳是寫了那份原稿的當事人吧？還是由與此事無關的我去喚來奧伯，與他交換位置。」

斐迪南阻止了我逃跑後，自己反倒以無比優雅的動作離開，走去與齊爾維斯特交換位置。

……結果神官長代替我逃跑了！太奸詐啦！

我「唔」地小聲低吟，但很快重新打起精神，與奧伯互道寒暄後請他坐下。我該做的不是比迪塔，而是社交應酬。布倫希爾德迅速地端來了璐萊磅蛋糕。意思是在齊爾維斯特過來之前，要我先招呼他們品嘗璐萊磅蛋糕吧。我示範性地喝了口茶，吃口點心。

「這款磅蛋糕使用了漢娜蘿蕾大人前陣子送給我的璐萊果乾，希望兩位能在品嘗過後告訴我感想。」

「哎呀，謝謝羅潔梅茵大人。那我便嘗嘗看。」

我與漢娜蘿蕾邊聊著領地的特產邊喝茶。我認為自己的應對非常符合領主候補生這個身分。奧伯．戴肯弗爾格似乎也相當中意璐萊磅蛋糕。從他的反應來看，比起磅蛋糕本身，他好像更喜歡擺在旁邊當裝飾的酒漬水果。

「我沒在領主會議上吃過這樣東西。」

「因為之前酒漬水果做的量並不多，去年剛在貴族院推出的時候就用完了。」

在我接待兩人的時候，與斐迪南交換位置的齊爾維斯特走了過來。他與奧伯．戴肯弗爾格互道寒暄後，往椅子坐下。

「我聽說是關於改寫後的史書，戴肯弗爾格有事想要商議……」

齊爾維斯特投來視線要我說明。我先提起之前在愛書同好茶會上有過的談話，再轉述奧伯．戴肯弗爾格剛才提出的要求。齊爾維斯特面色凝重地盤起手臂。

「羅潔梅茵，原稿妳就放棄吧。妳老在茶會上暈倒，怎麼可能與戴肯弗爾格的奧伯比迪塔。再者妳年紀尚輕，或許沒能意會過來，但比迪塔其實只是戴肯弗爾格想得到原稿的藉口。就算這份原稿妳與近侍們花了將近一年的時間才完成，我們也不能拒絕大領地的要求。況且戴肯弗爾格似乎已在抄寫原稿，妳自己當初應該也抄寫了一份，不然就是手邊還有草稿之類的資料吧？排名第十的艾倫菲斯特面對大領地的要求，只能俯首聽從。我雖然同情妳，但妳還是放棄原稿吧。」

齊爾維斯特的話聲溫柔，這麼安慰我說。戴肯弗爾格的兩人聽了臉色一變。

「不是的，我們不是那個意思……」

「奧伯・艾倫菲斯特，我可沒有那種想法。我並非想搶走原稿，只是希望能比場迪塔一決勝負。別把我說得那麼蠻橫。」

奧伯・戴肯弗爾格如此反駁。但是，早在塊頭高大、長相還有點兇惡的奧伯要求我這種小孩子跟他比迪塔時，我覺得看在旁人眼裡，這根本就和恐嚇沒兩樣。

姑且不論戴肯弗爾格的真正意圖，其實齊爾維斯特說得沒錯。戴肯弗爾格的史書我已經熟讀過了，給對方的也是謄寫好的原稿，我手邊還有改寫為現代書面語的草稿。也許戴肯弗爾格雖然會想在自己領內製成書籍，但有些情報並不想讓他領知道。看來我只能放棄大量印製，把草稿整理成一本書後，自己私下閱讀就好。

……而且坦白說，比迪塔太麻煩了。

「我知道了。」我回應後，齊爾維斯特也對我點點頭，再轉向奧伯・戴肯弗爾格。

「奧伯・戴肯弗爾格，倘若您想留下那份原稿，在領內製成書籍，艾倫菲斯特自當雙手奉上，絕不反對。」

「不，慢著。你們怎麼可能不介意？這份原稿肯定耗了你們不少金錢與人力，比場迪塔贏回來不是更好嗎？」

這句話讓我眼前一亮。其實把史書改寫成現代書面語不過是我個人的興趣，並不需要支付酬勞給自己。但如果對方能理解這份原稿的價值，我想請他支付紙張與墨水的費用。畢竟若全要我自掏腰包卻沒有任何回報，還拿不回原稿，這未免也虧大了。

「奧伯．戴肯弗爾格真是明理之人。誠如您所言，為了完成這份原稿，我確實付出了不少金錢，好比紙張與墨水的費用、改寫時支付給近侍們的報酬等等。倘若您並不想倚仗權勢強行奪取，是否願意依其價值支付原稿的費用呢？」

由於手邊還有草稿，只要能拿回一半的錢我也開心。我這麼心想著，仰頭看向奧伯．戴肯弗爾格，齊爾維斯特也幫腔說道：

「改寫史書不過是羅潔梅茵個人的興趣，因此所有花費皆是她自行承擔。看在大領地眼裡，這筆錢或許不算什麼，但以撥給羅潔梅茵的預算來看，卻不是一筆小數目。還望您多加考慮。」

奧伯．戴肯弗爾格的表情變得非常沉重，來回看向原稿、我與齊爾維斯特。

「……改寫史書只是個人興趣嗎？那究竟花了多少錢？」

「羅潔梅茵，妳總共花了多少？」

我立刻依原稿頁數乘以一張紙的費用。

「雖然我無法馬上列出明細給您，但包含資料的調查與草稿在內，花在紙張與墨水上的費用便已超過十五枚大金幣。若再加上支付給近侍們的報酬等等，總金額約略是十八枚大金幣吧。」

「十、十八枚大金幣嗎?!那個，這是您個人的興趣沒錯吧？」

漢娜蘿蕾瞠目結舌地看著我。一般領主候補生確實沒辦法隨隨便便就拿出這筆錢吧。但只要是為了書，我本來就不管花再多錢也願意。儘管視野中看見齊爾維斯特按住眉心，但我當作沒看見。

「艾倫菲斯特的新紙張因為比舊有的羊皮紙便宜，所以這個金額其實已經便宜不少了。此外比起費用，我更想知道自己改寫為現代語的內容，有沒有解讀上或記錄上的錯誤呢？這是我比較擔心的事情……如果願意告訴我正確的解讀方式，以及原本真正發生過的事情，我可以當作是情報費用從中扣除。」

奧伯・戴肯弗爾格「唔唔」地沉思看我。

「妳花了這麼一大筆錢，還想在艾倫菲斯特把戴肯弗爾格的史書製成書籍，到底想做什麼？怎樣的目的值得妳投入如此龐大的金錢與人力……」

「因為戴肯弗爾格的史書非常精采呀。正如同藍斯特勞德大人說的，如此悠久且豐厚的歷史實在令人肅然起敬。我甚至想製成書籍販售，讓更多的人都能看到。只可惜您不允許我製成書籍。」

我垮下肩膀後，奧伯・戴肯弗爾格開心地笑了起來。

「那不如我們賭上抄本的販售權，來比一場迪塔吧。光是妳願意參加，我就把原稿還給妳。妳贏了，我再把販售權也給妳。」

這提議太吸引人了。如果能得到戴肯弗爾格書籍的販售權，往後與其他領地交涉書本的販售權時，就有前例可以參考。還可以跟別人說：「這是我們與戴肯弗爾格交涉時的條件。」

「奧伯．戴肯弗爾格，您說願意給我販售權，那如果艾倫菲斯特贏了，往後我向戴肯弗爾格借的每一本書，也都能擁有抄本的販售權嗎？而既然原始資料是由戴肯弗爾格提供，到時我們也會免費呈上一本製好的書，並給予部分『版稅』。」

畢竟改寫成現代書面語、完成原稿的是艾倫菲斯特，不可能把版稅都給別人。但只要預先宣告艾倫菲斯特都會支付部分版稅，也許會比較容易蒐集到他領的書。

「……艾倫菲斯特打算賣書嗎？」

奧伯忽然收起提議要比迪塔時的愉快笑容，換上了領主要做重大決定時的嚴肅表情，帶有打量意味的凌厲目光往我看來。

我轉頭看向身旁的人。這種時候希望他能拿出領主的魄力。齊爾維斯特在我的注視下挺直腰桿，同樣擺出慎重其事的領主臉孔，加深臉上笑意。

「我打算將書籍販售發展成艾倫菲斯特未來的主要產業。相信明年的這個時候，定能讓各位大吃一驚。」

兩人好一會兒面帶笑容互相瞪視，最終奧伯．戴肯弗爾格揚起嘴角。

「有意思。贏了迪塔，我們借給艾倫菲斯特的所有書，抄本販售權都歸你們。」

「感謝您的提議。不過，我們目前無法把人手分出來比迪塔。倘若您堅持要以迪塔來決定結果，我希望比個人賽。」

齊爾維斯特表示，他不希望有太多騎士因為比了迪塔，導致得等好一段時間才能重回工作崗位。最主要是艾倫菲斯特才剛討伐完冬之主，現在這時期回復藥水等備品其實所剩不多。我們與人數眾多的戴肯弗爾格完全不能比。

「那麼，我希望由斐迪南大人出賽。」

「好，我去問問他。」

說完，齊爾維斯特站起來。戴肯弗爾格的騎士們「噢噢！」地大聲歡呼，但齊爾維斯特馬上輕輕聳肩。

「只不過，斐迪南是否願意出賽就另當別論了。因為他不會參加對自己沒有好處的比賽。到時，希望能由艾倫菲斯特的騎士團長出賽……羅潔梅茵，為了提高獲勝的機率，妳可要好好說服斐迪南。」

齊爾維斯特輕拍了拍我的頭後，走去呼喚斐迪南。而斐迪南在聽完齊爾維斯特的說明後，瞬間露出了厭煩至極的表情，但掩飾得很好地走回來。

「斐迪南大人，拜託了。」

斐迪南看向滿臉期待的我與戴肯弗爾格一行人，重重嘆了口氣坐下來。

「即便比贏迪塔，獲得了販售權，往後也必須向戴肯弗爾格借得到書才有意義；但倘若每借一本書就要比一次迪塔，簡直沒有止盡。因此，我拒絕出賽。羅潔梅茵，真想比的話妳就自己上場，輸了後至少把原稿拿回來。如此一來便能皆大歡喜，頂多只有妳一個人不滿意。」

「唔唔唔唔唔……」

對於目的就是與斐迪南比迪塔的奧伯．戴肯弗爾格來說，我要是真的厚著臉皮自己上場，根本一點意義也沒有吧。

「斐迪南大人，若想讓艾倫菲斯特更有利地拓展印刷業，這場迪塔將是非常重要的一戰。既不能輸，也絕不能逃避。」

「沒錯、沒錯。」

戴肯弗爾格的騎士們紛紛在旁邊大聲附和，眼中閃著期待的光芒。

「斐迪南大人，不只是為了我，這對艾倫菲斯特來說也是好事一樁。拜託了，請務必助我一臂之力。」

我略過自己的私心不提，刻意強調這都是為了艾倫菲斯特的利益，結果斐迪南帶著完美的貴族笑容斷然拒絕：「這對我沒有任何好處，我為何要答應？」

低頭看著我的斐迪南不僅視線，連語氣也冷冰冰。我幾乎要灰心喪氣，但如果能由斐迪南出賽，獲勝機率就會大不相同。我伸手抓住斐迪南的袖子，再次努力勸說，試圖讓他改變心意。

「斐迪南大人，等我抄好了戴肯弗爾格借的書，也會提供一份給您。」

「我不需要。」

「呃、呃，那、那個，其他的話……」

就在我忍不住開始泛淚時，一名戴肯弗爾格的騎士往前一站。對方看起來與斐迪南年紀相仿。

「奧伯．戴肯弗爾格，與斐迪南大人的這場比賽請交給我吧。」

「……海斯赫崔，你有信心說服他上場嗎？」

「是！」

說完，海斯赫崔轉向斐迪南，忽然冒出一句：「孚蘭墨茲的果實。」僅僅如此而已，斐迪南臉上游刃有餘的假笑就消失了。他陷入沉思，近乎瞪視地看著海斯赫崔。海斯赫崔隨即露出了得逞的得意笑容。「好啊，海斯赫崔，再接再厲！」「上啊！」周遭的騎士們全都為他加油打氣。

……這個人就是海斯赫崔嗎？好厲害！感覺很習慣說服神官長上場比賽！

雖然斐迪南剛才說，海斯赫崔為了拿回藍色披風，老是不厭其煩地向他下戰書，但這也代表海斯赫崔數不清有多少次都成功讓斐迪南點頭答應。

……海斯赫崔先生，加油啊！為了我的出版權！

「剋維瓦多的葉子、溫伐爾的毛皮。」

海斯赫崔又接著列出了多半是珍貴原料的東西，而我一樣也沒聽說過。

「只要斐迪南大人贏了，我便奉上其中一樣……」

「我要全部，再加上哥朗茲臨古之粉……那件披風有這樣的價值吧？」

斐迪南挑起單眉，露出挑釁的笑容看著海斯赫崔。本來還一臉得意的海斯赫崔頓時「唔唔唔唔唔……」地痛苦呻吟，臉上的表情就好像總財產被人搜刮一空。

……神官長，不要再欺負海斯赫崔先生了！他看起來好可憐！

「如何，海斯赫崔？」

海斯赫崔在逼問下揚起頭來，臉上有著堅定的決心。

「我這次一定要打倒你，拿回我的披風。一決勝負吧！」

「很好。那麼，這次該保護的寶物……就是兩領的領主候補生吧。正好她們同年。如此一來，奧伯．戴肯弗爾格要求比迪塔的羅潔梅茵本人，也稱得上是參賽。」

……什麼？

「放心吧，羅潔梅茵。我一定會保護妳。」

斐迪南露出了簡直可疑到極點的燦爛笑容，絕對不安好心。然而事關出版權，拜託最有可能獲勝的斐迪南才是上策。我只能這麼回答：「那就拜託斐迪南大人了。」

「那、那那、那個，怎麼聽起來好像連我也要參加……?!」

「漢娜蘿蕾大人，您不必擔心。我一定會保護您。一起打倒艾倫菲斯特吧！更何況您不是早就打倒過艾倫菲斯特的聖女了嗎？我會期待您的表現。」

「不是的。海斯赫崔，你在說什麼啊……」

慘遭波及的漢娜蘿蕾噙著淚眼，來回看向眾人，但戴肯弗爾格的騎士們一聽到斐迪南答應要比迪塔，全都興奮得歡呼起來，根本沒人在意她的反應。而斐迪南願意上場比賽固然值得高興，但我也感到想哭。

……漢娜蘿蕾大人，對不起，對不起，對不起喔！都怪神官長不安好心，才把妳也拖下水來，真的很對不起！

我在心裡頭拚命道歉時，斐迪南與海斯赫崔開始討論比賽規則。他們似乎已經很有默契，簡短說著：「老樣子。」「那在戴肯弗爾格的訓練場。」便敲定了與比賽有關的事情。

「那麼，比賽就在畢業儀式後進行……」

「這種麻煩的事我想盡快解決。況且領地對抗戰的下半場，戴肯弗爾格與艾倫菲斯特的騎士都得上場，所以我們在下半場開始前分出勝負吧。」

斐迪南冷哼一聲說道，正好這時尤修塔斯捧著木盒出現。盒子裡多半就放著那件藍色披風吧。

「斐迪南大人，讓您久等了。」

「那走吧。」

迪塔比賽

我們一行人往戴肯弗爾格的宿舍移動。聽說戴肯弗爾格舍裡設有訓練場，隨時都能比迪塔。他們到底多愛迪塔啊？

原本貴族院的宿舍不能讓他領的人進入，但今天因為奧伯・戴肯弗爾格也在，提供了注有奧伯魔力的認證用魔石代替胸針，讓我們能夠順利進入。

此刻我們分散在訓練場的左右兩邊，各自開起作戰會議。戴肯弗爾格的騎士們團團圍起漢娜蘿蕾與海斯赫崔，你一言我一語地討論對策。漢娜蘿蕾不知何時已經穿上了魔石變成的鎧甲。在貴族院，通常只有護衛騎士才會穿著簡易鎧甲，因此與騎獸用的魔石不同，我並不會隨身攜帶簡易鎧甲用的魔石。

……漢娜蘿蕾大人看起來文靜乖巧，但果然是戴肯弗爾格的領主候補生呢。

我暗暗感到佩服時，額頭被人用力一彈。

「好痛！」

「別發呆，認真聽我說話。妳的任務是當寶物，所以千萬不要離開這個圓陣。只要變出風盾，乖乖待在騎獸裡頭即可。最重要的是不要擅自行動。」

斐迪南在正裝外穿了簡易鎧甲，從我手上拿走兩個護身符手環，戴在自己的手腕上。接著他脫下沒有任何護身魔法陣的艾倫菲斯特披風，攤開以前使用的藍色披風。尤修塔斯幫他披上舊披風時，我看著騎士樓的方向，為領地對抗戰感到擔心。

「斐迪南大人，我們拋下領地對抗戰來比迪塔，真的沒關係嗎？」

訪客那麼絡繹不絕，我們兩個人卻跑出來，留在會場裡的齊爾維斯特他們一定很辛苦。聽到我這麼問，斐迪南老大不高興地沉下了臉。

「若把比賽訂在其他日子，肯定會有許多人跑來看熱鬧，也可能引來王族矚目。如果想趁著沒什麼人注意到時盡快比完，便只能挑誰也無法離開領地對抗戰的這個時候。更何況我都已經拒絕出賽，妳卻堅持要比，就不准再抱怨。」

看來是我思慮不周。

「真的很對不起。可是，斐迪南大人到底有什麼企圖呢？這場比賽沒有必要把我與漢娜蘿蕾大人也牽扯進來吧？」

「當然是因為由妳當寶物的話，妳自己就能保護自己。我也不必分神留意寶物，能夠節省魔力，集中精神在比賽上。」

斐迪南一派若無其事地低頭看我，表情彷彿在說別問廢話。但這種話我可無法充耳不聞。原來斐迪南打從一開始就沒打算保護我。

「請問剛才是誰笑得那麼燦爛，還說『放心吧，我一定會保護妳』?!這是您不久前說過的話吧?!」

「想從埃維里貝手中救出蓋朵莉希，當然也得做好萬全的準備。況且會比這場迪塔，本來就是為了妳的書吧？」

「話是如此沒錯……可是，漢娜蘿蕾大人既變不出舒翠莉婭之盾，也無法給予安格利夫的祝福，這樣不公平吧？」

我總覺得太卑鄙了。聞言，斐迪南冷哼一聲。

「妳在說什麼？帶到戰場上的東西能如何有效利用，正是決定勝負的關鍵。我只打會贏的仗。」

「這我知道。」

「既然知道，一降落就要變出風盾。妳想得到出版權吧？」

我用力點頭，變出小熊貓巴士。斐迪南、海斯赫崔與漢娜蘿蕾也跳上各自變出的騎獸。

「準備好了嗎？」

奧伯·戴肯弗爾格詢問後，我們騎著騎獸蹬地起飛，在各自的陣地裡降落。我與漢娜蘿蕾身為寶物，絕不能離開自己的陣地，一出圓陣就算輸了。

「開始！」

奧伯·戴肯弗爾格朗聲宣告比賽開始。在旁觀賽的戴肯弗爾格騎士們大聲歡呼，海斯赫崔與斐迪南都操縱著騎獸飛奔向前。

我照著斐迪南的吩咐，往戒指注入魔力。

「司掌守護的風之女神舒翠莉婭，侍其左右的十二眷屬女神啊。請聆聽吾的祈求，賜予吾聖潔之力，阻絕一切懷有惡意之人，為吾立下風盾。」

鏘！的清脆聲響，舒翠莉婭之盾完成了。與此同時，我聽見斐迪南發出有些焦急的大喊。

「羅潔梅茵！」

「喝啊啊啊啊！」

……咦？

微閉著眼向神祈禱的我一抬起頭來，就看見海斯赫崔朝著我釋出魔力攻擊。同一時間，我好像也聽到漢娜蘿蕾細細尖尖地喊了一聲：「喝啊！」但由於綻放著藍白光芒的魔力正往自己飛來，我根本看不到發生了什麼事。我躲在盾牌內側屏住呼吸，用力閉上眼睛。就算知道有盾牌護著，但有東西朝自己飛來還是很恐怖。

漆黑的視野中，我聽見魔力伴隨著「碰！」的巨響撞上風盾。我嚇得渾身一震，然後慢慢睜開眼睛，發現飛來的魔力早已消失，眼前只有熟悉的黃色透明風盾。

「竟然擋下了海斯赫崔的攻擊，那到底是什麼?!並不是哥替特吧。」

「半球形的盾牌嗎？」

「漢娜蘿蕾大人，危險！」

騎士們正看著舒翠莉婭之盾議論紛紛時，忽然有人厲聲警告。在海斯赫崔釋出魔力的同時，漢娜蘿蕾似乎也對斐迪南發動了攻擊。然而，斐迪南的護身符感應到後立即反擊，射出一道光束筆直朝著漢娜蘿蕾飛去。

「哥替特！」

漢娜蘿蕾迅速變出盾牌，癱坐在盾牌後方勉強擋下了反擊，然後就此維持著那個姿勢動也不動。她想必非常害怕吧。臉上的表情好像快哭出來了。幸好斐迪南拿走的護身符只會反擊兩倍的威力回去，而漢娜蘿蕾的攻擊力又不高，反擊的殺傷力也就不會太大，這點真是讓我如釋重負。

……太好了。真是幸好漢娜蘿蕾大人平安無事！

躲在舒翠莉婭之盾後頭，又坐在小熊貓巴士裡的我撫胸鬆了口氣。與放鬆下來的我不同，斐迪南則是極其不悅地板起臉孔。事情發展不如預期時，他就會露出這種表情。那個護身符他八成打算用來對付海斯赫崔的攻擊，而不是漢娜蘿蕾的。

……神官長大概是預期海斯赫崔會在比賽一開始就發動強攻吧。

海斯赫崔的攻擊已經由我用舒翠莉婭之盾擋下，但斐迪南根據長年來與他交手的經驗，本以為海斯赫崔的目標會是自己，因此計劃著要以護身符進行反擊。也許是因為我與漢娜蘿蕾的距離太遠，所以才由海斯赫崔攻擊我，漢娜蘿蕾攻擊斐迪南吧。還是說，海斯赫崔是想藉此測試我的防禦能力？無論他這麼做的理由是什麼，確實都不在斐迪南的預料之中。

「海斯赫崔，小心點！」

「對方擁有會反擊的魔導具！」

在外圍觀看的騎士們與對我發動攻擊的海斯赫崔不同，多半清楚看見了反擊是來自護身用的魔導具，一群人大吼著幫忙出主意。

「那是針對物理攻擊的反擊，你要想好怎麼攻擊！」

「不對，斐迪南大人不會在身上佩戴好幾個效果相同的魔導具！我反而應該發動物理攻擊！」

……海斯赫崔先生答對了！拍拍手！

正如海斯赫崔所說，斐迪南拿走的護身符只有兩個而已。一個是用來反擊物理攻擊，另一個用來反擊魔力攻擊。這也意味著比賽才剛開始，斐迪南就用掉了其中一個護身符。而且還不是因為他預測會猛烈進攻的海斯赫崔，而是漢娜蘿蕾那一記目的只在於牽制的微弱攻擊。

……嗚哇，我好像可以看到神官長在咂嘴。

斐迪南表情嚴肅，準備對漢娜蘿蕾展開攻擊，海斯赫崔立即舉劍劈去，速度之快、劍勢之猛甚至超過斐迪南。只見斐迪南張大了眼，迅速採取防禦。

沉悶的刀劍碰撞聲傳來。海斯赫崔轉動手腕把劍彈開後，旋即再度揮劍，但被面色凝重的斐迪南擋下。

海斯赫崔忽然勾起嘴角，說：

「別以為我還和十年前一樣！」

緊接著海斯赫崔一輪猛攻，斐迪南只能全力格檔。

我震驚得瞠大雙眼。在艾倫菲斯特可說是毫無敵手的斐迪南，竟然論速度與劍技都輸給了海斯赫崔。眼看斐迪南只能一味防守，我不得不正視這個事實。

「很好，上啊！繼續保持！」

「小心距離！別給他改變武器的機會！」

「論速度與劍術你更勝一籌！這次一定要贏！」

根據周遭騎士們的吶喊，可以知道物理攻擊多半正是海斯赫崔最擅長的。

從貴族院畢業後已過了大約十年，仍在戴肯弗爾格以騎士之姿戰鬥至今的海斯赫崔實力堅強。他比基本上都待在神殿，偶爾受命去支援騎士團的斐迪南還要強。當然，面對只為戰鬥而生的海斯赫崔，斐迪南能夠擋下他的攻擊已經非常厲害，但也確實毫無還手之力。斐迪南臉上流露出了焦急。這還是我第一次看到他陷入苦戰。

「想拿魔導具？休想得逞！」

海斯赫崔大喝一聲，在近距離下持續發動猛烈攻擊，不讓斐迪南有機會去拿魔導具或讓思達普變形。

武器的撞擊聲不斷響起，只看得見白色劍光閃爍，由此可知攻擊非常兇猛。就算我強化了視力，還是無法看清兩人的動作。

「你在神殿生活太久，身體變鈍了。都沒在訓練了嗎？」

「畢竟我不是騎士。」

……怎麼辦?!神官長要輸了?!

斐迪南的口吻不變，但聽起來多了幾分焦躁。從未見過他這個樣子的我倒吸口氣。

我還以為斐迪南肯定能輕鬆獲勝，完全沒想到他會陷入苦戰。始料未及的發展讓心臟跳得飛快，不安地怦怦作響，背部也冒出冷汗。

……有沒有什麼我能做，又不會妨礙到神官長的事情？

仰望一味抵擋攻擊的斐迪南，我拚命動腦思索，然後變出思達普注入魔力。

「小心羅潔梅茵大人！」

「她變出思達普了！」

我靜靜祈禱。隔了這麼大段距離，大家一定聽不到我的聲音。

「願火神萊登薛夫特的眷屬，英勇之神安格利夫給予斐迪南大人庇佑。」

一道藍光從思達普尖端筆直飛出。希望能讓斐迪南戰鬥起來輕鬆一點。我不想看到斐迪南輸。

「什麼？她做了什麼？」

「是祝福嗎？」

騎士們大聲嚷嚷起來，而斐迪南在接受到安格利夫的祝福後，稍微恢復血色，好像不再那麼咬牙苦撐。至少他臉上不再流露焦急，變回了平常的面無表情。但即便得到了安格利夫的庇佑，海斯赫崔的優勢還是不變。

……怎麼辦？怎麼辦？我還能做什麼……

我焦急不已地拚命思考時，卻聽見斐迪南的怒吼。

「羅潔梅茵，不准擅自行動！我一定會贏，等我獲勝！」

「是！」

我慌忙消除了正想變成水槍的思達普，在小熊貓巴士裡挺直了背。然後，我慢慢放鬆緊繃的身體。

……沒事的，一定會贏。因為神官長只打會贏的仗。

但是，我仍然抱著想向神祈禱的心情，不自覺地用力交握雙手。兩頭騎獸在上空來回交錯，鏗鏘聲不絕於耳。

大概是應付毫不間斷的攻擊開始累了，斐迪南的動作有些變慢。就連我也看得出來，戴肯弗爾格的騎士們更是用不著說吧。騎士們激動得從觀賽區往前傾身，應援聲變得熱血沸騰。

「就是那裡！可惜！」

「再加把勁啊！」

「一鼓作氣！」

聽見眾人的聲援，海斯赫崔的動作更加迅猛有力，而斐迪南的呼吸似乎因為接二連三的攻擊而變得急促。

「喝！」

斐迪南驚險萬分地閃過海斯赫崔的劍，卻也因此露出了大片破綻。

「結束了！」

「唔！」

海斯赫崔振臂疾揮。斐迪南倏地把藍色披風拉到身前，以此抵擋攻擊。

「什麼?!」

這一劍若劈下去，等於自己親手毀了戰利品。

海斯赫崔猶豫了一瞬。

斐迪南自然不會錯過這個瞬間。

只見他手指一彈，飛出的魔導具在兩人之間爆炸，並將兩人往不同方向彈開。

「糟了！」

爆炸的威力散去後，重新穩住身子的海斯赫崔臉色丕變。因為斐迪南雖然也被爆炸震飛，但恢復平衡的時候手上已經拿著好幾個外形像是魔石的魔導具，思達普也解除了變形。

「海斯赫崔，這下形勢可逆轉了。」

斐迪南朝著海斯赫崔露出游刃有餘的笑容，那般充滿威嚴的儀態完全符合魔王這個稱號，怎麼看也不像是勇者。

……太好了，是平常的神官長！

斐迪南一如往常的模樣，讓我卸下心頭大石。

「居然用戰利品來抵擋攻擊！」

「不愧是不斷設下惡毒陷阱、人稱魔王的男人！」

「手段太卑鄙了！但我就是想看這個！」

觀眾們的反應非常激烈，但斐迪南的手段之卑鄙也不是現在才開始的事。他剛才明明還氣喘吁吁的樣子，現在卻是一派好整以暇。看來欺騙海斯赫崔是斐迪南的拿手本事。

「唔！別想輕易逆轉形勢！」

海斯赫崔再次舉劍想要展開自己擅長的肉搏戰，但斐迪南立刻投出魔導具，利用和剛才一樣的爆炸牽制他。

「這點程度的爆炸別以為攔得了我！」

海斯赫崔直接用劍砍飛魔導具，沒有因為小小的爆炸而停下腳步，反而毫不畏懼地騎著騎獸上前，往斐迪南疾速逼近。

「保持下去，撐住！」

「他平常不可能在身上帶太多魔導具！」

我心頭一驚。因為騎士們說對了。這場迪塔比賽是在領地對抗戰上臨時決定，所以斐迪南並沒有時間在自己的工坊裡頭進行準備。對於習慣做好準備，也擅長預先布下陷阱的斐迪南來說，這場比賽非常不利。他的準備並不萬全，剛才甚至還徵用了我的護身符，所以手上的魔導具數量一定不多。

……神官長真的沒問題嗎？

我內心忽然感到不安，但就在下一秒──

「水槍。」

斐迪南低聲唸了咒語讓思達普變形後，僅是扣下扳機，無數箭矢便接連飛出。

「嗚哇！嗚哇哇！這是什麼?!」

從未見過的武器讓海斯赫崔一臉錯愕，但他還是驚險地閃過了攻擊。斐迪南一邊面無表情地按下水槍扳機，一邊還投擲魔導具。大概是連逃竄的方向也預料到了，幾波攻擊過後，海斯赫崔光是閃躲就已經應付不暇。可能是因為不了解新武器，也不曉得該怎麼應對，只能一味防守。

「那個武器是什麼?!」

「我從來沒見過！」

漢娜蘿蕾對著不停議論的騎士們大聲回答：

「那個武器跟羅潔梅茵大人在課堂上變出來的『水槍』很像。可是，羅潔梅茵大人曾說那只是能射出水的玩具而已，我當時還親眼見識過威力，根本不是這麼厲害的武器啊！」

斐迪南低頭看向滿臉錯愕的漢娜蘿蕾，哼了一聲。

「因為我把它改良成了武器，而且還非常好用。看，就像這樣。」

朝著海斯赫崔射出一波攻擊後，斐迪南忽然轉向漢娜蘿蕾扣下扳機。無數箭矢就這麼向著漢娜蘿蕾飛去。

「漢娜蘿蕾大人，危險！」

我忍不住大喊出聲，在小熊貓巴士內站起來，隨即看到漢娜蘿蕾變出盾牌擋下箭雨。太好了──我正鬆了口氣時，冷冷的話聲從天而降。

「羅潔梅茵，妳站哪一邊？」

「對、對對對、對不起！因為看到朋友可能會有危險，不小心就……」

我立即道歉，但斐迪南果然不好打發。他接著命令我，不僅不能亂動，也要閉上嘴巴別亂說話。我牢牢閉起嘴巴，重新坐好。

……可是，怎麼看神官長都更像是壞蛋嘛。我當然會忍不住想支持看起來居於劣勢的正義使者們啊。

我乖乖閉上嘴巴觀看後，只見斐迪南靈活地運用水槍與魔導具，終於將海斯赫崔從騎獸上擊落，然後他立刻把目標轉向漢娜蘿蕾。

……嗚哇啊啊啊啊！漢娜蘿蕾大人！誰快來救救她！

我用力摀嘴，雙眼張得老大。這時視野中忽然出現一團藍白光芒，畫著弧形以驚人的高速飛向斐迪南。原來是海斯赫崔在往下掉落的同時，朝著斐迪南釋出魔力。

……不行！快停下來！

「好啊！」

「幹得好！」

觀眾們對海斯赫崔的攻擊大聲叫好，但我卻覺得血液都要凝結了。

……護身符！

斐迪南拿走的另一個護身符，作用就是反彈魔力攻擊。因此護身符在擋下了海斯赫崔的攻擊後，隨即化為威力驚人的反擊。而被打下騎獸、正往下掉落的海斯赫崔根本無處可逃。

「海斯赫崔！」

「他還有反擊用的魔導具嗎?!」

騎士們發出慘叫時，海斯赫崔似乎是想避免被正面擊中，在半空中扭過身體。但光憑這樣也不可能躲得過，反彈的魔力仍是擊中了他，將他往我這邊猛力推過來。

「呀啊！」

眼看壯碩的身體往自己飛來，我嚇得縮成一團，但海斯赫崔緊接著被舒翠莉婭之盾彈開，更被盾牌產生的暴風吹得老遠。最終海斯赫崔「咚」的一聲重重摔落在地，我忍不住在小熊貓巴士裡站起來。

「您、您沒事吧?!」

海斯赫崔整個人不停抽搐顫抖，看起來應該還活著，但恐怕沒死也去了半條命。雖然想為傷痕累累的海斯赫崔施以治療，但我這個人再怎麼做事不經大腦，也知道絕不能在比賽途中治癒敵人。

我在小熊貓巴士裡坐立難安地觀察海斯赫崔的情況，看見他往嘴裡塞了回復藥水。看這樣子，海斯赫崔只能維持著現在的姿勢等身體恢復了。

……希望您趕快恢復。

我這麼心想道，接著把目光投向漢娜蘿蕾。隔著寶物陣的界線，斐迪南正與漢娜蘿蕾互相對峙。只見漢娜蘿蕾雙眼含淚，小手緊握盾牌。

「海斯赫崔暫時都無法動彈。若承認你們輸了，就自己走出陣地。」

漢娜蘿蕾仰望還拿著思達普的斐迪南，整個人縮在盾牌後面瑟瑟發抖，卻還是拒絕了他的要求。

「我、我是戴肯弗爾格的領主候補生。就算很明顯是我們輸了，我也絕不能自己走出陣地！」

斐迪南聽了驚訝地微微瞠目，在旁觀賽的騎士們更是激動地發出了讓人想叫他們克制一點的吶喊。

「唔噢噢噢噢噢！漢娜蘿蕾大人！」

「有志氣！這才是戴肯弗爾格的領主候補生！」

斐迪南瞥了眼極度亢奮的觀眾們，厭煩地嘆口氣。

「那我只能用蠻力讓妳出來了。再不快點解決，下半場要開始了。」

斐迪南用思達普變出光束，將漢娜蘿蕾團團捲起來後，就像以前對我做過的一樣，用力一拉將她甩出戴肯弗爾格的陣地。

「呀啊啊啊啊——！」

被拋進半空中的漢娜蘿蕾忍不住放聲大叫，畫出偌大的拋物線開始墜落。

「漢娜蘿蕾大人！」

雖然喝了藥水稍有恢復，但仍然全身是傷的海斯赫崔驚叫著彈起來，使出殘存的力氣拔腿狂奔，在漢娜蘿蕾掉下來的地方伸手接住她。

……好厲害！海斯赫崔真是騎士中的騎士！

但海斯赫崔似乎已經無力站穩，接住後直接倒地不起，幸好漢蘿娜蕾看來沒受什麼傷。

「到此為止！艾倫菲斯特獲勝！」

在漢娜蘿蕾離開陣地的那一瞬間，就已確定是艾倫菲斯特獲勝。奧伯．戴肯弗爾格朗聲宣布結果。我立刻消除舒翠莉婭之盾，操控著小熊貓巴士跑向海斯赫崔與漢娜蘿蕾。

「斐迪南大人，我可以為兩人施展洛古蘇梅爾的治癒嗎？」

「……這樣好嗎？那個，我們當然是非常感激……」

漢娜蘿蕾眨了眨眼，但不是看向我，而是觀察斐迪南的反應。

「隨妳高興。」斐迪南聳聳肩。「我早已習慣妳對待他人如此好心。但妳的好心不該只給敵人，也該分一點給自己人吧……」

「……咦？」

由於斐迪南面無表情，我始終都沒發現，但近距離一看，原來他也全身上下到處是傷。受了這麼重的傷，居然還板得出平常的撲克臉。

「斐迪南大人，既然受了傷，還請您稍微表現出來。這樣誰知道您受傷了呢？」

「笨蛋，怎可讓敵人發現任何破綻。」

……就是連自己人也沒發現我才提醒你啊！

我沒好氣地鼓起臉頰，走下小熊貓巴士。讓三人坐下後，我取出思達普注入魔力，為每一個人施以治癒。

「洛古蘇梅爾的治癒。」

從思達普飄出的治癒綠光分別飛向三人。漢娜蘿蕾長長吐一口氣，站起來後露出可愛的笑容說：「謝謝羅潔梅茵大人。」

傷勢最重的海斯赫崔似乎也恢復到了可以如常行動的程度。他起身後低頭看向自己的身體，輕輕動了動手腳，吃驚地望著我。

「您為我們消耗了不少魔力哪。羅潔梅茵大人，真是感激不盡。」

「嗯，這下又能行動自如了。」

斐迪南站起來，要我把認證用的魔石還給奧伯，坐上騎獸。

「比賽勝負已分，之後再來討論原料的交付方式。現在得立即返回宿舍用餐，否則趕不上領地對抗戰的下半場。妳想看柯尼留斯大展身手吧？」

「是的。」

在斐迪南的催促下，我把借來用以進入訓練場的魔石還給奧伯，鑽進小熊貓巴士裡。斐迪南也歸還魔石，跨上騎獸。

「那待會見了。」

「慢著！你還沒說明剛才的新武器。」

海斯赫崔伸手叫住斐迪南。斐迪南在半空中停下騎獸，回過頭勾起嘴角。

「我沒義務告訴你。若想知道，就想辦法贏我一次吧。海斯赫崔，別只會鍛鍊身體壓縮魔力，再不想想如何活用其他手段，你可永遠贏不了我。」

……就是因為神官長會這樣挑釁，對方才一直來挑戰嘛！真是的真是的！

戴肯弗爾格騎士們的嘶吼從後方傳來，發誓一定要再次挑戰。

領地對抗戰的競速迪塔

「羅潔梅茵，把回復藥水給我。妳房裡還有備用的吧？」

斐迪南在進入宿舍前這麼要求，我不禁納悶偏頭。治癒魔法只能治療傷口與緩和疼痛，不會恢復魔力，所以我能理解斐迪南為何需要回復藥水。可是，他自己應該也會隨身攜帶才對。

「斐迪南大人自己沒有嗎？」

「我若用掉自己的，屆時身上將連回復藥水也沒有。如今魔導具幾乎用完了，我手邊至少得留下回復藥水。」

……雖然看似游刃有餘，神官長該不會其實贏得很驚險吧？

我把腰間上的回復藥水拿給斐迪南，再把自己的手臂也伸出去問：「斐迪南大人，要不要再拿走一個護身符比較好呢？」

「不了，不能讓妳身上的防禦變得更加薄弱。」

斐迪南眉頭皺也不皺地一口氣喝完超級難喝藥水，把空了的藥水瓶交給黎希達麻煩她補充後，邁步走進宿舍。我不自覺地揪住斐迪南的袖子。

「那個，斐迪南大人……」

「妳不用擔心。沒有其他領地會像戴肯弗爾格那樣，突然要求比迪塔。」

聽懂了斐迪南決定就此結束這個話題，我放開他的袖子，露出笑容想要緩和氣氛。

「像戴肯弗爾格那樣的領地要是有好幾個，可就教人傷腦筋了呢。」

「不，倘若有好幾個領地皆是如此，他們反倒可以找彼此隨時比迪塔，我也能輕鬆許多。」

「我想這倒不見得喔，總覺得海斯赫崔先生到最後都會來找斐迪南大人挑戰。」

「……別說這種惹人不快的話。」

回到宿舍以後，其他人似乎都已經用完午餐，為了下半場趕回會場。餐廳內冷冷清清，毫無人影。我與斐迪南也趕緊吃完午餐，回到在比領地對抗戰的騎士樓。

「我們趕上了嗎？」

「嗯，現在是亞倫斯伯罕在比迪塔，艾倫菲斯特是下下一個。」

下半場的順序，據說是依課堂上比模擬賽的結果而定。看來艾倫菲斯特今年的成績相當不錯，順序十分靠後。

我邊往艾倫菲斯特的會場移動，邊在經過其他領地時觀察他們的社交情形。這天因為監護人也來了，平常清一色都是黑色服裝的貴族院忽然變得五彩繽紛，光視覺就很有參加慶典的感覺。所有人的服裝都是中央現在最流行的款式，但是仔細觀察，還是能看出各有不太一樣的風格。

「芬思圖勒姆嗎？那應該很快能結束。」

這種魔獸在訓練時很常見，輕輕鬆鬆就能打倒吧，斐迪南瞥了眼競技場說。

由於亞倫斯伯罕的人都聚集在看臺邊緣為騎士們加油，依我的身高只能看到一整片淡紫色披風，以及披著同色披風的騎士不時從場內高高竄起，但看不見底下是什麼魔獸。我只好放棄觀看亞倫斯伯罕的迪塔，努力邁開步伐。必須在輪到艾倫菲斯特之前回到自己的會場，這是我最重要的任務。

「不曉得比完迪塔以後，艾倫菲斯特能得到第幾名呢？」

「這個項目的運氣也很重要。對於場上出現的魔物有無充分的了解，將會影響到比賽時間的長短。不過，如今因為擔心學生會有危險，不確定他們有無能力應付，所以都只會挑選僅靠蠻力也能取勝的魔物。雖然見習騎士們也因此都不再動腦……」

真是兩難──斐迪南這麼低喃時，我們抵達了艾倫菲斯特的會場。

一看到我們，齊爾維斯特便問：「贏了嗎？」我用力點頭。

「斐迪南大人真是名副其實的魔王。他居然利用本該是戰利品的披風牽制敵人，然後趁機展開反擊。我再一次體認到，斐迪南大人果然一點騎士風範也沒有。」

「我本就不是騎士，沒有騎士風範也無所謂。倒是妳竟然在比賽期間聲援敵人，應該多展現出聖女的一面吧。」

斐迪南冷哼了聲，瞪我一眼。

「哎呀，我可是變出了舒翠莉婭之盾，還給予您英勇之神安格利夫的祝福，最後還施展了洛古蘇梅爾的治癒吧。看在旁人眼裡，我應該是十足的聖女喔。」

明明我與去年的奪寶迪塔不同，既沒幫忙出些怪主意，也沒有在旁邊下達指示，只是乖乖地待在騎獸裡頭觀看比賽。

齊爾維斯特輕揚起手，打斷我的抗議。

「羅潔梅茵，比賽過程之後再說。抄本的販售權談好了嗎？」

「斐迪南大人說這件事之後再談。」

「好。」齊爾維斯特這麼應道，目光看向身旁的芙蘿洛翠亞。芙蘿洛翠亞臉上的笑意忽然加深，好像還散發出了有些駭人的氣息，是我的錯覺嗎？

「他們那邊也得先與第一夫人等人商量，所以雙方都需要點時間吧。」

倘若是男人們一時衝動決定要比迪塔，此刻女性們肯定沒有好臉色吧，齊爾維斯特低聲說。看來是擅自決定比迪塔這件事，芙蘿洛翠亞唸了他一頓。

「我想領主會議上，此事將成為須與戴肯弗爾格協商的重要事項。他們雖會接受我們為了印刷業所提出的請求，但也會藉機要求與我們展開貿易吧。我會期待奧伯的談判手腕。」

斐迪南露出有禮但不真誠的微笑時，「哇！」的偌大歡呼聲忽然響起，接著洛飛的聲音透過擴音魔導具響遍會場。

「艾倫菲斯特請上場！」

早已在看臺邊緣待命的見習騎士們，紛紛跳上騎獸飛向競技場。在騎獸上飛揚的明亮土黃色披風不斷增加，見習騎士們先是在場內飛了一圈。

「讓我看看他們今年進步了多少吧。」

騎士團長卡斯泰德一臉興致勃勃地說。在他的一步後方，還有同樣來欣賞柯尼留斯英姿的艾薇拉。

齊爾維斯特、芙蘿洛翠亞、韋菲利特與夏綠蒂都往前走，移動到見習騎士們剛才待著的看臺邊緣。最前方也保留了一個空位給領主候補生的我。我走過去想要觀看迪塔，卻發現圍牆有點高。雖然只要用力踮起腳尖就看得到，但這樣的動作實在不優雅，也不是領主候補生該有的樣子。

「大小姐，請。」

在我回過頭前，黎希達就悄悄幫我放好踏腳臺。站上去後，我的腦袋順利地變得比圍牆要高，可以清楚看到見習騎士們已在場上就定位。

「黎希達，謝謝妳。」

「我們一起為見習騎士聲援吧。」

近侍們接著聚集到我身邊。我滿心期待地注視競技場，看見負責召喚魔物的老師降落到場上。輕輕揮手回應響亮歡呼聲的，正是傅萊芮默。她還瞥了眼艾倫菲斯特的方向，呵呵地笑了兩聲。我頓時有種非常不祥的預感。而有這種感覺的顯然不只我一人，四周也傳來了「嗚哇……」「怎麼偏偏是她……」的話聲。

「為什麼不是洛飛老師呢？」

傅萊芮默的登場讓我鼓起臉頰，每年都來觀賽的卡斯泰德為我說明。

「因為不可能所有的魔法陣都只由一名老師發動，所以迪塔比賽會由幾名老師一起分擔。蘭普雷特與柯尼留斯還跟我說過，為免老師們有私心，會規定他們不能負責自己的出身領地。除此之外就是透過抽籤決定，所以這也是種運氣吧。」

……也就是說，艾倫菲斯特的運氣不太好呢。

「她會不會又故意刁難我們呢？」

卡斯泰德只是聳聳肩，斐迪南則回答我說：

「她也不可能動些太明顯的手腳。眾目睽睽下，若想刁難我們但又不影響到自己身為教師的評價，頂多就是挑選少有人知，或是要費點工夫才能打倒的魔物。」

「斐迪南大人，您說得簡單，但這在競速時對我們很不利吧？」

艾倫菲斯特就是因為在模擬賽時取得了第六名的好成績，才會這麼晚上場。萬一前後的領地都表現得很出色，我們卻應付得很吃力，大家一定會藉機狠狠嘲笑排名急速上升的艾倫菲斯特。

「妳也不必太擔心。畢竟先前就連那麼少人知道的魔物，他們也能冷靜應對。」

斐迪南壓低音量說道。看來見習騎士們之前能成功討伐鞁拿斯巴法隆，斐迪南對此有很高的評價。也就是說，我們的名次會不會有大幅變動，全看萊歐諾蕾對於即將出現的魔物有無足夠了解。我屏著呼吸看向競技場。

傅萊芮默變出思達普後唸了某句咒語，魔法陣隨即發動，發出耀眼亮光。光芒暗下時，魔法陣上出現了一大團軟綿綿的東西。體積雖然龐大，卻與目前為止出現的魔物不同，既沒有張嘴咆哮，也沒有馬上撲上來攻擊。我甚至看不出魔物的頭在哪裡，一開始還以為是傅萊芮默沒能成功召喚出魔物。

「渾德爾泰連嗎？這可棘手了。」

斐迪南語帶不快地低喃。他說這是一種越攻擊越會使其分裂的魔物。因為在變成最小的體型之前只會不斷分裂，沒有辦法消滅，所以雖然不強卻得耗上很長的時間。據說棲息在亞倫斯伯罕的海岸邊。

「那是什麼？我從來沒見過。」

「那真的是魔物嗎？」

低頭看著競技場的觀眾們議論紛紛，但傅萊芮默只是瞬間往這裡轉身便退場了。擔任裁判的洛飛發出大吼：「開始！」

看著下方動也不動的渾德爾泰連，萊歐諾蕾先召集了所有人，下達指示。只見托勞戈特與柯尼留斯都開始往武器灌注魔力，像是要馬上全力發動攻擊。其他見習騎士則是拿著盾牌散開，準備迎接衝擊。萊歐諾蕾拿好盾牌，緊跟著柯尼留斯身邊。

「哦？她竟然知道如何對付渾德爾泰連嗎？還真是看了不少資料。」

斐迪南的語氣透著佩服，聽得出來他十分滿意。本來我還眨著眼睛，為他們馬上就要使出全力攻擊感到疑惑，但聽到斐迪南這麼說，可以知道托勞戈特的舉動並不是在違抗指令，我不禁鬆了口氣。

萊歐諾蕾倏地舉起右手，往下一揮。柯尼留斯馬上振臂揮劍，釋出的魔力攻擊朝著渾德爾泰連疾速飛去。托勞戈特也配合柯尼留斯的動作用力揮劍。

下一秒，不同於舉起盾牌抵擋衝擊的托勞戈特，柯尼留斯卻是再度往劍灌注魔力，並由萊歐諾蕾舉著盾牌護在他身前，擋下襲來的衝擊。

……明明正在比競速迪塔，看起來卻像只有兩人的世界呢。

這麼心想的顯然不只有我，艾薇拉也發出了興奮的尖叫聲。眼前的畫面百分之百會被她寫成新的騎士故事。

在萊歐諾蕾身後，柯尼留斯再度舉起盈滿魔力的劍。

「喝啊啊啊！」

比起剛才那擊小得多的魔力襲向渾德爾泰連。緊接著是「咚！」的巨響以及連空氣也為之振動的衝擊，同時還有許多小小的東西飛散開來。

「瞄準頭部！趁著牠們合體前迅速消滅！」

馬提亞斯一聲令下，在旁待命的見習騎士們立即開始行動。

原來看似是一團軟綿綿物體的渾德爾泰連，其實是一種由無數小蛇合體成巨蛇的魔物。托勞戈特與柯尼留斯使出全力攻擊後，似乎成功地讓牠們徹底分裂。

「讓渾德爾泰連徹底分裂後，接著只能逐一消滅。倘若攻擊不夠強力而使其分裂，只會導致魔物數量越來越多，很難全部殲滅，再加上牠們一靠近就會合體，所以很容易怎麼打也打不完，讓騎士們筋疲力竭。因此決定勝負的關鍵，便在於能否一鼓作氣釋出大量魔力，讓其徹底分裂。」

我聽著斐迪南的解說連連點頭，觀看在場上展開的戰鬥。由於要努力消滅四散開來的小蛇以免牠們合體，見習騎士們也十分辛苦。不過小蛇似乎真的很弱，只要用小刀瞄準頭部，就連我也能夠輕易消滅。

柯尼留斯稍微退到後方喝回復藥水，其他見習騎士則在場上東奔西竄。

「我前面的人後退！」

坐在騎獸上的萊歐諾蕾揚臂一甩，拋出的某樣東西倏地張開。

「網子？」

忘了是哪時候的舒翠莉婭之夜，斐迪南為了一口氣消滅大範圍的魔獸，也曾使用過類似的道具。「喝！」萊歐諾蕾大喊一聲後，網子立即亮起光芒，將網內的渾德爾泰連悉數消滅。她對著渾德爾泰連比較密集的地方撒了三次網子後，便交由馬提亞斯指揮，自己退到後方喝回復藥水。

「那種網子會消耗非常大量的魔力。從平常的訓練還感覺不出來，沒想到萊歐諾蕾的魔力量也提升了不少哪。」

卡斯泰德語帶驚嘆地稱讚萊歐諾蕾的表現後，艾薇拉的漆黑雙眼跟著發亮，高興得吁了口氣。

「這是萊歐諾蕾努力想要追上柯尼留斯的結果吧。戀愛能讓女孩子變得強大。這種想要與對方更加匹配的強大意志力，真是令我深受感動，一定要記錄下來才行。」

……嗚哇，萊歐諾蕾、柯尼留斯哥哥大人，敬請節哀。

誰教柯尼留斯因為擔心我與艾薇拉聯手，就一直瞞著我，我才不會阻止艾薇拉呢。先前我答應芙蘿洛翠亞的，也只有不讓萊歐諾蕾在宿舍裡待得不自在而已。其他的我就袖手旁觀吧。

……等萊歐諾蕾畢業以後，哥哥大人就看著被印出來的故事痛苦抱頭吧。哼！

「噢！優蒂特今天的表現很出色哪。她也是羅潔梅茵的護衛騎士吧？」

卡斯泰德這句話讓我再度看向競技場，只見優蒂特一次拿出好幾把小刀，「喝！」的大喊一聲接連擲出。小刀飛出去後，每一把都精準命中渾德爾泰連的頭部。無數小蛇在轉眼間消失無蹤。

「優蒂特，3—1—1那裡分布範圍太廣，麻煩妳了！托勞戈特，2—5—1那邊的魔物開始合體了。魯道夫，你負責6—4—3，娜塔莉負責1—4—2牆上的那些魔物！」

馬提亞斯依著萊歐諾蕾的指示，改由他待在較高的地方發號施令。去年曾經擅自行動的托勞戈特，現在卻能乖乖地聽從中級騎士馬提亞斯的指示，代表他可能也稍微成長了吧。

「馬提亞斯剛才喊的那些數字是什麼意思呢？」

「是場地空間的代號。不僅便於下指示，也便於在利用加芬納棋開反省會的時候使用，我以前也經常這麼劃分。」

……啊，難不成大家是參考神官長的資料，然後就開始使用了？

「可是場上既沒有劃線也沒有記號，要怎麼劃分空間呢？就算聽到這些數字，也很難馬上展開行動吧？」

除了魔物出現的圓陣、待命用的圓陣以及中間有條界線之外，場上沒有任何可以供人標記數字的記號。就算現在有人對我說了一串數字，我根本也不曉得自己該往哪裡去。

「正如妳所說，眼下也有些女性騎士還不清楚代號所指的地方，花了不少時間才能照著指示行動。這部分也只能靠著反覆訓練，慢慢習慣了。」

柯尼留斯與萊歐諾蕾也重新加入戰鬥，消滅小小隻的渾德爾泰連。

「優蒂特，那是最後一隻！」

優蒂特往馬提亞斯指著的地方飛快擲去小刀，準確命中渾德爾泰連的頭部。下一秒，始終散發著淡淡光芒的魔法陣徹底暗下。

「艾倫菲斯特，比賽結束！」

我們立即往後退開，讓見習騎士們可以回到看臺上來。艾倫菲斯特的見習騎士們陸續返回，接著換作披著紫色披風的哈夫倫崔騎士們進入競技場。

見習騎士們回來後收起騎獸，在齊爾維斯特與芙蘿洛翠亞面前列隊跪地。身為最高年級生的柯尼留斯開口說了：

「奧伯・艾倫菲斯特，實在萬分抱歉。我們辜負了您的期望，沒能提高艾倫菲斯特的名次。」

「不，你們今天明明是首次見到那種魔物，採取的應對卻非常正確，更別提牠還罕見到了艾倫菲斯特內也只有斐迪南才曉得。看得出來你們很努力吸收新知，也做了不少訓練，不論是魔力、招式還是團隊默契都比去年有進步。今天做得很好。」

「萬不敢當。」

見習騎士們一致低下了頭。齊爾維斯特點點頭後，看向卡斯泰德，也請他發言。

「卡斯泰德，你身為騎士團長有何感想？」

卡斯泰德平常總以護衛騎士的身分站在齊爾維斯特身後，聞言上前一步。他張開雙腳與肩同寬，看向跪地的見習騎士們。

「領地對抗戰比的是競速迪塔，所以你們可能覺得成績變差了吧。但是，這是因為你們遇上的魔物不好應付。儘管是首次看到這種魔物，你們的表現都比我預期的還要出色。雖然還有些地方不太熟練，但現在已能依著指示負責各自的工作，也懂得觀察身邊人們的行動，可以清楚看出你們的成長。今後也要繼續努力。」

「是！」

見習騎士們解散後，我們走向會場內的桌子，重新展開社交活動。韋菲利特與夏綠蒂一邊聊著見習騎士們的精采表現，一邊往最近的那張桌子坐下。我則與桌子在更裡頭的齊爾維斯特他們一起移動。

「……眼看所有學生如同報告書所說的團結一致、認真向上，卻只有舊薇羅妮卡派的孩子們無法習得魔力壓縮法，確實是教人同情。」

齊爾維斯特低聲說道。他還說明明貴族院內有三名領主候補生，學生們卻沒有分成不同的派系相互競爭，反而彼此互助合作，這種情況其實非常少見。再加上魔力的成長率在就學期間與畢業後會有很大的差異，他也很想讓這些肩負艾倫菲斯特未來的孩子們提升魔力量。

「但我也知道以現狀來看，這恐怕十分困難吧……」

聽見他的這句低語，我也點了點頭。

哈特姆特的結婚對象

我與斐迪南坐下後，侍從們立即在四周忙碌起來，為重新開始的社交活動做準備。

哈特姆特在這時走來。

「羅潔梅茵大人，我想為您介紹畢業儀式時的女伴，能占用您一些時間嗎？」

「但我不久前曾聽奧黛麗說，你好像同時與多名女性保有友好往來，順利只選出其中一位了嗎？看起來沒有發生由愛生恨的攻擊事件呢。」

哈特姆特聞言瞪大眼睛，然後露出爽朗的笑容，將右手貼在胸前。

「羅潔梅茵大人，您怎麼能說這種有損我聲譽的話呢。我可是無時無刻不心想著，我的名字永遠與您同在，我的性命也僅屬於您。」

「不要模仿羅德里希那麼感人的臺詞！」

我氣呼呼地抗議後，斐迪南嘆了口氣輕輕擺手。

「稍安勿躁。既然他都說了想介紹給妳，代表將來也考慮與對方結婚吧。」

原來會正式介紹給身為上司的我，意味著對方不只是畢業儀式上的女伴，兩人還會藉著領地對抗戰把對方介紹給自己的父母，並且談論婚事。

「我也想看看服侍羅潔梅茵的哈特姆特選擇了怎樣的女性。把她帶過來吧。」

「遵命。」

哈特姆特走向文官們所在的區域，然後與一名披著藍色披風的女孩子一起走回來。我才剛覺得對方十分眼熟，就想起了在圖書館舉辦茶會時，她是曾跟在漢娜蘿蕾身邊的見習文官。

深棕色的辮子在少女身後晃動，而眼睛是與戴肯弗爾格披風同樣的藍色。她與高個子的哈特姆特走在一起時十分登對，代表身高也相當高吧。少女羞赧地面頰微紅，走在哈特姆特的半步後方，看起來青澀稚嫩。

「戴肯弗爾格嗎……」

斐迪南的低語聽來有些不敢苟同，我往他瞄了一眼。

「戴肯弗爾格的女性大多工於心計，不曉得會被她們挖走多少情報。哈特姆特能夠好好監督她嗎？」

「斐迪南大人，您以前與戴肯弗爾格的女性有過不愉快的回憶嗎？」

「……不，這是普遍情況。」

女性都工於心計在戴肯弗爾格這個領地是普遍情況嗎？雖然我只認識漢娜蘿蕾，但從不覺得她有任何心機。

「這位是克拉麗莎，她是戴肯弗爾格五年級的上級見習文官。」

原來哈特姆特的對象，就是之前送來了戴肯弗爾格故事的那個克拉麗莎。由於我已經看過好幾篇她提供的故事，內心對她的好感度開始直線上升。

道完初次見面的問候後，克拉麗莎一臉感慨萬千地說：「終於，終於能被正式介紹給羅潔梅茵大人，我真是太高興了。」

……對喔，哈特姆特同時跟很多女孩子交往吧？

「既然會正式介紹給我，代表克拉麗莎決定要與哈特姆特結婚了吧？那妳決定與他結婚的理由是什麼呢？呃，我只是想問來當作參考。」

因為哈特姆特可說是個超級怪人，妳到底喜歡他哪一點？——但這種話我實在問不出口，只好拐著彎問她為什麼想與他結婚。

「羅潔梅茵大人，您還記得去年曾與戴肯弗爾格比過迪塔嗎？」

「當然記得啊。」

所以是在交換迪塔的情報時變熟的嗎？我內心感到納悶，克拉麗莎紅著臉頰說了：

「那場比賽真的讓我深受感動。」

克拉麗莎的一雙藍眼閃閃發亮，接著開始講述的卻不是她與哈特姆特的相識經過，而是在貴族院內體型最為嬌小的我，竟能接連使出妙計把戴肯弗爾格的見習騎士們耍得團團轉，對此她有多麼欽佩。

「為了將來能夠服侍羅潔梅茵大人，我便決定要與艾倫菲斯特的男士結婚。」

……咦？結果跟哈特姆特完全無關嗎?!

克拉麗莎說她馬上開始蒐集情報，尋找符合自己條件的男性。首先必須同年抑或比她年長，否則還要再等一段時間才能結婚。再來，由於她希望結婚之後能夠服侍我，所以對象最好是我的近侍，而且條件還要足以讓父母點頭同意。畢竟考慮到艾倫菲斯特的排名，有時即便同是上級貴族，魔力量也可能有不小的差距。

最終，符合克拉麗莎條件的，就只有曾經獲選為優秀者的柯尼留斯與哈特姆特兩個人。雖然柯尼留斯以「我有意中人了」為由拒絕了她，但哈特姆特卻是率性而為的男子，一邊與各個領地的女孩子保有往來，一邊獲取情報。

「於是我向哈特姆特提出請求，希望他以結婚為前提與我交往。」

我「嗯嗯」地點頭聽著，這時艾薇拉的話聲冷不防從背後傳來：「這樣呀，然後呢？」我嚇了一跳回過頭，發現她儼然成了我的文官般很認真在做筆記。

「妳是如何向哈特姆特表達自己的心意？」

開口回答艾薇拉的是哈特姆特。他的目光微微看向遠方，說：

「克拉麗莎當時可是熱情如火呢。她突然把我絆倒，然後把我壓倒在地上，拿出小刀抵在我的脖子上。」

「……什麼？」

「我一時間還搞不清楚發生了什麼事。」

據說克拉麗莎當時竟然是直接展示自己的武力，並且逼迫哈特姆特出給她求婚任務。感受到生命危險的哈特姆特提出任務以後，她也一一達成，更在這過程中接連擊敗曾與哈特姆特有過良好互動的眾多情敵。對克拉麗莎來說，男人似乎就是要靠熱情與毅力來爭取。

……原來戴肯弗爾格的戀愛故事，就算把男女對調過來也成立啊。雖然是新發現，但我一點也不想知道。明明克拉麗莎乍看下是這麼普通的女孩子。

「達成任務以後，我成功地以結婚為前提與哈特姆特交往。此刻也才能在領地對抗戰上，由他把我介紹給羅潔梅茵大人。」

坦白說出自己的戀愛故事真是不好意思呢，克拉麗莎一臉害羞地說。但我一點也不覺得自己剛才聽到了愛情故事。

……因為兩人熟稔起來的開端，竟然是克拉麗莎持刀威脅哈特姆特，這也太讓人始料未及了。

我看向站在克拉麗莎身旁的哈特姆特。儘管他一派泰然自若，但與會突然拿刀威脅自己的女性結婚真的好嗎？

「哈特姆特，你對這樁婚事有什麼看法？那個，聽起來兩人的首次見面十分令人震撼呢……」

「當時的情況確實為我帶來很大的衝擊，但無論我多麼熱切地談論羅潔梅茵大人，克拉麗莎都會專注傾聽；而且即便我把心力都放在羅潔梅茵大人身上，感覺她也完全不會生氣，因此我認為這是一樁再好不過的良緣。」

……怎麼辦？雖然我很想對哈特姆特說聲恭喜，但這樣的組合對我來說好像不太值得恭喜。

我「唔……」地煩惱起來時，克拉麗莎忽然收起羞赧的表情，筆直朝我看來。可能是覺得我會反對吧。我心想糟糕，但還沒有開口，克拉麗莎那雙藍眼就已經亮起銳利光芒，感覺真不愧是戴肯弗爾格的人。

「但是，與哈特姆特結婚，跟能否服侍羅潔梅茵大人是兩回事。我個人非常希望能夠服侍羅潔梅茵大人。為了得到您的首肯，才請哈特姆特安排讓我面見您。」

然後克拉麗莎開始毛遂自薦。她說自己因為沒能通過成為見習騎士的選拔，成了尚武的文官，現在也依然會與見習騎士一起參加訓練，所以就連護衛的工作也能做；等嫁來艾倫菲斯特以後，還能負責與戴肯弗爾格交涉。

……嗯？現在是自己的部下在向我介紹他的結婚對象吧？為什麼我的心情就像是負責面試的考官？

「妳說妳是尚武的文官，也能勝任護衛的工作，那麼文官本該具備的能力呢？妳明年就要畢業了，在做哪方面的研究？」

坐在隔壁的斐迪南問起話來也根本就像是面試官。關於克拉麗莎在貴族院做了哪些研究，他還問得非常仔細。克拉麗莎說她針對廣域魔法，正在研究有輔助效果的魔導具與魔法陣。

「我想當的不是一般的文官，而是羅潔梅茵大人的文官，所以為了得到您的認可，我做了這些努力。」

克拉麗莎忽然遞來一疊紙張。

「這是我家裡書籍的手抄本。我事先問過哈特姆特，過濾掉了艾倫菲斯特也有的藏書後，總共抄了兩本書，準備在今日前來問候時獻給您。」

「哈特姆特，克拉麗莎真是熱心又善良的好女孩！她之前就已經提供了那麼多篇故事，現在竟然還幫我抄書……妳錄取了！」

「笨蛋，不要衝動！至少先觀察過為人後再下結論。」

斐迪南從旁喝斥，但我馬上喜孜孜地翻看起克拉麗莎呈來的手抄書，順便思考了下在克拉麗莎與哈特姆特結婚後，是否要納她為近侍。然後我發現，這對艾倫菲斯特來說其實沒有任何壞處。真要說的話，就是我身邊會多一名類似是哈特姆特二號的聖女信徒，這點有些麻煩而已。

「妳的字也很漂亮，寫得非常工整呢。況且若能與戴肯弗爾格建立起關係，我想對艾倫菲斯特來說也沒有壞處。斐迪南大人，您覺得呢？」

神官長會不會反對呢？我不安地抬眼看向身邊的人。克拉麗莎也緊張地等著既是我的監護人，也擁有決定權的斐迪南開口。

「……嗯。但她是尚武的文官，交涉方面的能力恐怕不太牢靠，幸好這點能由哈特姆特補足吧。妳若認為自己管束得了克拉麗莎，便隨妳高興。」

得到了斐迪南的許可後，克拉麗莎再把那雙充滿期待的藍色眼睛轉向我。

「那麼，等克拉麗莎與哈特姆特結婚、轉籍至艾倫菲斯特後，我便納妳為近侍。」

「感謝羅潔梅茵大人。」

克拉麗莎高興得紅了臉頰。她的面試也就此告一段落，哈特姆特又上前一步。

「斐迪南大人，雷蒙特剛才就到了。他說若能占用您一點時間，想親自交作業給您。」

「好，帶他過來吧。」

哈特姆特與克拉麗莎並肩走向艾倫菲斯特的文官成果展示區。可以看到克拉麗莎一臉開心地向哈特姆特搭話，哈特姆特也回了些什麼。

「克拉麗莎算是一般的戴肯弗爾格女性嗎？」

我詢問後，斐迪南面色沉重地看著克拉麗莎的方向。

「她與我認識的戴肯弗爾格女性相當不同，思考迴路更偏向騎士吧。就連求婚方式也非比尋常。」

「居然在表明心意時展示自己的武力，真是教人吃驚呢。」

「就是說呀，該怎麼編寫成故事才好呢？真傷腦筋。」

艾薇拉一臉為難地走開，但我倒覺得沒有必要硬是寫成戀愛故事，可以寫成戴肯弗爾格的女性是如何攻陷男性的工具書。對於有可能受到戴肯弗爾格女性追求的他領男性來說，我認為這是必讀書籍。

「斐迪南大人、羅潔梅茵大人，我帶雷蒙特過來了。」

兩人帶著雷蒙特走回來。克拉麗莎說她想知道得到了我與斐迪南認可的文官，究竟有著怎樣的實力。畢竟雷蒙特是來自亞倫斯伯罕的他領學生，能力卻得到我們的看重，因此克拉麗莎似乎將他視為可以提升自己能力的競爭對手。

嗯……就像神官長與海斯赫崔先生的關係那樣嗎？

雷蒙特披著亞倫斯伯罕的淡紫色披風，今天的儀容整潔乾淨，但臉上的氣色明顯睡眠不足。看得出來他為了親自把作業交給斐迪南，研究到了最後一刻。

雷蒙特神情緊張地問候完後，提交作業。斐迪南接過後，當場開始批改。哈特姆特與克拉麗莎也一臉好奇地端詳起魔法陣。由於要求把轉移陣改得更小、更能節省魔力的人是我，所以我也傾身察看。

「這裡的改良不錯。不過，如果能在這裡像這樣加上魔法陣，就能利用魔石補足魔力，結果而言也能減少術者需要消耗的魔力。」

「利用魔石補足魔力嗎……可是這個作業的目的，就是要讓下級貴族也能沒有負擔地使用轉移陣，他們能夠輕易準備到魔石嗎？」

「準備魔石並不難吧？」

研究時，不管是魔力量還是持有原料的種類之豐富，都不能以斐迪南大人為基準喔——我正想這麼說時，一臉佩服地看著魔法陣的克拉麗莎先發表了意見。

「就連平民都能在打倒魔獸後取得魔石，我認為加上有輔助效果的魔法陣比較好喔。」

斐迪南與雷蒙特都驚訝地看向克拉麗莎。

「平民能取得魔石嗎？」

「去森林打獵的時候，當然就連平民也會遇到魔獸。只要不是太強的魔獸，平民都有辦法應付，而且城市裡也有向平民收購魔石的石鋪，所以我反倒無法理解，為何下級貴族會無法取得魔石呢。」

……看來在戴肯弗爾格，就連平民也很強。幸好我不是在戴肯弗爾格出生長大，否則肯定早就沒命了吧。

「平民居住的平民區有石鋪嗎？」

斐迪南與雷蒙特都偏頭納悶，也許在亞倫斯伯罕與艾倫菲斯特都沒有吧。而我雖然曾在平民區生活，但因為很少在外走動，所以也不清楚。

總之，斐迪南要雷蒙特先確認，碎魔石是否也能達到同樣的效果，有效的話再試著把輔助用魔法陣加進去，然後就此結束批改。

「接著是新作業嗎……羅潔梅茵，妳有沒有想要的魔導具？」

可能是手邊沒有資料，斐迪南一時間也想不到該出什麼作業，便把問題丟給我。我用力點點頭。我可是有很多魔法陣都想請人改良。

「索蘭芝老師曾借我一份資料，我希望可以改良裡頭出現過的圖書館魔導具。」

接著我列出資料裡出現過的魔導具。比如顯示時間用的發光魔導具、清潔館內的魔導具、可以降低閱覽室內說話聲量的魔導具、暫停時間讓老舊資料不會腐朽的保存用魔導具，以及不讓日光傷害到文物資料的魔導具等等。

「請問畫著怎樣的魔法陣呢？」

「我不知道，因為資料上並沒有魔法陣。可是，我希望能做出對圖書館有幫助的魔導具。要是可以減少所需魔力的話，相信也能減輕索蘭芝老師的負擔吧。」

聽了我非常正當的表面理由，斐迪南輕嘆口氣。

「我那裡有些資料是關於圖書館內在使用的魔導具，再根據那些資料出作業給你吧。」

聽說當中有些魔導具是赫思爾的師父的師父的師父做的，所以至今還留有一些相關資料。

「看來為了研究，我最好去一趟圖書館。希望能在顯眼的地方發現魔法陣……」

雷蒙特安排起自己今後的行程時，克拉麗莎的藍眼亮起光芒。

「斐迪南大人，請您也出作業給我吧。」

「這句話妳對羅潔梅茵說。妳想當的是羅潔梅茵的近侍，並非我的弟子。」

被斐迪南果斷拒絕後，克拉麗莎朝我投來懇求的目光，於是我出了一份作業給她。請她設計如果有人想把書擅自帶出圖書館，可以當場抓住對方的魔導具。

在我們聊著圖書館魔導具的時候，競速迪塔似乎也都比完了。洛飛宣布所有迪塔皆已結束。

「稍後將舉行表揚儀式。第五鐘響後，請所有學生來到競技場上集合。」

而在第五鐘響起前，似乎會先簡單收拾場地。見習文官們開始撤下為了成果發表而搬過來的貴重魔導具，見習侍從們也開始整理端給訪客的茶具與點心。

「你們也回自領的會場待命吧。」

斐迪南催促後，雷蒙特與克拉麗莎一臉依依不捨地返回自領的會場。看來能一起討論魔導具讓他們很開心。我也是一聊起能放在圖書館裡的魔導具就非常開心。

噹啷噹啷，第五鐘的鐘聲響起。

韋菲利特與夏綠蒂一直有些坐立難安，這時迫不及待地站起來。

「羅潔梅茵，那我們下去吧。」

「大家同時移動的話會造成混亂，請韋菲利特哥哥大人先下去，然後在下面負責指揮。也請夏綠蒂引導大家依序移動。為了多保存點體力，我快開始前再下去。」

為免在王族面前暈倒，保存體力是我的首要之務。韋菲利特與夏綠蒂都大力點頭，然後開始向學生們下達指示。

眼看艾倫菲斯特的大半學生都下去了，斐迪南對我說：「妳也該移動了。等妳下去，我們也會待在看臺邊緣觀看。」他說監護人們會和比競速迪塔時一樣，移動到看臺邊緣觀看表揚儀式。

「希望艾倫菲斯特今年有很多學生都獲選為優秀者呢。」

我喀答一聲從椅子上起身，瞬間手臂上的護身符產生反應，綻放光芒。下一秒，一道藍白光束往外飛出，就和之前反彈洛飛的攻擊時一樣。

「……咦？」

突如其來的狀況讓我猛眨眼睛。幾乎同時，斐迪南將我拉向他，艾克哈特則是變出思達普採取警戒。慢了一拍之後，柯尼留斯、萊歐諾蕾與優蒂特也緊握著思達普。

「嗚哇?!」

一聲慘叫從近處傳來。柯尼留斯與萊歐諾蕾一個箭步衝向聲音傳來的方向，優蒂特則留下來保護我。柯尼留斯立刻把遭到了護身符反擊的學生拉出來。

「他就是攻擊了羅潔梅茵大人的犯人。」

「不是的，我並沒有攻擊領主候補生的意思！」

鐵青著臉被揪出來的是英蒙丹克的上級貴族。由於去年為止他們還排名第十，被艾倫菲斯特擠下來後一直心懷不滿。聽說領地的排名改變後，他便被大領地的女性貴族甩了，所以想把不滿和怒火發洩在將與克拉麗莎成婚的哈特姆特身上。

他說自己一時衝動之下，就朝著哈特姆特的腳擲出魔石。然而我站起來後，哈特姆特也跟著移動，結果護身符因此發動了反擊。我覺得這個人的運氣還真不好，但就算他是丟錯人，也確實是攻擊了他領的領主候補生，不可能沒有任何處罰。不過，也沒必要在表揚儀式之前把這點糾紛鬧大，之後再交給大人們去處理是最妥當的吧。

「既然我沒有受傷，本人也得到了慘痛的教訓，我不打算再給他任何懲罰。再麻煩養父大人向奧伯．英蒙丹克告知此事了。」

我請齊爾維斯特與斐迪南出面處理這件事後，坐上騎獸要與近侍們一起飛向競技場。正要移動的時候，斐迪南忽然抓住我的手臂，稍微使力將我拉向他。

「羅潔梅茵，剛才那記攻擊，應該讓妳身上會反彈物理攻擊的護身符都用完了。接下來妳要小心，別讓護衛騎士離開自己身邊。今年因為領地的排名有大幅變動，他領的嫉妒也許還會顯現在其他方面上。」

斐迪南壓低音量提醒我後，反倒是柯尼留斯神色僵硬地點了點頭。

敵襲

即將舉行表揚儀式的競技場上已能看見許多學生，大家都依披風的顏色分開來排成隊伍。當中也包括艾倫菲斯特的明亮土黃色披風。先下來的韋菲利特與夏綠蒂應該也在裡頭。

「艾倫菲斯特在那邊呢。」

「請您操控騎獸在那個圓陣裡降落。」

由哈特姆特帶頭，見習文官、見習侍從們都騎著騎獸往場內飛去，我則在護衛騎士們的包圍下移動。

所有學生都在競技場上排好隊伍後，王族隨即入場。在披著黑色披風的騎士團護送下，張著翅膀的騎獸一一降落。其中一位王族由先前見過的騎士團長勞布隆托擔任護衛，位置還在亞納索塔瓊斯與艾格蘭緹娜的前方，由此可知他就是國王。

……比我想像中的還年輕呢。

國王看起來與卡斯泰德差不多年紀。五官與亞納索塔瓊斯十分相似，但是更有威嚴。王族全員都穿著厚重又華麗的服裝，走到臺上。首先是國王與第一夫人，接著是第一王子席格斯瓦德與他的妻子，以及第二王子亞納索塔瓊斯與他的未婚妻艾格蘭緹娜。看來還未正式亮相的第三王子錫爾布蘭德沒能出席。

「經過了生命之神埃維里貝進行嚴選的冬季，你們皆已通過嚴格的遴選，在此齊聚。」

國王上臺致詞後，表揚儀式就開始了。由於使用了擴音魔導具，國王朗朗的話聲傳遍整個競技場。第一次參加表揚儀式的我，興奮地注視前方的王族。就算隔了好一段距離，艾格蘭緹娜還是美麗出眾。而將那頭金髮襯托得更加耀眼的、多莉所做的髮飾也很漂亮。我不自覺發出感嘆，看得入迷。

無預警地，突然好幾個地方傳來爆炸聲響，竄起火柱。在看臺區有兩處，學生們集合的競技場上有一處。雖然這三個地方都與艾倫菲斯特有段距離，但巨大的聲響還是讓我忍不住轉過頭，然後看見竄起的火柱。

「……呀、呀啊啊啊啊！」

現場靜默了一秒後，尖叫聲接著響徹場內。與此同時，我身邊的護衛騎士們都大喊著：「哥替特！」立即變出盾牌，將我護在盾牌內側。周遭的學生們也反應過來，相繼變出盾牌保護自己，見習騎士們也為了保護領主候補生開始動作。

三名護衛騎士以盾牌保護我的時候，我開始詠唱禱詞。

「司掌守護的風之女神舒翠莉婭，侍其左右的十二眷屬女神啊。」

忽然間爆炸聲又在近處響起，打斷了我的祈禱。沒有接受過戰鬥訓練的見習文官與見習侍從即使拿著盾牌，還是有好幾個人被爆炸的威力彈飛。

「危險！」

我抬起頭來，不由得想伸出手，萊歐諾蕾立即喝道：

「羅潔梅茵大人，請待在原地！會有危險的人是您！」

「波尼法狄斯大人說過，我們一定要優先保護羅潔梅茵大人的安全。」

優蒂特也一臉嚴肅地張望四周說：「護衛騎士的職責就是保護領主一族，文官與侍從之後再說。」

我因此恢復理智，把伸到一半的手收回來。同一時間，競技場內不斷響起爆炸聲。只不過這次沒有火柱，只是轟隆隆的巨響到處傳來而已。但是，這對聚集在場上的學生來說已有十足的效果，大家都嚇得大聲尖叫，現場更是一片混亂。

……冷靜，首先要確保安全。治癒等一下再說。

我閉上眼睛不去看受傷的人，繼續獻上祈禱。

「司掌守護的風之女神舒翠莉婭，侍其左右的十二眷屬女神啊。請聆聽吾的祈求，賜予吾聖潔之力，阻絕一切懷有惡意之人，為吾立下風盾。」

「鏘」的清脆聲響，黃色的透明半球狀風盾就完成了。由於是依著艾倫菲斯特的列隊場地決定大小，有幾名站在邊緣的學生沒有被納進來。

「艾倫菲斯特的所有人都進得來嗎？請讓還無法自己變出盾牌的一年級生優先進來，沒有戰鬥能力的見習文官與見習侍從也盡可能往裡面靠。」

高年級的見習騎士們遵照我的指示，往邊緣移動，讓一年級生們待在內側。不只柯尼留斯，身旁的近侍們也都一臉神奇地仰望舒翠莉婭之盾。

「羅潔梅茵大人，這是……？」

「這是舒翠莉婭之盾，算是哥替特的稍微放大版吧。」

「姊姊大人，這可不是稍微而已喔。」

夏綠蒂看了看見習騎士們手上的盾牌，再看向舒翠莉婭之盾，最後看著我錯愕地這麼表示。

「對我有敵意的人進不來，所以只要待在風盾裡面就很安全。還有，剛才有人在我變出風盾之前就受傷了吧？請到我旁邊來，我為你們施以治癒。」

「都是輕微的擦傷與碰撞而已，不值得您特意給予治癒。」

這樣太浪費您的魔力了──受傷的人們婉拒道，但我非常堅持。

「在這種情況下，必須要隨時都能迅速採取行動，所以我希望大家都能回復到最好的狀態。剛才上場比迪塔的見習騎士們都徹底恢復了嗎？請趁現在還有餘力的時候先喝回復藥水。接下來不曉得還會發生什麼事。」

「多謝羅潔梅茵大人。」

變出了舒翠莉婭之盾，也給予受傷的人治癒後，暫時確保了艾倫菲斯特的安全。這時我才環顧四周，發現其他領地的反應大概可分成兩種，一種是陷入混亂，一種是立即採取防禦。

戴肯弗爾格是所有學生都穿上了簡易鎧甲、手持盾牌，騎著騎獸依序從競技場返回看臺，讓人不禁懷疑他們是否全員都有戰鬥能力。對照之下，自領所在的看臺正竄起火柱的領地學生們，都因為就算想逃也不知道能逃到哪裡去，沒有戰鬥能力的見習文官與見習侍從更是亂成一團。

「嗚哇啊啊啊！有魔獸！快打倒牠！」
「你們不要擋路！讓開！」
怒吼聲此起彼落，我身邊的見習騎士們再度擺出備戰姿勢。
「怎麼回事?!魔獸變大了?!」
「軛拿斯巴法隆怎麼會出現在這裡?!」
騷動的中心赫然有魔獸變大竄高，正是我們前陣子才打倒過的軛拿斯巴法隆。魔獸有著黑色犬隻的外形，額頭上顏色各異的小眼睛都在不停轉動。
光是爆炸聲就讓競技場上一片混亂，現在又出現了大家從未見過的魔獸，甚至見習騎士們的攻擊也不管用，只會使其變大，場上眾人更是陷入了難以自制的恐慌。
「不可以攻擊！快退下！」
中央的騎士們大聲喝令，但已經徹底陷入恐慌的學生們根本聽不見。大家只是不斷尖叫，胡亂揮舞武器。每次攻擊都讓軛拿斯巴法隆吸收了更多魔力，變得更加巨大。
「咕噢噢噢噢噢噢噢噢！」
軛拿斯巴法隆仰頭發出咆哮。中央的騎士們手上已經拿著黑色武器，似乎是一組人負責保護王族，一組人進入場內討伐魔獸。然而，恐慌得不停攻擊魔獸的見習騎士們只是一直在幫倒忙。
「羅潔梅茵大人，請讓我們變出黑色武器……」
艾倫菲斯特的見習騎士們都打倒過軛拿斯巴法隆，此時一致往我看來。
「不行，國王禁止我們使用黑色武器。」

「可是……」

鉅拿斯巴法隆張大了嘴往學生們撲去，幸好中央的騎士在千鈞一髮之際將其擊退。但再這樣下去，明顯一定會有人犧牲。

我忍不住變出思達普時，忽然發現王族所在的舞臺附近出現了黑壓壓的人牆。原來是本在場上討伐魔獸的中央騎士團已迅速回到臺前，選擇優先保護王族。

「羅潔梅茵大人，請給予我們能討伐鉅拿斯巴法隆的祝福。」

「難道我們要見死不救嗎?!」

我也不想見死不救。可是，還未能學習黑色武器咒語的見習騎士們，其實本來連在艾倫菲斯特內也不能使用。更遑論在貴族院內，甚至是在國王的面前。我抿緊嘴唇，仰望看臺上也有戰鬥能力的另一群人。未成年的我們雖然不能使用黑色武器，但艾倫菲斯特的成年騎士們可以。

……神官長！父親大人！

就在這時，渾厚粗野的嗓音響起。

「我們願意協助中央騎士團！懇請准許使用黑色武器！」

聲音並不是來自我仰望著的艾倫菲斯特。我轉過頭後，看見披著藍色披風的戴肯弗爾格騎士們已經排成隊伍，奧伯．戴肯弗爾格站在最前方。所有人都已拿出武器，就等著出擊的命令。

「我在此允許擁有黑色武器的領地皆可使用，討伐黑色魔物吧！」

「遵命！」

國王一下達許可，戴肯弗爾格的騎士們便不約而同地躍下競技場。奧伯可以在討伐魔獸時跑到隊伍的最前面嗎？撇下女性與文官們沒問題嗎？這些疑問掠過我的腦海。然而定睛一看，我發現戴肯弗爾格的學生們都已經在看臺上與監護人們會合，並由見習騎士保護非戰鬥人員。受過訓練的程度真是差太多了。

我目瞪口呆地看著戴肯弗爾格的行動時，斐迪南也帶著艾克哈特與尤修塔斯一同下來。

「我擔心妳會給予祝福讓見習生們變出黑色武器，所以過來察看。那麼，這邊的情況如何了？」

剛才紛紛表示想要使用黑色武器的見習騎士們都一臉困窘。

「剛剛有些人被爆炸的威力波及，受了輕微的擦撞傷，但我已經為他們施以治癒，隨時可以移動。要回看臺上嗎？」

「不了，上頭也出現了軔拿斯巴法隆，只是體型不大。有黑色武器的領地得到許可後，騎士們正忙著討伐魔獸，暫時先在這裡待命吧。」

我仰頭看著給予明確回答的斐迪南，安心地鬆了口氣。光是有可靠的大人在，精神層面帶給人的安心感就截然不同。

「戴肯弗爾格的騎士人數還真多呢。」

「我聽說他們為了來看迪塔，領內只會留下基本人力，其餘所有騎士皆會前來觀看領地對抗戰。至今我始終無法理解他們對迪塔的熱愛，但看來他們的熱情偶爾也能派上用場。老實說現在事態緊急，能有如此訓練有素而且任憑差遣的騎士團提供協助，真是教人安心不少。」

艾倫菲斯特陪同前來的騎士並不多，勉強足以保護領主夫婦以及來觀看領地對抗戰的學生親人，但沒有多餘的人手能幫忙討伐魔獸。

「戴肯弗爾格的騎士們那麼厲害，相信只要交給他們，討伐很快能結束吧？」

斐迪南仍是一臉肅穆，瞪著在王族附近出現的靼拿斯巴法隆。這時，在我後方留意著四周情況的韋菲利特忽然大喊。

「叔父大人，這裡也出現了靼拿斯巴法隆！」

我往後回頭，聽見學生們都因為突然出現的魔獸而放聲尖叫。距離艾倫菲斯特非常近，恐怕是在英蒙丹克那邊吧。只見披著深綠色披風的學生們都跳上騎獸想要飛走，卻被靼拿斯巴法隆打落在地，不然就是為了不被吃掉而拚命逃竄。

「全員後退！我們要變出騎獸！」

「把耳朵摀起來，別聽到我們唸的暗之咒語！」

斐迪南與艾克哈特立刻變出武器，往空間較大的地方移動，以便變出騎獸。學生們都摀起耳朵時，兩人小聲唸了咒語，然後拿著已經變為黑色的武器跨上騎獸。

「所有艾倫菲斯特的學生，絕不能離開羅潔梅茵的舒翠莉婭之盾！」

儘管應該已經知道攻擊只會使得魔獸變大，但看到魔獸就在眼前，還是恐慌得忍不住想要攻擊吧。斐迪南揮起武器正要攻擊的瞬間，靼拿斯巴法隆忽然變大。

「斐迪南大人！」

艾克哈特焦急大喊。靼拿斯巴法隆赫然變大的爪子尖端劃向斐迪南的披風。記得斐迪南說過，新披風與之前的藍色披風不同，上頭並沒有護身用的魔法陣，所以總讓他不太放心。剎那間我感到臉色發白，無法出聲地張大眼睛和嘴巴。

「沒事。艾克哈特，一次解決吧。在這裡沒有時間先觀察情況。」

但我的擔心似乎是多餘的，斐迪南立刻重新穩住身子，邊往黑色武器灌注魔力，邊騎著騎獸飛向高空。大概是感應到了上空出現龐大魔力，鞙拿斯巴法隆警戒地盯著斐迪南，許多小眼睛跟著他轉來轉去。

「卡斯泰德，來幫忙！」

斐迪南在往上飛的同時，大聲喝令正在保護領主夫婦的卡斯泰德。卡斯泰德似乎也在看臺上應付鞙拿斯巴法隆，但聽到指令後立即握緊黑色武器，躍上騎獸疾衝而出。明明沒有再下達任何指示，三個人卻好像已經知道自己該去哪裡、該怎麼發動攻擊，一邊移動一邊往黑色武器傾注魔力。

「全員採取防禦！接下來的攻擊可是不分敵我！」

學生們並不是訓練有素的騎士團，也不曉得自己該做什麼，因此在現場有這麼多學生的情況下，最重要的是盡快打倒魔獸。不管會波及到多少人，都要一次解決——斐迪南如此宣告。聞言，我盡可能往舒翠莉婭之盾灌注魔力，好抵擋斐迪南他們攻擊後所引發的衝擊。

「喝啊啊啊啊啊——！」

三人毫不考慮對場上眾人造成的影響，龐大的魔力攻擊就這麼從不同的方向撲向鞙拿斯巴法隆。眨眼間魔獸就消失了，原地只剩下魔石，但強烈的衝擊緊接而來。

「呀啊！」

「哇啊啊啊！」

舒翠莉婭之盾甚至發出了劈哩劈哩的聲響不停震動，但我咬緊牙關灌注魔力，成功擋下了襲來的衝擊。然而，剛才還在魔獸附近的學生們光靠自己的盾牌根本抵擋不住，以英蒙丹克為主的許多學生都被衝擊震得飛進半空中。

慘遭波及的不僅是學生。就連在另一處與其他戟拿斯巴法隆戰鬥，還盡可能不波及學生的戴肯弗爾格騎士們也遭到牽連。好幾名騎士沒能採取防禦，就被突如其來的衝擊吹得老遠。

「這裡有這麼多人，是哪個渾蛋這麼亂來?!」

「是我。」

海斯赫崔才剛舉起武器就被震飛出去，讓他氣得大聲怒吼。斐迪南一派若無其事地這麼回他。

「罵我渾蛋也無所謂，快點解決吧。花越多時間只是正中敵人下懷。」

斐迪南接著回到風盾裡頭，消除了騎獸後，筆直朝我走來。學生們唰地迅速讓道。

「羅潔梅茵，幫我治癒。被戟拿斯巴法隆劃傷的。先施展芙琉朵蕾妮。」

斐迪南倏地轉身背對我。只見嶄新的披風變得破破爛爛，背上還有一道紅黑色的傷口。除了流著血外，曾在採集區域見過的黑色污泥更附在傷口上不停蠕動。

「這哪裡是沒事了？明明就非常有事！」

「剛才必須優先打倒魔獸。別浪費時間發牢騷了，快點治癒。」

於是我照著斐迪南說的，先以芙琉朵蕾妮的治癒加以清洗，再讓被吸走魔力的傷口重新盈滿魔力，然後施展洛古蘇梅爾的治癒。期間，斐迪南一口氣喝下回復藥水。艾克哈特也同樣喝了回復藥水。

「我們不能離開戰場嗎？」

「要看上面的情況。敵人可是一直等到了王族與沒什麼戰鬥力的學生都聚集在競技場上時才採取行動，還利用爆炸讓場面陷入混亂，我不認為他們只放出幾隻鉺拿斯巴法隆就會罷休。」

斐迪南低聲又說，與其讓大家分散開來結果遭到攻擊，待在舒翠莉婭之盾裡觀察情況還比較安全。

「妳的魔力還足夠嗎？」

「沒問題。」

不知道是因為看到斐迪南毫不客氣地把學生都吹跑，還是因為戴肯弗爾格被斐迪南刺激到後，也加快速度討伐魔獸，不再顧及對旁人造成的影響，只見他領的騎士開始飛下來保護學生。

「既然騎士已能動彈，代表上面的魔獸收拾得差不多了吧。」

斐迪南看著不斷從看臺飛下來的騎獸說道。這時，我在飛下來保護自領學生的人們當中，發現有些騎獸的動作不太一樣。不知為何，竟有幾頭騎獸是朝著王族疾速飛去。

「斐迪南大人，那些騎獸……」

好像不太對勁？——但我話還沒說完，斐迪南已經繃緊全身採取警戒。

「沒有古得里斯海得的假國王！這就是我與同胞們的怨恨！」

幾道人影騎著騎獸從不同的方向衝出來，還從抱著的籠子裡頭倒出鉭拿斯巴法隆。他們似乎是肅清過後倖存下來的落敗領地貴族。幾名中央騎士提著黑色武器衝上前斬殺魔獸，但騎獸上的人們也因此更是逼近國王。

……自殺式攻擊嗎?!

他們不惜豁出性命也要擊中目標，眼看著越來越接近王族。這時出現在恐怖分子眼前的，竟然是手持盾牌的艾格蘭緹娜。

「艾格蘭緹娜大人！」

我差點就要衝出去，斐迪南立刻把我按回原地。

「笨蛋！現在妳身上的防禦不僅薄弱，還張著盾牌在保護艾倫菲斯特的人，怎麼能輕舉妄動！」

「可是……」

「放心交給中央的騎士吧。保護王族是他們的工作，而妳的工作是接受他人的保護，若還有餘力就保護艾倫菲斯特。」

接著我看見中央的騎士團長勞布隆托大劍一揮，恐怖分子從騎獸上掉了下來，然後身體開始不自然地膨脹。

「別看。夏綠蒂，妳也是。」

斐迪南忽然用袖子擋住我的視線，下一秒我聽見微弱的爆炸聲。從周遭人們強忍著嘔吐的反應來看，我隱約明白到發生了什麼事情。

「叔父大人……」

和我一樣被斐迪南護在另一邊袖子下的夏綠蒂，不安地開口喚道。

「當初就連哈塞一事，都能讓羅潔梅茵的精神狀態不穩，所以妳們兩個都閉上眼睛吧。否則可能會睡不著覺。」

「……是。」

我與夏綠蒂一起躲在斐迪南的袖子下時，從周遭的聲響也能知道現場情況在不斷改變。戴肯弗爾格似乎接連消滅了鉅拿斯巴法隆，中央騎士團也保護了王族的安全。而為數不多的恐怖分子們，不只是向在政變中獲勝的王族，也向滿足於擁戴假國王的獲勝領地們釋放自己的恨意後，就此消失在這個世上。

消滅了所有的鉅拿斯巴法隆，也打倒恐怖分子以後，受傷的人被運出場外，回到各自的宿舍接受治療。場上響起聲音宣布，不能因為恐怖分子的出現就畏縮，所以剩下的人將照常舉行表揚儀式。

「羅潔梅茵，妳和受傷的人一起回宿舍吧。」

「咦？」

「妳不僅變出了舒翠莉婭之盾保護學生，還施展了好幾次治癒，剩下的魔力並不充足，所以繼續待在這裡太危險了。也許還會再發生更棘手的情況。」

……但我一點也不覺得魔力有不足啊？

儘管心裡感到納悶，但我還是聽從斐迪南的指示。斐迪南也因為披風沒有護身用的

魔法陣，加上手邊已經沒有魔導具，以這種情況太過危險為由，與我一起回宿舍。

「侍從有黎希達在，一同回去的護衛騎士有優蒂特就夠了。柯尼留斯與萊歐諾蕾應該會獲得表揚，兩人就留下來吧。」

「不，我也一起……」

「柯尼留斯，這是你最後一次獲得表揚，讓父母看看這值得驕傲的一幕吧。艾薇拉也是為此來到貴族院。」

斐迪南說話時，聲音意想不到的溫柔。柯尼留斯一時間無法反駁，看向艾克哈特。艾克哈特淡淡一笑，像要讓柯尼留斯放心。

「母親大人可是非常期待看到你與萊歐諾蕾一起獲得表揚喔。」

柯尼留斯頓時無力地垮下腦袋，但艾克哈特隨即拍拍他的肩膀說：「我會一起保護羅潔梅茵大人與斐迪南大人，你不必擔心。」他才無可奈何地點點頭。

結果我再一次獲選為最優秀者，卻沒能出席表揚儀式。

畢業儀式

聽說表揚儀式上，艾倫菲斯特每個年級都有兩名以上的學生被叫上臺，成績相當不俗。但中級貴族與下級貴族的學科成績固然出色，術科成績卻很難達到足以獲選為優秀者的程度。畢竟魔力量不同，在起跑線上就已經落後了一大截。

……這樣說來，安潔莉卡的情況真的很特殊呢。她明明是中級貴族，術科成績卻優秀到了被選去表演劍舞，學科成績卻糟到本來會留級。

「不僅哥哥大人是優秀者，姊姊大人還是最優秀者，所以聽到自己也獲選為優秀者時，我真是鬆了一口氣呢。」

夏綠蒂撫著胸如釋重負。她還小聲地說，因為兄姊的成績太優秀了，讓她壓力好大。而韋菲利特儘管獲選為優秀者，表情卻顯得有些不滿。

「韋菲利特哥哥大人，您明明獲選為優秀者，看起來卻不太甘心呢。」

「因為從被叫上臺的順序來看，我的成績還是稍微輸給了奧爾特溫。」

奧爾特溫不愧是多雷凡赫的領主候補生，腦筋十分聰明，懂得有時該適可而止。我猜韋菲利特是因為太執著於做出帥氣的鎧甲和武器，術科成績才稍微輸給了他。

「我明年一定要贏！」

我聽完表揚儀式的報告後，艾薇拉接著一臉興高采烈，說起柯尼留斯與萊歐諾蕾在表揚儀式上有多麼登對。

「斐迪南，剛才你讓羅潔梅茵先回來真是正確決定。」

齊爾維斯特比大家晚了許多才從表揚儀式回來，一開口就這麼說。發生什麼事了嗎？我正感到疑惑，便被叫去領主的房間。

「斐迪南、羅潔梅茵，跟我來。要討論明天的事情。」

「方才王族問我，明日的成年禮能否由艾倫菲斯特的聖女來唸祈禱文……雖然我已經拒絕了。」

原來齊爾維斯特這麼晚回來，是因為接到王族的召見。

「齊爾維斯特，你依序說明。」

聽說姑且不論兩者之間有無關聯，但由於今天襲擊王族的人們主張「沒有古得里斯海得的國王應該退位」，使得中央神殿裡為數不少的聖典基本教義者又開始蠢蠢欲動。而站在國王的立場，需要想想辦法牽制中央神殿。

「王族與中央神殿的關係和我們無關。更何況，我們也不可能毫無準備就上臺舉行儀式。」

「你說得沒錯，但怎麼可能真的對王族說這種話。」

這還是齊爾維斯特第一次表現得比斐迪南更像正常人。我莫名一陣感動，催促他往下說。

「那養父大人怎麼回答呢？」

「我委婉地表示，今日發生的襲擊事件已經消耗了妳大量的魔力與體力，還導致妳無法出席表揚儀式，所以更是不可能舉行成年禮。我還故意感嘆，說妳不得不放棄能夠得到國王親口表揚的機會……他們這才相信。但有些人仍不死心，還是希望妳身體狀況許可的話可以上臺，我只好再搬出英蒙丹克那件事。」

競技場上的襲擊發生之前，我就已經遭受過英蒙丹克的上級貴族的攻擊，齊爾維斯特似乎是把這件事也搬出來當藉口。儘管對方聲稱他的目標是哈特姆特，但既然實際上受到攻擊的人是我，就很難判定對方的主張有多少真實性。因此齊爾維斯特堅決表示，由於執行神殿長的職務時，也就是站在臺上舉行儀式時並無法派護衛騎士跟在我身邊，他不想讓我毫無防備地站在那麼多人面前。

「推掉了就好。我可不希望我們創下先例，真由羅潔梅茵代替中央神殿的神殿長給予祝福。況且她是艾倫菲斯特的神殿長，不是中央神殿的神殿長。這不是她該做的工作。」

斐迪南安心地吐了口氣時，我伸手輕拉他的袖子。

「斐迪南大人，那我明天可以去看奉獻舞和出席畢業儀式嗎？」

今年柯尼留斯會跳劍舞，而且就要畢業了，我希望能去現場觀看，而不是只能留在宿舍裡。我滿懷期待地仰頭看向斐迪南後，他輕敲著太陽穴沉思。

「倘若以後還想用妳身體虛弱這個藉口，最好是只出席上午或下午……不過，即使我沒設下這個條件，妳只要看到柯尼留斯盛裝出場或是他與萊歐諾蕾一同出現，大概也會興奮得撐不到半天就退場吧。」

儘管斐迪南已經預想到了不太圓滿的結果，但沒有禁止我說絕對不能出席。所以明天是我第一次可以出席畢業儀式。

只不過，由於柯尼留斯與萊歐諾蕾都要參加畢業儀式，我的護衛騎士將只剩下優蒂特一人。因守備太過薄弱，他們決定以柯尼留斯的親人之身分叫來蘭普雷特與安潔莉卡，讓兩人擔任我的護衛。此外，也討論了藥水的準備與誰要坐在我旁邊等細節。

討論結束之後，斐迪南沒有留在宿舍過夜，而是返回艾倫菲斯特。因為他說得把我的護身符復原到可以重新使用，另外也得為自己準備護身符，取代披風上的護身魔法陣。想也知道斐迪南回去以後，肯定會一直待在工坊裡頭，所以我叫他至少先在宿舍吃過晚餐。這樣一來，就算他在工坊裡待到明天早上也不用擔心。

隔天，學生們吃完早餐後一個個地往多功能交誼廳聚集，接著到了畢業生的父母利用轉移陣前來的時間。見習侍從們負責在轉移陣前待命，帶領家長前往各自孩子的房間。

「羅潔梅茵大人，早安。」

「奧黛麗。」

哈特姆特的父母先繞來多功能交誼廳與我打招呼。他的母親是我已經非常熟悉的奧黛麗，至於父親則是第一次見到。我一直很好奇是什麼樣的人，聽說也是文官，還是芙蘿洛翠亞的近侍。五官與氣質都跟哈特姆特十分相似，總覺得哈特姆特年紀大了以後就是這個樣子。雖然只在互道貴族間的冗長寒暄時有過短暫接觸，但感覺為人沉著穩重。哈特姆特只要去掉沉迷於推廣聖女傳說這個部分，散發出來的氣質大概也會與父親差不多吧。

……嗯？只要拿掉這個部分，哈特姆特不僅待人親和，還很擅長蒐集情報，根本是超級優秀的好男人嘛？不不不，對方可是哈特姆特的父親。肯定有著和哈特姆特一樣從外表看不出來的缺點？

我邊想著這些事情，邊目送兩人往哈特姆特的房間走去，這時柯尼留斯的親人也來了。有卡斯泰德、艾薇拉、蘭普雷特與安潔莉卡，人數相當眾多。卡斯泰德今天休假，暫時不再是齊爾維斯特的護衛騎士，而護衛工作聽說全交給了副團長。

「但相對地，他吩咐我要以親人身分保護羅潔梅茵。」

「居然要由身為騎士團長的父親大人來保護我，感覺自己變得好偉大呢。蘭普雷特哥哥大人、安潔莉卡，也很抱歉突然把你們叫過來。」

卡斯泰德與艾薇拉應該是昨晚回去後，就突然找來兩人，要他們擔任護衛。兩人都不以為意地笑道：「若不是這樣的機會，我們也無法再踏進貴族院。」

卡斯泰德與艾薇拉隨即前往柯尼留斯的房間，蘭普雷特兩人則是直接留在交誼廳內，待在我的身邊。問了艾倫菲斯特的情況後，我得知達穆爾身為同樣只能留在領內的同伴，今天將接受波尼法狄斯的個人指導。

「達穆爾還難過地說他也想來，但我反而很羨慕他能接受波尼法狄斯大人的指導呢。」

「今天居然還把我們叫來，是不是發生了什麼特殊情況？有哪裡不尋常嗎？」

蘭普雷特說昨夜父母從貴族院回來後，只是命他做好準備，還說「明天一早還要早起」，就沒有多做說明。我於是說明了王族遇襲一事，順便回答蘭普雷特的問題。

「在這種情況下，妳身邊只有一名護衛騎士確實太危險了。」

蘭普雷特一臉了然，安潔莉卡則在傾聽時往後退了一步，臉上帶著有聽沒有懂的笑容，所以我決定改說些她會有興趣的話題。一提起斐迪南與海斯赫崔的迪塔比賽，果不其然安潔莉卡的反應非常激動。深藍色雙眼閃閃發亮的樣子，像極了克拉麗莎。

「感覺安潔莉卡好像生錯了領地呢。」

戴肯弗爾格這個領地應該更適合安潔莉卡吧？我這麼嘟囔後，安潔莉卡露出了哀傷表情。

「絕無此事，羅潔梅茵大人。戴肯弗爾格不僅迪塔強，更有許多人連成績也很好。我如果生在戴肯弗爾格，恐怕無法通過見習騎士的選拔。」

安潔莉卡說她會決定修習騎士課程，是因為在兒童室裡聽了高年級生們對貴族院的描述。如果那時候才開始準備，在戴肯弗爾格根本來不及參加選拔。

「況且如果沒有羅潔梅茵大人，我應該也無法從貴族院畢業。所以，我真的打從心底慶幸自己生在艾倫菲斯特。」

安潔莉卡臉頰微紅，嘴角揚著欣喜的微笑。明明是這麼可愛的笑容，說話內容卻讓人直想搖頭嘆氣。而蘭普雷特似乎直到這時才發現她的真面目，一臉錯愕。

……蘭普雷特哥哥大人，太慢啦。

「蘭普雷特，你來了啊。你今天負責保護羅潔梅茵吧？」

韋菲利特走進多功能交誼廳。一看見自己的護衛騎士蘭普雷特站在我旁邊，他便往我們走過來。

「我也會一起保護韋菲利特大人。兩位既然訂了婚，應該會坐在附近吧？」

「好像不見得。我與夏綠蒂會和父親大人以及母親大人坐在一起，但羅潔梅茵因為是以柯尼留斯的親人身分出席，藉此增加她的護衛人數，所以可能會和我們有段距離。羅潔梅茵，父親大人沒告訴妳嗎？」

領主一族與其他人的座位似乎會有一點距離。

「座位的排序我不清楚，但斐迪南大人已經料想到，我可能會在看完柯尼留斯的劍舞後就興奮到暈倒。所以我應該會坐在斐迪南大人附近，而且方便退場的位置。」

「因為叔父大人等同是妳的主治醫師嘛。妳今天身體狀況還好嗎？」

被韋菲利特一問，我注視自己的雙手。

「我自己覺得還可以，但有時候就是會在情緒激動下突然暈倒，所以跟身體狀況好不好沒關係呢。」

「嗯……畢竟這是妳第一次出席畢業儀式，情緒確實有可能會太激動。蘭普雷特，你要多留意羅潔梅茵。」

「遵命。」

蘭普雷特當場跪下來接受韋菲利特的命令。

「韋菲利特哥哥大人，謝謝您爽快地將自己的護衛騎士借給我。」

「沒什麼，妳能多參加點貴族院的活動就好。」

「姊姊大人要是在準備階段就暈倒，導致今年也沒能看到那般期待的劍舞，就連我也會為您感到難過呢。」

已經做好出發準備的夏綠蒂這麼說完，我向她保證會盡量保持冷靜。也向為姊姊著想的可愛妹妹道謝後，我目送學生們在二鐘半出發。接下來大家要在大禮堂為成年禮與畢業儀式做準備。之後監護人們會在第三鐘進入大禮堂，畢業生們再接著入場，而我已經確定要與監護人們一起進場。

「大小姐，斐迪南小少爺到了。」

黎希達的呼喚讓我抬起頭，只見斐迪南正走進交誼廳。曾被鞁拿斯巴法隆用爪子劃破的披風如今已經煥然一新。

「羅潔梅茵，手伸出來。」

斐迪南眉間的皺摺比平常還要明顯，我想是因為睡眠不足的關係，但此刻看起來就是心情很差的樣子。和我那些已經習慣出入神殿的近侍們不同，大概是不習慣看到斐迪南這種表情，蘭普雷特嚇得一抖。

我聽話地伸出手。斐迪南往我手腕戴上手環狀的護身符後，變出思達普詠唱「司提洛」，開始調整起魔法陣。感覺得出魔力被護身符慢慢吸走。

「嗯，這樣就好了。那麼，妳決定出席上午還是下午？」

「上午。因為我想看劍舞和奉獻舞。」

「……奉獻舞嗎？」

斐迪南神色凝重地低喃，環抱手臂若有所思。

第三鐘即將響起前不久，準備完畢的畢業生們一一來到多功能交誼廳。柯尼留斯穿著要表演劍舞的服裝，而哈特姆特因為負責演奏樂器，穿著可以直接參加畢業儀式的正裝。

「哈特姆特，你要先去接克拉麗莎吧？」

「是的。會合地點是他領的人也能進入的茶會室。」

據說男伴或女伴是自領的人時，會在多功能交誼廳或玄關大廳會合；但女伴是他領貴族的男性便要前往對方宿舍，女性則在自領的茶會室裡等候。

「在等著男士前來迎接自己的時候，一顆心想必會怦怦跳個不停吧。我也好想體驗看看那種感覺呢。」

畢業儀式可說是為貴族院的戀愛故事劃下完美句點的盛事，艾薇拉期待得不得了，情緒從一早就十分亢奮。

「怎麼？艾薇拉，當初與我從同個宿舍離開妳不滿意嗎？」

「哎呀，卡斯泰德大人，我怎麼會不滿意呢。那是因為等著他領男士來迎接自己時，內心的搖擺也是不安的體現。」

對方真的會來接自己嗎？能夠就此順利地進行到成婚那一步嗎？會不會今天的護送結束後，便沒有後續了呢？正是因為心裡會有許多不安，看到男伴出現時才更加欣喜——艾薇拉如是說。

「故事裡有這些迷惘不安會更動人，但我個人倒是喜歡自己的人生平穩安定，沒有任何波瀾呢。」

……明明參與了印刷業務，還偷偷印製絕不能被神官長發現的書籍，我倒覺得母親大人的人生與安定兩字扯不上邊，簡直精采刺激呢。

我也許該再問問斐迪南安定兩字的意思，確保自己與貴族的認知是一樣的。

「我們先前往大禮堂，畢業生們稍後也要離開宿舍列隊。」

斐迪南這麼囑咐畢業生後，走出宿舍。我也與監護人們一起移動。陪我前往的親人就有卡斯泰德、艾薇拉、蘭普雷特與安潔莉卡，再加上侍從黎希達，以及斐迪南與他的近侍們，陣容相當龐大。

……好多人都在看我們！

而且我還由卡斯泰德抱在手臂上移動。因為斐迪南說：「所有人都要配合妳的走路速度太痛苦了。」

「父親大人，我可以自己走喔。」

「妳要是又暈倒就不好了，乖乖聽話。」

我們甚至得演演戲，做出「愛女雖然身體狀況不好，但我不忍心拒絕她想出席畢業儀式的懇求」的樣子。視野雖然好，但成為眾所矚目的焦點讓我渾身不自在。

大禮堂內早已聚集了黑壓壓的人群。原本上課時會看到的牆壁全部消失，變成了如同羅馬競技場般的階梯式看臺；中心也不再有整年級學生上課時使用的桌椅，而是設置了表演奉獻舞與劍舞用的白色圓柱形舞臺。但與羅馬競技場完全不同的地方，就是底部與禮拜堂相連。設有祭壇的禮拜堂我只在採集神的意志時進去過一次，倘若由上往下俯瞰，整個建築物多半是前方後圓的形狀吧。沒想到大禮堂能變化到這種地步的我，目瞪口呆地張望四周。

「……跟我平常看到的大禮堂差好多喔。」

「很有意思吧？看臺還設成了階梯狀，方便觀看劍舞與奉獻舞。」

今天我不是以領主候補生，而是以柯尼留斯的妹妹之身分出席畢業儀式，因此坐在監護人區。雖然與領主夫婦的座位有點距離，但我們因為是上級貴族，也是相當靠前的好位置。我的座位右手邊是斐迪南，左手邊是安潔莉卡，前面坐著卡斯泰德與艾薇拉，後面則坐著蘭普雷特與黎希達，可以說是被全面包圍。

「羅潔梅茵，這妳拿著。」

「防止竊聽的魔導具嗎？」

「……我不認為妳可以保持安靜，這是以防萬一。」

斐迪南要我從頭到尾拿好魔導具，以免發出怪叫聲。儘管我本人毫不打算在儀式上發出怪叫聲，但還是聽從地握好。

第三鐘響後，不久畢業生們逐一進場，在舞臺上排開來；年級不同的男女伴則往為他們準備的座位移動。接著輪到王族進場，最後是中央神殿的神殿長走到祭壇前。

雖然規模完全無法相比，但儀式過程與我在神殿經歷過好幾次的成年禮沒什麼不同。先是朗讀有關成年的神話，接著給予祝福。由於畢業生們的出生季節各不相同，祈禱文的朗誦花了不少時間，但祈禱文也是我已經知道的。

「……和前任神殿長一樣，並沒有出現祝福的光芒呢。」

「他與妳不同，魔力不可能足以給予所有的畢業生祝福吧。」

由於握著防止竊聽的魔導具，我只能與斐迪南交談。給予了已成年的畢業生們祝福後，接著要感謝諸神至今的庇佑，獻上音樂、劍舞與舞蹈。

全員暫時離開舞臺。要奉獻音樂的人拿來了樂器，重新上臺；沒拿樂器的人則負責唱歌。雖然我只練習過飛蘇平琴，但可以看到還有笛子與大鼓等各式各樣的樂器。

臺上的人們對著祭壇排好隊伍，拿好樂器。

「創世諸神，吾等在此敬獻祈禱與感謝。」

熟悉的祈禱文與樂聲同時響起，緊接著傳來歌聲。這首曲子在訴說春天到來的喜悅，並祈禱著受傷的蓋朵莉希能夠痊癒，令生命再次萌芽。

這首曲子結束後，奉獻音樂的人們便走下舞臺，在外圍圍成一圈。接著上臺的，是穿著藍色服裝要表演劍舞的人們，總共有二十人。

「啊，是柯尼留斯哥哥大人。」

「看就知道了，妳冷靜點。」

柯尼留斯拿著思達普變成的劍擺好姿勢。隨著樂聲悠揚響起，舞者們手上的劍都開始反射光芒。大概因為柯尼留斯是男性，不同於安潔莉卡優雅的劍舞，他揮出的每一劍都強而有力。去年安潔莉卡的動作如同流水般優雅柔美，而柯尼留斯卻是每個動作都凜然颯爽。

而獲選跳劍舞的人也不愧都是成績優秀者，每個人的表現都十分出色。配合著節奏逐漸加快的音樂，舞劍的速度也越來越快，散發著影像難以呈現的魄力。

「那真的是柯尼留斯嗎？」

「嗯，是呀。與蘭普雷特大人記憶中的模樣相比，柯尼留斯大人成長了不少吧？」

「是啊，真教我吃驚。」

聽見蘭普雷特與黎希達的對話，去年為止曾一起練習劍舞的安潔莉卡也連連點頭說：「他真的進步了很多。」艾薇拉笑著回頭看她。

「柯尼留斯一定是為了讓心愛的萊歐諾蕾看到自己優秀的表現，拚了命練習吧。安潔莉卡，若妳也想向艾克哈特展現自己出色的一面，肯定也會變得更強唷。而我覺得呢，妳可以趁這機會精進自己的刺繡與社交能力。」

「向艾克哈特大人展現自己出色的一面嗎……？羅潔梅茵大人，您能想到我有什麼長處嗎？」

安潔莉卡非常乾脆地忽略了艾薇拉的建議，開口這麼問我。我還沒張口回答，坐在斐迪南身旁的艾克哈特微微一笑說：

「我認為安潔莉卡的優點正是不急著結婚，認真地在羅潔梅茵身邊擔任護衛。」

「我明白了。那麼我會不急著結婚，努力鍛鍊自己成為更強的護衛。」

……艾克哈特哥哥大人！

聽了這段難以想像是未婚夫妻的對話後，只見艾薇拉搖頭嘆氣。看來這兩個人要結婚，還是很久以後的事。

劍舞結束後，接著是奉獻舞。

七名領主候補生走上舞臺，長長的袖子隨著步伐飄動。當中包括了穿著一身黃衣，代表風之女神貴色的阿道芬妮。她那酒紅色的長髮清爽盤起，看起來會比平常更閃耀動人，想必是因為戴了多莉做的髮飾吧。盧第格則穿著代表生命之神貴色的白衣，加上髮色偏淡，給人整體都是白色的感覺。

與奉獻音樂以及劍舞時一樣，領主候補生們面向祭壇，站在各個神祇的代表位置上，跪下來觸摸舞臺。

「創世諸神，吾等在此敬獻祈禱與感謝。」

領主候補生們一朗誦祈禱文，雪白的舞臺上忽然浮現魔法陣。而且是全屬性的魔法陣，在每個屬性的位置上，都有向各個神祇獻上祈禱的領主候補生。

「斐迪南大人，那個魔法陣跟聖典上浮出來的一樣……」

「羅潔梅茵，我記得妳什麼也不知道吧。不是嗎？」

「對喔。我什麼也沒看見。」

事先給妳防止竊聽的魔導具還真是正確決定，斐迪南小聲補上這一句。

「那就好。」

去年的奉獻舞我也曾利用類似錄影機的魔導具觀看過，但記得當時並未看見魔法陣。這和後來看得見聖典魔法陣的原理是一樣的嗎？那到底是什麼魔法陣呢？其他人看不見嗎？為什麼斐迪南看得見呢？

接二連三的疑惑浮上心頭。

我仰起頭，看向明知道答案也絕不會告訴我的斐迪南的側臉，悄悄發出嘆息。

圖書館與返回領地

奉獻舞結束後，我照著原訂計畫假裝身體不適，提早離開大禮堂。卡斯泰德與艾薇拉為了柯尼留斯繼續留在現場，護衛則由安潔莉卡與蘭普雷特擔任，然後我在黎希達的陪同下返回宿舍。

「幸好什麼事也沒發生，我總算放心了。因為羅潔梅茵其實很常被捲進危險裡頭。」

蘭普雷特回到宿舍後呼了口氣，帶著苦笑這麼說。安潔莉卡似乎也有相同的感想，點點頭說：

「是啊。正因如此，很有護衛的價值。師父也特別擔心羅潔梅茵大人。冬季期間我一直在接受師父的訓練，斯汀略克也變強了喔。」

安潔莉卡還興沖沖地告訴我，她接受了波尼法狄斯的哪些訓練，但內容大多是「咻！」「喝！」之類的狀聲詞，所以我聽了也沒聽懂。

「蘭普雷特哥哥大人，多年後又回到貴族院開心嗎？」

我改變話題後，蘭普雷特思索了一會兒。

「比起開心，我反而是不太習慣。因為現在的氣氛和我以前待的貴族院大不相同。不只安潔莉卡與柯尼留斯能獲選表演劍舞，母親大人與奧黛麗大人也能堂堂正正地來貴族院，讓我覺得時代真的變了。」

出乎意料的回答讓我倒吸口氣。以前艾薇拉她們竟然不能堂堂正正地來貴族院，這到底是怎麼回事？

「因為薇羅妮卡大人的打壓十分嚴重。尤其我是韋菲利特大人的護衛騎士，她還命令我要與亞倫斯伯罕的女性貴族成婚。母親大人表示反對後，薇羅妮卡大人就以她可能會給奧蕾麗亞的家人留下負面印象為由，禁止她來貴族院。」

「這也太過分了吧？」

「當時薇羅妮卡大人就是這麼橫行霸道。而那時候奧蕾麗亞的父親也反對我們結婚，所以我也覺得沒必要介紹給雙方父母，加上我又必須在薇羅妮卡大人面前護送亞倫斯伯罕的女性貴族……於是我心想，那倒不如別讓母親大人留下不愉快的回憶，就直接轉告了薇羅妮卡大人說的話。本以為我一直在用自己的方式保護母親大人，但看到她今天這麼開心，我才發覺自己真是不孝。」

蘭普雷特一臉消沉，我露出微笑安慰他。

「我相信母親大人一定會察覺到哥哥大人的用意喔……雖然當時不能參加畢業儀式是很寂寞，但幸好現在沒有人會再欺負母親大人，她也與奧蕾麗亞處得很好吧？那些都是考驗之神給予的難關與磨練。」

蘭普雷特臉上總算恢復些許笑容。趁著這機會，我也想問問奧蕾麗亞懷孕後的情況。此刻在場都是親人，問這些問題應該不會被罵吧。

「對了，蘭普雷特哥哥大人，奧蕾麗亞的情況還好嗎？一切是否順利？她會不會很無聊呢？」

「她正看著母親大人給她打發時間用的書本，過得十分愜意呢。」

「這種生活太讓人羨慕了……咳，畢竟這是她第一次懷孕，又與家人相隔那麼遙遠，請哥哥大人也要多關心她一些喔。因為哥哥大人有時會把事情都丟給母親大人處理，我很擔心奧蕾麗亞對您感到厭煩呢。」

結果根本不用我擔心，蘭普雷特趁著主人韋菲利特就讀貴族院的這段期間，似乎與奧蕾麗亞度過了甜蜜蜜的時光。

「不過，對了……不久前她曾說過，有些懷念故鄉的食物。」

「是魚料理對吧？等從貴族院返回領地，宮廷廚師預計會教我的專屬如何烹煮亞倫斯伯罕的魚喔。我已經向養父大人取得許可了。」

「那真是太好了。」

對著露出笑容的蘭普雷特，我也甜甜一笑。

「由於奧蕾麗亞幫忙提供了食材，所以請她試吃的那部分料理我自然不會收費。但是，後來完成的食譜與烹調方式如果要教給哥哥大人的廚師，我就要另外收費了唷。為了可愛的新婚妻子，還請哥哥大人努力賺錢吧。」

「羅潔梅茵，妳連我也要收錢嗎？」

蘭普雷特瞪大雙眼，我點了點頭。

「那當然。就連父親大人、斐迪南大人與養父大人，我也會向他們收錢；把食譜送給貴族院的學生們時，也都當作是他們提升成績的獎勵。而且這次能請宮廷廚師教我的專屬如何烹煮，也是拿我的食譜做交換。我從來不曾無償贈予喔。」

倘若奧蕾麗亞自己就擁有魚料理的食譜，那自然交換即可，但她可是奧伯的侄女，不可能知道任何料理的烹調方式。而且，其實奧蕾麗亞帶來的食材，早已經轉化成艾倫菲斯特的布料，如今成了她臉上的面紗。因為收下我送的禮物以後，奧蕾麗亞太過惶恐，就提議以食材作為交換。

「如果奧蕾麗亞能向亞倫斯伯罕買到魚，那要交換當然是沒問題，但目前她還沒有管道吧？」

「沒辦法，我會努力賺錢。」

蘭普雷特頹喪無力地說，我笑容滿面地鼓勵他。

「如果願意為了家人好好努力，哥哥大人一定能成為很棒的父親唷。」

……就像我家的爸爸一樣。

奉獻舞結束後只剩中央神殿長的致詞而已，因此沒過多久，大家就回來用午餐了。由於餐廳不大，會由領主一族、畢業生與其監護人們先吃，還在就讀的學生們則是晚一點再用餐。

與我同桌的，有卡斯泰德、艾薇拉、蘭普雷特、安潔莉卡、柯尼留斯以及萊歐諾蕾。我們一邊吃著特別為畢業儀式準備的餐點，一邊聊起上午的成年禮與劍舞。

「柯尼留斯哥哥大人，您跳的劍舞真是英氣逼人呢。」

「羅潔梅茵，謝謝妳。」

柯尼留斯的表情柔和放鬆，講話也沒用敬語。對照之下，不得不坐在他身旁的萊歐諾蕾卻緊張得渾身僵硬。為了稍微緩和她的緊張，我向她搭話。

「萊歐諾蕾，妳明年也被選為表演劍舞吧？我很期待妳的表現喔。」

「看來我得努力練習，才不會讓羅潔梅茵大人覺得我跳得比柯尼留斯還差呢。」

「是啊。現在艾倫菲斯特獲選表演劍舞的學生變多了，騎士團裡的人也都很高興。妳要好好練習。」

騎士團長卡斯泰德這麼勉勵後，萊歐諾蕾回道：「我會努力不辜負大家的期望。」萊歐諾蕾的個性認真，想必會勤加練習，劍舞表演會有很高的水準吧。

「對了，萊歐諾蕾。妳為了今天特別訂做了這套服裝吧？那麼明年又得再做一套成年禮用的新衣囉？」

成年後必須改變裙長，所以明年不能再穿同樣的服裝。都用了上好的布料做出如此美麗的衣裳，真是可惜呢，艾薇拉嘆息道。聽了她的提問，萊歐諾蕾輕笑著搖頭。

「我與布倫希爾德商量後，決定參考羅潔梅茵大人的衣服，明年在修改過裙長、更換過配飾後，繼續穿這套服裝。因為只有羅潔梅茵大人的近侍才知道新衣的做法，這可是我們的特權呢。」

我都會藉由補充布料，或是更換服裝上的配飾來重複使用舊衣，而總是在旁看著的布倫希爾德，便依此提供了不少建言給萊歐諾蕾。萊歐諾蕾說她從一開始就訂做了方便再做修改的服裝。

溫馨和睦的午餐結束後，柯尼留斯急忙返回自己房間。忙碌的他得脫下劍舞的服裝，換上正裝才行。

在校生們吃完午餐時，柯尼留斯也換好了衣服，接著大家要一起離開宿舍，去參加下午的畢業儀式。

「那我就乖乖留在宿舍裡看書了。」

「妳今年要安分一點，別再胡亂送出祝福。」

「我會小心的。」我點頭回應齊爾維斯特的叮嚀後，決定乖乖待在宿舍裡看書。儘管我很想去圖書館，但萬一被人看見我在外頭走動，就會被發現我其實是裝病，故意不出席畢業儀式。今後要是不能適時搬出「因為我身體不好」「因為我身體虛弱」這些理由就麻煩了。

而留在宿舍裡負責監督我的人，照例又是斐迪南。我把向索蘭芝借來的資料拿給斐迪南看，與他討論想請雷蒙特改良的魔導具。

「斐迪南大人，資料上提到的這些魔導具您聽說過嗎？」

「……這個我知道。因為研究室裡有資料，我打算當成下一份作業出給雷蒙特。這個我在圖書館看過。這我不知道。而且也說不定早就已經損壞了。畢竟製作者若不在人世，就很難進行修復。」

聽說教師為了繼續研究，有時不得不發表結果，而有時是中央在買下做法後，將其推廣至全國；除了上述兩種情形外，一般極少公開魔導具的做法。通常製作者一旦死亡，魔導具就再也無人能夠修復。

「如果是貴族院教師製作的魔導具，資料幾乎會由弟子繼承，不知該如何處理時還會捐獻給圖書館。但如果是不在此列的研究者，他們所做的魔導具大多不會公諸於世。」

「斐迪南大人也有很多並未公開的魔導具吧？」

像是危險的、他判定別讓世人知道比較好的，以及一直擺在赫思爾研究室裡的，斐迪南沒有公開的魔導具未免也太多了。

「因為我認為不公開比較妥當。再者我做的魔導具需要大量魔力，似乎也不利於他人使用。讓這種大多數人都無法使用的魔導具問世也沒意義。」

「那麼，希望雷蒙特可以改良到魔力不多也能使用，到時候就能問世了吧。」

其實我沒想太多，只是希望便利的魔導具有越多越好，斐迪南卻露出了難以理解的表情看著我。

「為何？」

「咦？什麼為何……既然都做出來了，如果能在這世上發揮作用，大家也會很開心吧？難得斐迪南大人有這方面的才華，應該多為世人服務啊。」

「不，我毫無這種打算。我只是想做而做，從沒想過要為這世界貢獻一己之力。即便結果而言確實派上了用場，從今往後我也絕不會在製作魔導具時考慮這種事吧。」

聽了非常有斐迪南風格的回答後，我只能眨眨眼睛，尤修塔斯則是揚起苦笑。

就在我與斐迪南討論著自己想要哪些圖書館魔導具時，畢業儀式也結束了。從隔天起，必須開始準備返回艾倫菲斯特。

得到了許可，可以去圖書館為休華茲兩人供給魔力後，我抱著要還給索蘭芝的資料與重新補滿魔力的魔石站起來。魔石裡的魔力，來自於我參加茶會時戴的項鍊。聽著大家分享讀後感想的時候，我興奮得貢獻了不少魔力。

這天斐迪南也陪我一同前往。因為儲有魔力可長期使用的大魔石，持有者是斐迪南——但這只是表面上的藉口，真正的理由是催促學生還書的奧多南茲。考慮到錫爾布蘭德有可能會為了要催促學生還書，出現在圖書館，他說不能讓我獨自前往。

「妳如果沒把王子牽扯進來，我也不必擔心這種事……」

「真的很對不起。」

……因為我沒想到這件事會這麼嚴重嘛。

我「唔」地噘起嘴唇，繼續邁步。離開中央樓，走進聯絡走廊後，看見不少騎獸從空中飛過。

「他們都披著黑色披風，應該是中央的騎士團吧？」

「畢竟是王族遭遇襲擊，他們得探查背後與哪些領地有關、也要向各地領主問話，還得實地進行調查，該做的事情可不少。」

聽了斐迪南的說明，我明白地點點頭，賣力邁開腳步。最近可能是運動不足的關係，感覺走到圖書館的這段路好遙遠。

「索蘭芝老師，好久不見。我終於能來圖書館了。」

「哎呀，羅潔梅茵大人！還有斐迪南大人也來了。歡迎兩位。雖然休華茲與懷斯都說您來了，我還是嚇了一跳呢。真的好久不見了。」

走進閱覽室後，索蘭芝張大雙眼出來迎接。一旁還有休華茲與懷斯。

「因為之前最終測驗快到了，圖書館裡人會很多，斐迪南大人禁止我過來。他很過分對吧？」

我立刻趁機打小報告，索蘭芝卻只是苦笑帶過說：「斐迪南大人也是擔心您呢。」

斐迪南更只是冷哼一聲就沒再理我。

而休華茲與懷斯似乎對我們的對話完全沒有興趣，只是在我四周蹦蹦跳跳。

「公主殿下，好久不見。」

「公主殿下，看書？」

「我今天是來替你們供給魔力的喔。因為我又得返回艾倫菲斯特了。」

兩人的可愛讓我忍不住揚起嘴角，觸碰他們的額頭提供魔力。為休華茲與懷斯盡量灌注魔力的時候，索蘭芝告訴我其他圖書委員做了哪些工作。聽說茶會結束後，錫爾布蘭德有好一陣子仍會不時露面，為兩人供給魔力，但出入學生開始變多以後，就換漢娜蘿蕾幫忙提供。

「但我聽說有學生因為看到漢娜蘿蕾大人供給魔力，也伸手觸摸他們……」

「我已經告訴眾人，手戴臂章的人是特例。」

圖書委員的臂章似乎馬上就派上用場。由於戴著臂章的只有第三王子與大領地的領主候補生，因此其他學生都沒有感到嫉妒，很快就接受了兩人會為休華茲他們供給魔力的事實。

「聽起來沒有發生什麼問題，那我便放心了。那麼，關於催促學生還書的奧多南茲有下文嗎？錫爾布蘭德王子有沒有徵得國王的許可呢？」

「錫爾布蘭德王子已經捎來奧多南茲致歉說，他雖然提出了請求，但國王仍禁止他離開離宮。不過，多虧了斐迪南大人去年曾幫忙催促，今年的還書率依然很高呢。甚至沒有必要再送出催促通知了。」

真是非常感謝——索蘭芝表達謝意後，斐迪南回以微笑。

「儘管這麼說像在要求回報，但可否讓我們看看圖書館裡停止運作的魔導具？」

「停止運作的魔導具嗎？」

索蘭芝一臉納悶，我翻開她借給我的資料。

「根據這份資料，若沒有多達三人的上級館員在，圖書館裡有許多魔導具都無法運作吧？如果方便，能否借給我們帶回去研究呢？亞倫斯伯罕有個見習文官名叫雷蒙特，他也許能幫忙。他很擅長改良出可以減少魔力用量的魔導具喔。」

我想看看魔導具實際上是什麼樣子，以後建造自己的圖書館時可以當作參考；斐迪南則是想親眼看看自己沒見過的魔導具，研究後動手製作；雷蒙特想要新作業；若有更多魔導具可以只靠自己的魔力就運作，索蘭芝工作起來也會輕鬆許多。簡直一舉數得。聽完我的主張，索蘭芝苦笑著同意。

「若能用少一點的魔力就讓魔導具運作，確實能減輕我的負擔呢。」

「那我把雷蒙特叫過來吧，自己親眼看過會比較清楚。」

斐迪南立刻用奧多南茲喚來雷蒙特。大概人就在赫思爾的研究室裡，沒過多久雷蒙特便慌慌張張地衝進閱覽室。而且似乎沒來得及整理儀容，頭髮亂糟糟的，衣服上也滿是污漬。

「你離開研究室前應該整理一下儀容。這樣成何體統。」

斐迪南不高興地沉著臉，雷蒙特急忙變出思達普來。發現他打算施展洗淨魔法，簡單地清理儀容，我趕緊制止他。

「雷蒙特，要施展洗淨魔法請到圖書館外，不然書本會被弄濕的！」

「……距離這麼遠，還會讓水潑到書本的人也只有妳而已。」

斐迪南受不了地這麼回我後，為了以防萬一，還是要求雷蒙特到閱覽室外整理儀容。隨後，索蘭芝帶著我們從閱覽室移動到辦公室，展示已經停止運作的魔導具。

「這個是清潔館內用的魔導具，這是降低說話聲量用的魔導具。」

她說雖然圖書館很大，打掃起來十分辛苦，但自己還是辦得到；此外大家也早就知道圖書館內禁止喧譁，講話若太大聲還會被正在讀書的其他人怒目瞪視，所以就算不用魔導具也沒有太大影響。能用的話固然方便，沒有也沒問題。

「這兩樣魔導具的話，可以提供給各位做研究。」

「可以暫時交給我們嗎？即便最後無法改良，歸還前也會灌注足夠的魔力，讓魔導具能運作一段時間。」

把重要性不高的魔導具交給斐迪南後，索蘭芝再慢慢環顧辦公室。

「至於平日工作會用到的魔導具就沒辦法了呢。畢竟我擔心會在研究過程中損壞，借出去的話也會影響到工作。只帶各位參觀可以嗎？」

「能參觀就非常足夠了，一般很少有機會能看到圖書館裡的貴重魔導具。」

大概是平常沒有機會能與索蘭芝討論，雷蒙特針對館內的魔導具提出了許多問題。有些是索蘭芝開口回答，有些反倒是斐迪南知道得很清楚。

「改良這個魔導具時，如果把這部分獨立出來，再像這樣子結合如何？」

「不，那個先別管，應該先動這裡。這樣一來，只要使用具有風土兩屬性的原料，就能徹底刪掉這部分。」

斐迪南與雷蒙特觀看著刻在建築物上，不可能從圖書館帶走的魔法陣，開始認真討論起來。老實說，我完全聽不懂他們在說什麼。

看兩人討論得那麼開心，我決定撇下他們，請黎希達將帶來的資料還給索蘭芝。索蘭芝也歸還我借給她的以戀愛為主的騎士故事集。

「這份資料對我很有幫助喔。裡頭提到的魔導具，有很多我都想在將來建造圖書館的時候採用，還能了解圖書館員的日常工作情況，非常有趣呢。」

「艾倫菲斯特的書我也看得很開心唷。書裡的文字淺顯易懂，感覺會很受學生歡迎呢。倘若再有其他新書，還請務必借給我。」

我們分享著彼此的感想時，辦公室門外忽然響起細微鈴聲。

「會是誰呢？現在畢業儀式都結束了，我也沒與任何人有約……」

索蘭芝搖響桌上的鈴鐺，在館員宿舍裡工作的侍從便走出來去開門。門外是中央騎士團長勞布隆托。他出示鑲有魔石的飾品，走進辦公室。

「由於剛發生過襲擊事件，王族暫時不得在外走動，因此由我代替錫爾布蘭德王子前來。」

原來是為了催促學生還書的奧多南茲，騎士團長特別代替王子跑一趟。意料之外的狀況，令索蘭芝不知所措地張大眼睛。

「但我已經回覆過錫爾布蘭德王子，今年因為還書率相當高，不需要再勞煩他督促學生還書呢……」

「看來是聯繫上有些差錯。不過，我來此並不只為了這件事。我想再深入了解有關打不開的書庫。王子在圖書館舉辦茶會時曾提過此事，但我至今卻從未聽過這樣的傳聞。」

斐迪南忽然抓住我與雷蒙特的手臂，小聲說：「走了。」意思是別打擾勞布隆托與索蘭芝吧。儘管我很想多聽一點有關打不開書庫的消息，但我們畢竟是完全不相干的外人，只會妨礙到他們。我點點頭。

「所謂打不開的書庫，是指要有三名上級館員才能進入的書庫。如今那些鑰匙仍放在他們的房間裡頭，我沒有辦法進入。正想懇請中央挑選新的圖書館員呢。」

「嗯？不是只有王族才能進入的書庫嗎？」

「那不過是羅潔梅茵大人提起的傳聞之一，也不知是真是假呢。」

我正想打完招呼就離開時，卻突然聽到自己的名字，整個人嚇得一跳。勞布隆托往我看來，臉上的笑意加深。

「艾倫菲斯特的聖女嗎？真巧。羅潔梅茵大人，這個傳聞是誰告訴妳的？」

被勞布隆托那雙紅棕色的眼睛緊盯著，我不禁倒抽口氣，躲到斐迪南身後。我最早是從尤修塔斯那裡得知打不開的書庫，而他是斐迪南的近侍。既是尤修塔斯蒐集到的情報，斐迪南應該也知道。但由於我不曉得該不該再牽扯出更多名字，決定都交給斐迪南去應對。

「只是連來源也無人知曉的傳聞罷了，騎士團長。」

斐迪南往前站了一步說。

「不過，先前羅潔梅茵向索蘭芝老師借來的資料中，曾有過王族會出入圖書館書庫的紀錄。這樣的書庫或許真的存在，也可能是指索蘭芝老師所說的，只要有鑰匙便能進入的書庫。」

勞布隆托朝索蘭芝投去確認的目光，她把我剛才歸還的資料遞給騎士團長。

「這便是從前圖書館員所寫的日誌。正如斐迪南大人所說，裡頭確實有著成年王族會在領主會議時造訪圖書館的紀錄。您若想調查，還請拿去。」

勞布隆托接過資料點一點頭。然後，他目光如炬地注視斐迪南。

「不知身為阿妲姬莎之實的斐迪南大人是否知曉？」

「因我的蓋朵莉希皆在艾倫菲斯特。」

斐迪南僅是這麼回答，向索蘭芝道別後就離開圖書館。雷蒙特也跟著我們一起離開。

「斐迪南大人，很高興能與您一起討論，也感謝您出的新作業。」

說完，雷蒙特就右轉返回文官樓。我與斐迪南則是筆直朝著中央樓移動。

「斐迪南大人，請您走慢一點。」

「……」

不知是否沒聽見我說的話，斐迪南帶著比平常還要嚴肅的表情，並未放慢速度地快步走回宿舍。

「斐迪南大人！」

「……妳太慢了。」

「是斐迪南大人走得太快了。發生什麼事了嗎？」

我仰起頭，只見斐迪南撩起頭髮深深嘆氣。他抬頭看向飛過半空中的中央騎士們後，緩緩搖頭。

「……沒事。」

怎麼可能沒事。斐迪南明顯是在遇到勞布隆托以後才變得這麼奇怪。但是，由於斐迪南在聖典檢證會上就見過他了，所以原因並不只有勞布隆托吧。

「不曉得明年的冬天之前，雷蒙特能不能改良好魔法陣呢。畢竟這次的作業不像之前那麼簡單吧？既然借到了魔導具，斐迪南大人有辦法分析上頭的魔法陣嗎？」

儘管斐迪南慢了下來配合我的腳步，卻變得比平常還要寡言，就算問他有關魔導具的問題也不回答。

……還有，神官長，阿妲姬莎之實是什麼呢？

想問卻問不出口的問題又多了一個，我在貴族院的二年級就這麼劃下句點。

終章

貴族院的畢業儀式結束後，領主與學生們都開始依序返回領地。這段時間所有人都在忙碌地收拾行李。也就是在這個時候，艾格蘭緹娜突然接到了未婚夫第二王子亞納索塔瓊斯的召見。

「實在非常抱歉，因談話內容涉及王族內事，還請艾格蘭緹娜大人獨自入內。各位近侍請在此稍候。」

來到離宮後，亞納索塔瓊斯的首席侍從歐斯溫，便請同行的庫拉森博克的近侍們在外等候。所謂王族內事，指的是王族之間共有，但不會對外公開的資訊。由於艾格蘭緹娜將在春季尾聲的領主會議上與亞納索塔瓊斯成婚，正式成為王族一員，因此只要是亞納索塔瓊斯判定該告訴她的事情，便會像這樣請她前來，私下告知。

……今晚用餐時，奧伯的追問想必會讓人難以招架吧。

目前奧伯・庫拉森博克尚未返回領地。就連今天要離開宿舍時，他也不厭其煩地叮嚀艾格蘭緹娜：「一定要表現出王族未婚妻該有的樣子。」奧伯一向喜歡比他領更快得到消息，而且越多越好。想到回去以後將面對的逼問，她的心情便有些苦悶。

「艾格蘭緹娜，這邊。」

未婚夫亞納索塔瓊斯已在接待室裡等候，一見到她馬上招手。然而，此刻他臉上不見平常寵溺的笑容，整個人反倒相當緊繃。艾格蘭緹娜進屋後，亞納索塔瓊斯的近侍們只剩歐斯溫留下，其他人皆退了出去。會只有歐斯溫留下來，是為了不讓亞納索塔瓊斯與艾格蘭緹娜獨處。

屏退了近侍以後，亞納索塔瓊斯更是不語地遞來防止竊聽的魔導具。艾格蘭緹娜順從地接過，握在掌心裡。

「今天的防範工作真是徹底呢。」

「是啊，因為事關前些天的襲擊。」

艾格蘭緹娜不由得輕吸口氣。身為亞納索塔瓊斯的未婚妻，表揚儀式時她也在臺上經歷了當天發生的敵襲。

「接下來我要告訴妳的，也包含不會在領主會議上向眾人報告的事情，所以妳要小心別讓庫拉森博克的人知道。」

……事關前些天的襲擊……

亞納索塔瓊斯這句話，使得當時的畫面再次在艾格蘭緹娜腦海裡復甦。包括男人厲聲喊著「殺了他們！」的怒吼，和敵人們在騎獸上邊灌注魔力邊揮來武器的身影。

「殺了國王！現在的國王沒有古得里斯海得，他不配稱王！」

「休想得逞！」

亞納索塔瓊斯手握思達普變成的武器，詠唱著暗之咒語跳上騎獸。由於他已經宣告不爭王位，也就代表著得與騎士共同奮戰，而不是受人保護。那副模樣令艾格蘭緹娜感到驕傲的同時，心底也有著被拋下的強烈不安。

而身為亞納索塔瓊斯的未婚妻，站在臺上的她身分便與王族無異。襲擊者們根本不會在乎她與亞納索塔瓊斯尚未正式成婚，一樣把她視作攻擊目標。

競技場上到處都有變大的靼拿斯巴法隆在嘶吼咆哮。即使騎士團的人們大聲提醒，攻擊只會被吸走魔力，大家還是不斷地攻擊，好像完全聽不見。對艾格蘭緹娜來說，集體陷入混亂的景象，反而比靼拿斯巴法隆更令她感到恐懼。

「喝啊啊啊啊啊！」

在察覺到充滿魔力的武器與殺意正朝著自己而來時，她感到呼吸急促、痛苦不已。被那雙盈滿憤怒與殺意的眼睛緊緊盯著，她害怕得渾身僵直。

「艾格蘭緹娜，快變護盾！」

一旁傳來亞納索塔瓊斯的吶喊。艾格蘭緹娜以顫抖的話聲唸了「哥替特」，變出盾牌。大概是魔力的差異甚大，她成功擋下了危險的魔力攻擊。但是，盾牌沒能為她也擋下那充滿惡意與殺氣的眼神及怒吼。

有人就在眼前犧牲自己進行自爆攻擊、有人以自己為餌讓靼拿斯巴法隆變大、有人從一開始就打算要與騎士同歸於盡……他們都一心只想著復仇，所有人的雙眼布滿血絲。

可以的話，艾格蘭緹娜真想不顧形象，蹲下來不去看那些可怕的畫面，任由自己放聲哭喊、求助。但是，被中央騎士團保護著的王族，絕不能表現出一絲慌亂。要是連王族也陷入恐慌，學生們更無法保持冷靜。所以他們絕不能扯騎士團的後腿。艾格蘭緹娜唯一能做的，便是強忍下嗚咽與想吐的感覺，盡可能把背挺直，姿勢堅定地拿好盾牌。

當時的情景還歷歷在目，艾格蘭緹娜望著亞納索塔瓊斯，極力壓下讓她想要逃離這裡的不適與不安。她盡可能表現出冷靜的樣子，面帶微笑點點頭。但是，握著魔導具的手上還是浮現了明顯的青筋。這是她唯一表露出情感的地方，但亞納索塔瓊斯沒有察覺，開始報告。

「中央騎士團已經連續調查了數日，王族也頻頻開會互通消息。只不過妳因為是未婚妻，尚未正式成為王族，所以無法出席。」

「……那接下來的內容，我真的可以知道嗎？」

沒有資格出席會議的自己，能夠聽取會議的內容嗎？艾格蘭緹娜再次確認。況且她也不想回憶起遇襲一事，因此並不怎麼想聽。但亞納索塔瓊斯輕笑了聲。

「我只會報告妳也能知道的事情，放心吧。畢竟我們將在接下來的領主會議舉行星結儀式，而妳從隔天開始便正式成為王族，總不能不知道這些事情。雖不曉得經過怎樣的商議，但父王已經允許，我可以向妳報告以下內容。」

看來是非聽不可的事情。艾格蘭緹娜做好覺悟，催促亞納索塔瓊斯往下說後，他點了點頭。

「我先報告能讓妳安心的好消息吧。此次襲擊王族的犯人已經悉數逮捕，他們全是已廢除領地的人，而且不只有一個領地。」

已廢除領地指的是政變過後，因領主一族被國王處死而不再存續的領地。曾是大領地的孛克史德克如今分別劃給戴肯弗爾格與亞倫斯伯罕管理，舊卓斯卡由庫拉森博克，舊托魯斯維克與舊夏爾法則由中央管理。

「畢竟在管理已廢除領地的是中央與大領地，無法向負責管理的領地究責呢。」

如果只有一個領地出現反叛者也就罷了，現在卻是好幾個領地的人聯手策劃，很難指責是領主們管理不善，才會有人膽敢謀反。因為歸根究柢是未持有古得里斯海得的國王，無法重新劃分領地的界線。

「因為要是妄加指責，導致大領地們決定撒手不管，要中央自己管理所有已廢除的領地，到時可就更麻煩了。」

亞納索塔瓊斯也點頭同意。但是，這也意味著此事找不到人能負責任。因為此次事件而受害的人們能夠接受這個結果嗎？在他們心中滋生的不滿，會不會又使人心生謀反之意呢……浮現在艾格蘭緹娜腦海中的，淨是不好的想像。

「只不過，因為犯人在襲擊王族時使用了軔拿斯巴法隆，所以大多數人皆認為主使者應該是舊孛克史德克的人。然而，甚至還有些騎士認為，說不定有戴肯弗爾格或亞倫斯伯罕在背後暗中協助舊孛克史德克。」

艾格蘭緹娜一時間感到暈眩。竟然懷疑這兩個領地有可能在背後提供協助，這簡直是非常嚴重的侮辱。要是讓奧伯・庫拉森博克聽到了，發表如此看法的騎士們甚至有可能會在不知不覺間就從這世上消失。

「勝利方的大領地襲擊王族能有什麼好處呢？萬一這樣的聲浪越演越烈，會使得戴肯弗爾格還有亞倫斯伯罕與王族為敵吧？」

「這我們當然知道。國王也反駁了這樣的意見。但是……」

亞納索塔瓊斯說到這裡忽然打住，盤起手臂沉思。大概是在煩惱該不該說吧。艾格蘭緹娜如此判斷後，靜靜等著他做出決定。

「……鉅拿斯巴法隆能被送進貴族院，很可能是使用了舊孛克史德克舍裡的轉移陣。」

亞納索塔瓊斯接著告訴她，領地對抗戰之前，艾倫菲斯特的採集地也曾出現過鉅拿斯巴法隆。這件事因為接到過來自庫拉森博克舍的報告，所以艾格蘭緹娜也知道。聽說為了保護自領的採集地，那陣子還派了宿舍裡的見習騎士們去看守。

「洛飛帶著貴族院的幾名教師去舊孛克史德克舍搜查時，賈鐸夫發現了轉移陣曾有使用過的痕跡。為免造成太大的騷動，本來預計貴族院關閉之後，由修習過領主候補生課程的我與王兄進入宿舍調查。」

結果在調查之前，領地對抗戰上就發生了襲擊事件。艾格蘭緹娜感到十分疑惑。為何明明已經得到這樣的情報，表揚儀式上卻還是出現了鉅拿斯巴法隆？

「中央騎士團沒有加強警戒嗎？」

「他們當然有所行動。畢竟領地對抗戰與畢業儀式將有許多領地的人前來，他們也料到可能會有危險，加強了警戒。不僅派人看守舊孛克史德克舍，當天也增加了王族護衛與巡邏騎士的人數，還在騎士樓周邊設置了魔獸接近時會有反應的魔導具。」

他們判定設了魔導具後，當天若有人想混在監護人之中把魔獸帶進來，也能馬上發現。貴族院教師與中央騎士團得出的結論，似乎是只要匪徒不使用鉅拿斯巴法隆就不用擔心。由於舊孛克史德克舍裡轉移陣被使用過的痕跡並不多，他們推測即使有任何預謀，一同謀劃的人數也是屈指可數吧。

「然而，鞄拿斯巴法隆卻不是從外面，而是從內部出現，反叛者人數也比原先預料的多了至少十倍。如果早有人在現場藏匿魔獸，設了警戒用的魔導具也沒意義。」

「早有人把魔獸藏在騎士樓裡嗎？他們究竟是如何辦到……？」

「似乎是在魔獸還是幼獸時便把牠們帶進來，裝在能阻絕魔力的皮袋裡，並且用藥使其昏睡。只要學生中有人出手協助，要預先藏進騎士樓裡並不難。」

「學生中有人出手協助嗎?!」

當時襲擊王族的人們，全都比艾格蘭緹娜還要年長，所以她從未想過學生當中會有人提供協助。

「親族一旦被捕，自己也難逃連坐的命運。既然如此，有學生願意協助親族也不奇怪吧？況且那些反叛者也不是政變後就一直躲在某處，而是在獲勝領地的管理下，在已廢除領地裡過著平常的生活。目前也已經查出，他們都是以畢業生親族的身分，各自從不同領地的宿舍進入貴族院。」

艾格蘭緹娜簡直不敢相信。明明已經過了十年以上的平凡生活，為何還要犯下這麼可怕的罪行？她完全無法理解。

「麻煩在於被捕的人知道的並不多。此次事件多半計劃得非常縝密。而負責下指示的，似乎正是那些為了銷毀證據和記憶而自戕的人們。」

想起那些在眼前自爆，或是讓自己被鞄拿斯巴法隆吃掉的人們，艾格蘭緹娜輕捂嘴角。感覺一不留神就有可能吐出來。

「為了防止同樣的事再度發生，已經決定派出勞布隆托等人，近日內前去調查舊宇克史德克舍的轉移陣。調查結果將在領主會議上報告吧。」

「現在負責管理舊宇克史德克舍的，是亞倫斯伯罕吧？」

「對。搜索宿舍時傅萊芮默還以不想弄髒衣服為由，施展了洗淨魔法，所以當然也有人對她抱有懷疑。這件事也預計進行調查。」

雖然聽到時會覺得非常可疑，但如果她真的是犯人，會做出那麼容易惹來懷疑的舉動嗎？艾格蘭緹娜覺得若自己是犯人，絕不會這麼做。

「在同意對領內進行調查的同時，可能也提出了什麼條件，總之奧伯・亞倫斯伯罕已經承諾會全力提供協助。」

無論如何，都已經出動了中央騎士團，防止類似事件再度發生，艾格蘭緹娜心裡安心多了。為了洗清舍監的嫌疑，相信亞倫斯伯罕也會欣然提供協助吧。她緊握著魔導具的手總算稍微放鬆。

「此外，因有靼拿斯巴法隆出現在集合場地的正中央，英蒙丹克與紐豪森的傷亡十分慘重。聽說有好幾名學生丟了性命。」

艾格蘭緹娜的雙手再度用力。由於不僅中央騎士團，能使用黑色武器的領地騎士們也加入了戰鬥，加上反叛者們的目標是王族，她沒想到傷亡會如此慘重。

「對英蒙丹克造成嚴重傷亡的那隻靼拿斯巴法隆，是由艾倫菲斯特的騎士們出手打倒。他們也是能夠使用黑色武器的領地。據說當時負責指揮的人是斐迪南。」

「……艾倫菲斯特沒有人員傷亡嗎？」

「因為當時他們的集合場地，被一個半球形的神秘物體徹底覆蓋住了。」
當時明明站在臺上，艾格蘭緹娜卻完全沒有注意到那般龐大的東西。
「有人認為那是斐迪南的魔導具，也有人認為是羅潔梅茵變出的神具。儘管還不知道實際上究竟是什麼，但艾倫菲斯特沒有任何人員傷亡。雖然好像曾有人受傷，但也都施展了治癒魔法復原傷口。」
「這樣啊。那我便放心了。」
因為艾倫菲斯特是羅潔梅茵所屬的領地，聽到幾乎沒有人受傷，自然是再好不過。艾格蘭緹娜鬆了口氣，亞納索塔瓊斯卻是面色凝重。
「但是，由於艾倫菲斯特又一次沒有任何傷亡，也有人懷疑他們與此事有關。」
「又一次是什麼意思呢？被捕的皆是已廢除領地的人吧？」
「嗯，是啊。沒有艾倫菲斯特的人。」
亞納索塔瓊斯露出微笑，不再多說。從他的笑容可以知道，這是自己再怎麼追問，他也不會回答的事情。看來也有些王族內事還不能對艾格蘭緹娜說。
「我們會盡力查明，妳放心吧。」
只憑這樣的話語，她怎麼可能安心。平常若聽到亞納索塔瓊斯這麼說，艾格蘭緹娜會微笑點頭，就此不再過問，今天卻忍不住蹙起了眉。她也討厭自己不由自主地表現出了些許厭惡，但即便立即換上虛假的笑容，也已經無法收回。
「艾格蘭緹娜，剛才的表情與妳的臉色不好是否有關？」
亞納索塔瓊斯的灰眸靜靜凝視艾格蘭緹娜，像是不想放過她任何細微的表情。他的神情之認真讓她有些嚇了一跳，更是手托著腮揚起微笑。

「哎呀，我臉色不太好嗎？可能是天色有些變暗了吧。」

「都到了這種時候，妳……講話這麼迂迴，我怎麼能知道妳內心真正的想法。當初就是羅潔梅茵要我們坦誠說出心裡的想法，才解開了彼此的誤會吧？我已經決定要接受妳的全部。如果妳有任何煩惱或不安，全都告訴我吧。」

亞納索塔瓊斯伸長手，輕輕疊在艾格蘭緹娜緊握著魔導具的手上。他掌心傳來的暖意，與默默等著她開口的認真表情，讓艾格蘭緹娜緊繃的身軀緩緩放鬆下來。與此同時，她臉上的笑意也不復存在，只留下了陰鬱。

「……在我心裡，早在十年以前發生的政變至今都尚未結束。」

艾格蘭緹娜喃喃說道。但接下來她也不知道該說什麼才好，只是閉口不語。亞納索塔瓊斯沒有催促，握著她的手靜靜等待。

「說來慚愧，這次的事情讓我想起了小時候不得不搬往庫拉森博克的那場夜襲，夜裡總是難以入眠。」

「夜襲嗎？」

亞納索塔瓊斯一臉納悶。艾格蘭緹娜這才想起，自己並未詳細說過當時的情況。

「我小時候……你也知道我的父親曾是第三王子，在政變期間遭到暗殺吧？」

「嗯。我聽說是晚膳被人下毒，只有妳一人是另外在兒童房用餐，所以逃過了一劫吧？而且當時因為妳尚未受洗，便由前任奧伯．庫拉森博克收養……」

看來亞納索塔瓊斯只知道前半段，不曉得後來發生的夜襲。畢竟那時他還年幼，原是第五王子的父親也還沒被捲進政變裡頭，不知道也很正常。說不定現在還曉得詳細內情的，只剩下庫拉森博克裡的一些人而已。

「……家人遭到暗殺的當晚，敵人趁著混亂之際夜襲我所在的離宮。第一王子派的人似乎以為父親大人把古得里斯海得藏起來了，我聽見有人在大喊『找出古得里斯海得』。」

當時艾格蘭緹娜尚未受洗，所住的兒童房位在領主夫婦的居住空間裡。察覺異樣的奶娘立即將艾格蘭緹娜藏在衣物室的櫃子裡，再帶著她逃往貴族院，聯絡庫拉森博克。幸好當時的奧伯．庫拉森博克在接到暗殺的消息後便移動到貴族院的宿舍，也願意挺身而出拯救只剩一人倖存的公主。

然而，與中央貴族率領的襲擊者們不同，他領的人無法輕易進入離宮。奶娘必須帶著艾格蘭緹娜，趕往能讓庫拉森博克的騎士們進來的地方。奶娘一路躲避攻擊，沒命似的奔跑，向艾格蘭緹娜囑託道：「請您先走，為庫拉森博克開門！」艾格蘭緹娜點了點頭。為了如此拚命的奶娘，她無論如何非開門不可。在身為王族的她邀請下，披著紅色披風的騎士們踏入離宮，開始消滅敵人。

「當時的離宮真是一團混亂。而且，有好多人死了。不論是闖進來夜襲的敵人，還是在離宮工作的中央貴族……」

艾格蘭緹娜雖然獲救，奶娘卻早已喪命。

「自那之後已經過了十年以上，這次卻再度發生了襲擊事件。攻擊王族的那些人，眼神就和那晚的襲擊者一模一樣。即便看似和平，其實政變尚未結束。」

「原來還發生過這種事。」

亞納索塔瓊斯安撫似地輕摸她的手。他沒有繼續追問，也沒有發表看法，只是靜靜陪伴……他所帶來的暖意緩緩滲開以後，好像也緩和了艾格蘭緹娜的緊張。她自然而然地揚起微笑。

「……我真的不希望再發生紛爭了。」

「我知道。妳想要的是和平安穩的生活。那妳願意告訴我，妳嚮往著怎樣的和平安穩嗎？」

嚮往著怎樣的和平安穩——亞納索塔瓊斯的問題讓她眨眨眼睛。

「和平安穩的生活難道還有好幾種嗎？」

「那些反叛者想要的和平，就是希望父王退位，並由自己支持的人成為國王吧。這與妳想要的和平一樣嗎？」

她並不想要這樣的和平，反而完全相反。艾格蘭緹娜輕輕閉上眼睛，思索自己想要看見的和平景象。

「我想要的和平是……」

政變能夠真正結束，這才是她想要的和平。不給反叛者有任何挑起事端的藉口，由正統國王所統治的尤根施密特。她希望這個世界不要再掀起腥風血雨。

……古得里斯海得……

若能找到在政變中遺失的王的象徵，便再也沒有人敢對國王提出質疑。而今尤根施密特所面臨的諸多問題，也能夠一口氣解決大半吧。

古得里斯海得能夠帶來自己想要的和平。艾格蘭緹娜迫切地希望著，它能再度出現在尤根施密特。

在心裡得出答案後，她緩緩睜開眼睛。亞納索塔瓊斯又問了一次。

「艾格蘭緹娜，妳想要的和平是什麼？」

「是政變真正結束。讓人可以由衷相信，充滿血腥的紛爭不會再次到來……」

艾格蘭緹娜說到這裡停頓下來，觀察亞納索塔瓊斯的表情。說出自己的真實想法真的好嗎？她注視著被對方覆住的手。現在因為有防止竊聽的魔導具，所以只有亞納索塔瓊斯會聽見她說的話。

……真的可以說出真心話嗎？

他會接受說出真心話的自己嗎？還是該把「接受妳的全部」當成場面話，像一般的貴族那樣相敬如賓？若能藉此明瞭亞納索塔瓊斯到底有幾分真心，也能清楚知道自己今後該如何應對吧。艾格蘭緹娜猶疑了一瞬後下定決心。

「我希望能夠和平地取得古得里斯海得，確立王位的正當性。」

艾格蘭緹娜以帶有強烈決心的明亮橙色雙眼，迎向那雙想要知道她真實心聲的灰色眼眸。籠罩在兩人間的靜默只持續了數秒，艾格蘭緹娜卻覺得非常漫長且沉重。

「……好。我絕不會把妳捲進紛爭裡，並且盡己所能，就算要犧牲其他一切也會保護妳，找到古得里斯海得的下落。」

那雙灰眸溫柔瞇起，深情凝視艾格蘭緹娜。從笑容便能看出亞納索塔瓊斯確實如他所言，願意接受她的一切，為她設身處地著想。雖然早就知道亞納索塔瓊斯喜歡自己，但她好像直到此刻才明白那份愛意有多濃烈。她突然覺得被對方觸摸著的手莫名滾燙，感到十分難為情，很想將手抽回。感覺連臉頰與胸口也在發燙。

「那個，亞納索塔瓊斯大人……」

她本想收回手，亞納索塔瓊斯卻將她的手緊緊握住，彷彿在說不准逃。艾格蘭緹娜實在無法再保持平常心看他，垂下目光。

「我向妳保證，我的光之女神。」

「叩」的輕響，只見亞納索塔瓊斯的另一隻手鬆開了緊握著的魔導具，並在獲得自由之後，探向艾格蘭緹娜的髮絲。

「亞納索塔瓊斯大人！請停下來……」

然而放開了魔導具的亞納索塔瓊斯，根本聽不見她的勸阻。眼看他聽不見自己說話，艾格蘭緹娜內心萬分焦急之時——

「咳！」

直到剛才還如同空氣般毫無存在感的歐斯溫，忽然咳了一聲制止亞納索塔瓊斯。

在涼亭的談話

就在羅潔梅茵大人回到領地後的那個土之日，領地排名第十以上的上級見習文官們聚集在文官樓的會議室裡，舉行情報交流會。想當然耳，推出了許多新流行的羅潔梅茵大人返回領地一事，是最受矚目的消息。

「咦？羅潔梅茵大人已經返回領地了嗎？」

「因為羅潔梅茵大人短時間內就暈倒了兩次，再加上她也已經修完了課，領主便下令要她返回。」

哈特姆特擺出有些擔憂的表情，向情報交流會上的所有人這麼說。我因為當時陪著漢娜蘿蕾大人一起出席茶會，不僅親眼目睹了羅潔梅茵大人失去意識，也知道現場還有王族。我來參加情報交流會，就是想了解羅潔梅茵大人現在的情況，但哈特姆特似乎只打算告訴大家結果，也就是「羅潔梅茵大人因為身體狀況不佳，已和去年一樣暫時返回領地。」

……大家可以接受只得到這樣的資訊嗎？

羅潔梅茵大人正是艾倫菲斯特各種新流行的推行者。之前領主會議上，中央及庫拉森博克要求與其展開貿易的舉動等於是種認可，所以大家也漸漸開始意識到，這些流行並非只是一時的熱潮。此外，雖然在貴族院出現的新食物只有點心，但我聽說領主會議上接受過艾倫菲斯特招待的人們，也都對餐點的美味程度大吃一驚。

結果，艾倫菲斯特的排名因此大幅提升，想要進行貿易卻還無法如願的上位領地們，也都不約而同地想與之交流。由於政變時艾倫菲斯特保持中立，至今與其他領地並沒有太多往來，現在卻突然與中央走得極近。而帶來這種轉變的正是羅潔梅茵大人，所以很多領地都想盡可能獲得與她有關的消息。我一邊思考著要不要說出只有戴肯弗爾格才知道的情報，一邊觀察大家的反應。

「羅潔梅茵大人今年一樣會在領地對抗戰前返回貴族院嗎？」

「端看領主與主治醫師的判斷。而我身為近侍，自然是希望她早些歸來……」

「請各位放心。今年的艾倫菲斯特還有夏綠蒂大人在，一切社交活動仍能照常進行。」

「男性的社交活動預計由韋菲利特大人參加，女性的社交活動則由夏綠蒂大人出席。奧伯．艾倫菲斯特也向兩位下過指示，要積極推廣新流行。」

哈特姆特答得含糊其辭，艾倫菲斯特的其他上級見習文官則是開始極力主張，今年即便羅潔梅茵大人不在也不必擔心。儘管他們的說法聽來有些失禮，但可能是為了掩蓋羅潔梅茵大人在與錫爾布蘭德王子接觸的事實。

……若想詢問羅潔梅茵大人的詳細情況，似乎該與哈特姆特私下約個時間。

由於漢娜蘿蕾大人曾收到感謝慰問的信函，所以我知道羅潔梅茵大人已經醒來，也返回領地了，但完全不曉得她實際上處於何種狀態。哈特姆特先前似乎也在忙著為羅潔梅茵大人返回領地做準備，每次奧多南茲的回覆都很冷淡。

……倘若我是羅潔梅茵大人的近侍，就不用每天過得這麼悶悶不樂了……

「戴肯弗爾格的克拉麗莎大人，我有事想向您報告。方便占用您一些時間嗎？」

情報交流會結束後，哈特姆特帶著和煦的笑容向我這麼問道。畢竟現在是公開場合，又是下位領地向上位領地的人攀談，這麼恭敬也是理所當然。

……但是，前提是對方並不是自己的未婚妻。

前些天我總算通過了哈特姆特出的求婚任務，所以在我看來，他這樣說話未免太過客套，感覺也十分疏遠。我知道在場許多人的領地都想跟隨上位領地的腳步，與艾倫菲斯特往來交流，也有好幾名上級見習文官為了能夠迅速拉近距離，意圖成為哈特姆特的女伴。

……但女伴已經決定是我了，妳們現在才要行動也來不及了。

不過，在正式把我介紹給羅潔梅茵大人之前，凡事還是小心為上。我先轉頭看向眾人，然後走向哈特姆特，舉止親暱地對他微笑。

「哎呀，哈特姆特。既然會議已經結束，你叫我克拉麗莎就好了。倘若你時間方便，我們和一般的未婚夫妻一樣在涼亭相會吧。」

藉由宣布自己已經是未婚妻，再指定戀人專用的涼亭為見面地點後，應該能讓想要接近哈特姆特的女孩子們打退堂鼓吧。要是有女性知道以後還不死心，我打算遵循戴肯弗爾格的一貫作風，正面迎戰擊敗對方。

「……那麼，克拉麗莎。」

在我燃燒著熊熊鬥志，面帶微笑牽制眾人時，哈特姆特想了片刻，最後似乎決定改變對我的稱呼與說話語氣。

「那我們相約風之日的第三鐘見吧。妳認得我的騎獸吧？」

他提議的風之日是要上課的平日。刻意指定平日，更能向眾人突顯我們是連彼此上課進度也曉得的關係。哈特姆特能察覺我想要昭告關係的意圖固然很好，但他是怎麼知道我課堂間的空檔呢？我內心感到有些疑惑與發毛，笑著頷首。

「好的，期待能共度美好的時光。」

到了約定的風之日，我帶著要給羅潔梅茵大人的慰問禮前往涼亭。從中央樓走進迴廊，穿過文官樓後來到屋外。瞬間，四周不見半點白雪。這裡的景象大概就和宿舍附近的採集地差不多吧。有老師們栽種的藥草園，前方更有一大片與周遭雪景呈現對比的繽紛花田。花田間坐落著好幾座白色涼亭。由於貴族院除了採集地外幾乎全被白雪籠罩，能夠欣賞花田的涼亭就成了戀人們相約見面時的熱門地點。

「哈特姆特的騎獸停在哪座涼亭呢？」

我騎著騎獸在花朵盛放的廣場上飛行，尋找放有哈特姆特騎獸的涼亭。只要騎著騎獸在空中搜尋，一眼便能看出哪些涼亭放有騎獸。

……艾倫菲斯特的貴族院戀愛故事集若在他領流行起來，一定會更受歡迎吧。

現在是大家上課的時候，因此放有騎獸的涼亭不多，我很快便發現哈特姆特的騎獸，朝著那座涼亭下降。

「哎呀？」

明明涼亭是供戀人們相會所用，不知為何披著艾倫菲斯特披風的人影卻有三個。其中一個是坐著在看資料的哈特姆特，另外是一對低年級的男女。兩人還顯得如坐針氈，忸忸怩怩地環顧四周。女孩子是羅潔梅茵大人的近侍菲里妮，那麼男孩子是誰呢？我並不認識。

「哈特姆特，你的對象到了喔。」

哈特姆特看向倉皇無措地望著我的兩人，然後邀請我進入涼亭。

「請原諒我如此不解風情，還帶了其他人來涼亭，但因為介紹他們兩人是我今天的主要目的。」

「我本來就有要事才會指定涼亭，如果是與談話內容有關的同行者，當然是不介意。不過，不得不跟你一同前來的兩個人好像坐立不安呢。請放輕鬆吧。」

我放下帶來的東西，對兩人微笑。艾倫菲斯特裡頭哈特姆特會想介紹給我的人，那肯定是羅潔梅茵大人的近侍。讓將來的同僚對我留下良好印象可是很重要的，可以確保我順利成為近侍。

「克拉麗莎，她是菲里妮，羅潔梅茵大人的下級見習文官。她會在圖書館為羅潔梅茵大人向他領學生蒐集故事，所以妳應該認識她吧？」

「是啊。而且下級貴族通常不會被領主一族攬為近侍，想必菲里妮是非常優秀的見習文官吧。」

我開始調查羅潔梅茵大人與她的近侍以後，便對下級貴族菲里妮感到好奇。聽到我這麼說，哈特姆特交抱手臂。

「在羅潔梅茵大人因為尤列汾藥水而沉睡的那兩年，菲里妮一直相信並堅守著她與羅潔梅茵大人的約定，從不間斷地蒐集故事。她的忠心有目共睹。當初還是羅潔梅茵大人強烈希望能招攬她為近侍。」

我非常清楚孩童時期的兩年有多漫長。更何況，一般若在尤列汾藥水裡沉睡了長達兩年之久，大多數人都會認為活下來的機會微乎其微。在旁人都不看好的情況下，菲里妮還能堅信自己與羅潔梅茵大人的約定，持續蒐集故事，內心確實非常強大。

「他是中級見習文官羅德里希。因為創作新故事的能力得到認可，已經確定不久後將被納為近侍。」

……我太羨慕了！

竟然能把自己寫的故事獻給羅潔梅茵大人……聽了就讓人熱血沸騰。其實如果可以，我也想以自己寫的故事來通過哈特姆特的求婚任務。然而，我自己實在寫不出來。不得已下我只好抄寫戴肯弗爾格的書、蒐集騎士故事。眼看兩人都擁有著我不具備的才能，內心不由得焦急起來。

……我能成為符合羅潔梅茵大人期望的近侍嗎？

「這位是克拉麗莎。她是戴肯弗爾格的上級見習文官，也是我畢業儀式的女伴。我預計在領地對抗戰上將她介紹給羅潔梅茵大人。」

「哎呀，你不介紹我是未婚妻嗎？」

「因為我們尚未正式訂下婚約。至少得先與妳的父母親見過面，才能稱呼妳為我的未婚妻吧？」

先前看似輕浮地與那麼多領地的女性皆有往來，想不到哈特姆特也有如此古板的一面。嶄新的發現令我覺得很有意思，再把目光投向兩名見習文官。

「哈特姆特，你沒有等到領地對抗戰，反而特意約了時間私下向我介紹這兩人，想必有什麼重要的事情吧？」

「我希望明年在貴族院，克拉麗莎能代替我蒐集情報。」

「哦，蒐集情報嗎？」

見習文官的重要使命之一，就是與各領的見習文官交流、獲取情報，和查證各種傳聞的真偽。竟然想把這種工作託付給他領的我，這到底是怎麼回事呢？

「他們兩人分別是中級與下級貴族。此外，在羅潔梅茵大人需要的蒐集與創作故事能力上，他們雖然都表現極佳，近侍該具備的文官能力卻不高。因此，今後在各領上級見習文官間流通的資訊，可能很難傳入羅潔梅茵大人耳中。」

我慢慢反芻哈特姆特這番話。也就是說，明年羅潔梅茵大人的近侍中將沒有上級見習文官。我雖說是未婚妻，但畢竟是他領的人，而情報交流會上明明韋菲利特大人與夏綠蒂大人的上級見習文官也曾出席，哈特姆特卻還是拜託了我幫忙蒐集情報，代表他與他們可能沒什麼往來吧。抑或者，他也不相信他們蒐集情報的能力嗎？

「為了羅潔梅茵大人，我自然不吝提供協助。不過，這件事對我來說有好處嗎？」

哈特姆特不可能毫無準備，但趁著有他人在場時要求他講明、取得承諾，這可是很重要的。哈特姆特略略瞇起橙色眼眸看我。

「這個嘛……首先，妳將能與羅潔梅茵大人的近侍建立起良好關係。之後我也預計為妳介紹上級見習騎士與見習侍從。當然，前提是妳的表現出色……」

「哎呀，你覺得我會表現不佳嗎？」

「我都已經安排到了這種地步，怎麼可能選擇會失敗的人當對象呢？」

「安排？這樣呀。倘若你已經做好了我定能成為羅潔梅茵大人近侍的安排，那麼身為近侍，應該早把我的所有資訊都告訴她了吧？」

「要推薦羅潔梅茵大人招攬一個她既沒聽過名字、也不認得長相的人為近侍，就和要埃維里貝愛上其他女神一樣困難喔。」

表面上笑容可掬的同時，我與哈特姆特之間也瀰漫起令人愉快的緊張感，彼此都在盤算著接下來要提出什麼條件、挖出什麼情報。但這明明是文官間再正常不過的互動，對此感到愉快的似乎只有我與哈特姆特。

「那、那個，請兩位冷靜下來。」

菲里妮往前傾身調停。羅德里希則是視線來回游移，努力裝作事不關己。

「哎呀，我們很冷靜喔。對吧，哈特姆特？」

「是啊，我們看起來不冷靜嗎？」

儘管兩人都十分討喜，但似乎不適合當與人交換情報的文官。就連只接觸了一會兒的我都有這種感覺，見習文官中就只有這兩人能介紹給我的哈特姆特，現在肯定正面臨著更艱難的處境吧。與此同時，想到羅潔梅茵大人非常器重兩人，我忽然不明白她挑選近侍的條件。

「哈特姆特，你說我很難成為羅潔梅茵大人的近侍是什麼意思呢？」

無論哪個領地，領主一族的近侍都是經由推薦決定人選。受洗前是由雙親或祖父母推薦，受洗後則是在既有近侍或同派系貴族的推薦下，招攬新的近侍。至於因結婚而轉籍至自領的人，則由結婚對象推薦。因此，我一直以為等到了領地對抗戰，哈特姆特向羅潔梅茵大人介紹我是他的未婚妻之後，婚後我自然就能成為她的近侍。

「……哈特姆特明明是見習文官，還是唯一的上級貴族，推薦我會有困難嗎？」

心目中的完美計畫彷彿正在應聲崩毀，我不禁嚥了嚥口水。我極力掩飾內心的慌亂，面帶僵硬的笑容以手托腮。除非哈特姆特是不受信任的近侍，否則我應該能夠成為近侍才對。

「……啊！難不成……哈特姆特並未得到羅潔梅茵大人的信賴？」

我脫口問出了再當然不過的疑惑後，哈特姆特臉上忽然沒了任何表情。他盤起手臂、重新交疊雙腳，看向坐在自己正前方的菲里妮與羅德里希。

「菲里妮、羅德里希，關於我有沒有得到信賴，你們能幫我回答克拉麗莎嗎？」

在哈特姆特面無表情的注視下，即便他沒有怒吼，兩人還是臉色慘白，眼眶泛淚地開始大力稱讚他。

「克拉麗莎大人，哈特姆特非常優秀喔！呃，就連神殿的灰衣神官們也十分仰慕他，他還知道所有有關羅潔梅茵大人的事情。而且他工作速度很快，連監護人斐迪南大人也常常誇獎他呢！」

「哈特姆特大人雖然對別人的要求很高，但那是因為他自己的能力非常出色！當然他的能力之優秀也得到了羅潔梅茵大人的認可！……應該吧。」

看著兩人彷彿感受到生命危險的模樣，我有些心生同情。在上級見習文官齊聚的情報交流會上，只要觀察過哈特姆特的表現，也能知道他的能力十分優秀。既然有意與下位領地的人結婚，我自然也會先確認過對方的能力。

「可是，能力與信賴是兩回事吧？不然哈特姆特的推薦怎麼可能沒用呢。」

「……那是因為羅潔梅茵大人與眾不同。」

「這我早就知道了。羅潔梅茵大人可是艾倫菲斯特的聖女，不只在迪塔比賽上用了沒人能想到的妙計、推出了無數新流行，還因為祝福而被圖書館的魔導具認定為主人，更是她大力撮合了亞納索塔瓊斯王子與艾格蘭緹娜大人，甚至藉由祈禱治癒了被鞀拿斯巴法隆破壞的採集地。」

我列出了一連串事蹟後，哈特姆特滿意地點了好幾下頭說：「妳說的大致沒錯。」然後，他緩緩吐了口氣。

「羅潔梅茵大人從小在神殿長大，因此她的判斷標準與一般貴族不同。招攬近侍時，她從不會考慮與對方的關係。這點從她招攬了羅德里希也能看出來吧。羅德里希並不是由親族或某個近侍推薦，甚至身邊的人還反對她這麼做。畢竟他身分不高，派系也不同，以近侍的標準來看也不是能力合格的文官。但單憑他能創作故事，羅潔梅茵大人便給予他極高的評價，也已確定他在付出應有的代價後，將被招攬為近侍。」

哈特姆特說得毫不留情，羅德里希則是整個人縮成一團，完全沒有反駁，由此可知那些話都是事實吧。菲里妮擔心地不斷瞥向羅德里希，然後面帶微笑，總結般地開口說：

「我想現在不論由誰推薦，都不一定能被納為近侍。因為羅潔梅茵大人……還發生過托勞戈特大人那件事情。」

「托勞戈特，就是去年在奪寶迪塔上扯後腿的那名護衛騎士吧？」

竟敢在比迪塔時違抗命令，這種擅作主張的行為換作在戴肯弗爾格，將永遠也不能再比迪塔。我很驚訝居然會有這種見習騎士，在調查羅潔梅茵大人的近侍時，發現他竟然還是護衛騎士，內心更是火冒三丈，所以對這個名字極有印象。

「他現在已經不是護衛騎士了。」

菲里妮向我說明了托勞戈特一事的來龍去脈。原來托勞戈特當初明明是自己提出請求，並在外祖母的推薦下成為見習騎士，最後竟以非常自私的理由辭去職務。他說他其實根本不想侍奉這麼虛弱的主人，等目的達到了以後就打算請辭。自那之後，羅潔梅茵大人似乎是為近侍的背叛感到難過，遲遲沒再補上新的護衛騎士，身邊的人也不好開口向她推薦自己的親友。

……在迪塔上扯後腿還不夠，竟然還以這麼自私的理由請辭，阻撓我成為羅潔梅茵大人的近侍……托勞戈特真是不可饒恕！

「此外，我想也必須要有監護人斐迪南大人的認可，讓他覺得此事對艾倫菲斯特有益，否則他有可能會反對招攬他領的人為近侍。」

「抱歉，我有些不太明白……你的意思是，羅潔梅茵大人都已經進入貴族院就讀了，監護人還會干涉她挑選近侍嗎？即便是養父母，都有人認為是過度干涉，更別說是監護人了。在艾倫菲斯特允許這樣的干涉嗎？」

由於近侍將貼身跟在自己身邊，基本上都是由領主候補生自行做判斷和選擇。我還以為是羅潔梅茵大人一旦做出判斷後就很難推翻，身邊的人也都尊重她的決定，所以想靠關係成為近侍是不管用的，哈特姆特卻說監護人也有可能反對。這到底是怎麼回事？簡直教人一頭霧水。

「羅潔梅茵大人因為會長時間待在神殿，若有人無法尊重在神殿裡工作的灰衣神官，或是看輕那些製造流行商品的平民專屬，縱然是血緣濃厚的近親，監護人斐迪南大人也會反對她納為近侍。他既是羅潔梅茵大人在神殿的保護者，也是優秀的教育者，更是藥師與主治醫師。與羅潔梅茵大人有關的事，他恐怕比養父母更有發言權。」

從哈特姆特的語氣，可以知道這不是艾倫菲斯特的普遍現象，而是只有羅潔梅茵大人的情況如此特殊。我若想成為近侍，這是很重要的情報吧。真沒想到與哈特姆特成婚，並不代表我從此就能成為羅潔梅茵大人的近侍，而是一切才剛開始。

「這種情況實在太特殊了，完全出乎我的預料。」

我按著額頭承受精神上的衝擊，菲里妮那雙嫩綠色的眼眸擔心地朝我看來。

「那個，哈特姆特，克拉麗莎大人該怎麼做才能成為近侍呢？她如果願意為了羅潔梅茵大人蒐集情報，我很希望她能實現心願呢。」

為了蒐集情報，見習文官們經常得笑著欺騙對方，菲里妮卻如此老實又溫柔，讓我不禁直眨眼睛。大概是看出了我的驚訝，哈特姆特帶有贊同意味地輕笑出聲。

「首先，得讓羅潔梅茵大人知道她的存在……克拉麗莎，他領的人想成為羅潔梅茵大人的近侍，可沒有妳想像中那麼簡單。那妳要放棄嗎？」

聞言，我的鬥志熊熊燃燒起來。

「怎麼可能。我的決心才不會輕易瓦解。敵人越強越能激發我的鬥志。我會克服所有困難！」

「我就知道妳會這麼說。」

哈特姆特輕笑起來。他早就料到我會照著他的計畫走了吧。只見哈特姆特面帶愉快的笑容，開始收拾東西準備離開。

「菲里妮、羅德里希，明年蒐集情報的工作就交給我吧。我會把戴肯弗爾格的上級見習文官們蒐集到的情報，全部透露給你們。相對地，還請告訴羅潔梅茵大人，提供這些情報的人是我。」

「好的。那就麻煩您了，克拉麗莎大人。」

取得了菲里妮與羅德里希的協助後，我將帶來涼亭的那疊紙遞給哈特姆特。這是我要送給羅潔梅茵大人的慰問禮。

「這是我為了表達慰問之意，在戴肯弗爾格蒐集來的故事。還請報上我的名字，送給人在艾倫菲斯特的羅潔梅茵大人吧。首先得讓她記住我的名字才行嘛。」

「除了求婚任務以外，妳還另有準備嗎？……看來我該對妳另眼相看。」

哈特姆特一臉佩服地接過紙張。我不只準備好了求婚任務用的手抄書，另外還抄寫了一些書籍，準備在介紹時送給羅潔梅茵大人當禮物。

……我絕不放棄，一定要成功。我一定要成為羅潔梅茵大人的近侍！

「那事情也談完了，我們走吧。」

哈特姆特起身後，朝我伸出手來，這時菲里妮忽然輕拉他的披風。

「那個，哈特姆特，我與羅德里希就先回去了。不過，既然來到了時之女神的涼亭，在第四鐘響起前，你要不要單獨與克拉麗莎大人說說話呢？」

明明才二年級，對於男女情事也還懵懵懂懂，菲里妮卻很努力地想為我們製造機會。哈特姆特低頭看她，尋思了一會兒。

「克拉麗莎，妳有話想單獨與我談談嗎？」

「如果是指我想問黑暗之神的問題，那可多得數不清呢。例如羅潔梅茵大人現在的情況、她在神殿的生活、有關監護人的資訊，還有她引發的種種奇蹟……」

我扳著手指回答後，菲里妮與羅德里希都露出了驚愕的表情。雖不明白兩人為何一臉驚訝，但我與他們不同，渴望得到任何有關羅潔梅茵大人的情報。

「好不容易與哈特姆特見到面，今天卻幾乎沒有聊到關於羅潔梅茵大人的事情吧。請別以為這麼點資訊便能令我滿足唷。」

我握住哈特姆特伸出的手，嬌羞地輕輕一拉。哈特姆特沒有抗拒地重新坐好，認真思考片刻。

「……那麼，關於羅潔梅茵大人更小的時候曾有過哪些聖女事蹟，與妳分享我在神殿聽到的傳聞如何？我的光之女神。」

「我的黑暗之神太優秀了，知道的事情真多呢。我願意洗耳恭聽。」

菲里妮與羅德里希逃也似的匆匆離開涼亭後，直到第四鐘響起前，我聽聞了許多有關羅潔梅茵大人的不凡事蹟。哈特姆特的話聲不曾間斷地在涼亭內迴盪。

傳聞果然不假，時之女神確實會惡作劇呢。感覺不過一眨眼的工夫，第四鐘便已來到。

在涼亭的相會

「那麼我要回房間讀書，希望能盡快修完課程。而且夏綠蒂大人之後出席社交活動的時候可能需要幫忙……」

「我也去準備下午的術科課了。」

目送羅潔梅茵大人返回領地後，近侍們各自回房。我也一樣正要走上階梯，這時哈特姆特叫住了我。

「萊歐諾蕾，妳接下來有空嗎？」

「我要為領地對抗戰的迪塔做準備，整理魔獸的特性與弱點，沒辦法幫你指導羅德里希或是幫你調和。倘若你判定羅德里希無法勝任，麻煩自己向羅潔梅茵大人說明羅德里希的能力不足，以及見習文官的人數也不足夠，請她招攬其他見習文官。」

我搶先一步制止了哈特姆特可能要說的事情。雖然我也知道哈特姆特近來確實忙得焦頭爛額，但我是護衛騎士，無法接受明明不是羅潔梅茵大人的命令，卻被找去做文官的工作。

「萊歐諾蕾，妳好無情哪。也對柯尼留斯以外的人溫柔一點嘛……」

「因為只要答應過一次，你下次就會一臉我應該要答應的表情來拜託我啊。」

我斷然拒絕後，忽然從不遠處傳來呼喚聲：「萊歐諾蕾。」聽聲音是剛與羅潔梅茵大人一同返回艾倫菲斯特的柯尼留斯。我嚇了一跳回過頭，看見他快步走來。

「你怎麼這麼快就回來了。雖然你說過會很快回來，但我還以為如果要交接護衛工作、報告在貴族院發生的事情，最快也要明天呢。」

「想也知道，柯尼留斯肯定是遇到了來迎接羅潔梅茵大人的艾薇拉大人，眼看要面對無止境的逼問，就馬上逃回來了吧？」

哈特姆特嘻嘻一笑說出自己的推論，柯尼留斯只是回以臭臉。看樣子是說中了。我不由得苦笑。

「我也能明白柯尼留斯想要逃跑的心情呢。」

之前委婉地告知柯尼留斯的女伴已決定是我時，艾薇拉大人的漆黑雙眼猛然發亮，開始追問我們是如何喜歡上對方。當時她身上有種異於往常的駭人氣勢，而答應柯尼留斯會對此絕口不提的我完全無法回答，只能不知所措。

「我想避開母親大人是事實沒錯，但也因為我今年是最後一年了。想在貴族院多待一點時間也很正常吧。」

「合理、合理。意思就是趁著在貴族院沒什麼護衛工作，想多花點時間與萊歐諾蕾相處吧。」

「哈特姆特，你這樣鬧彆扭不覺得很沒風度嗎？說話還是該有些分寸。」

這是在報復我剛才不肯幫忙吧。我冷眼瞪向哈特姆特後，他輕輕聳了聳肩，快步走上階梯。

「萬一惹火萊歐諾蕾，我往後可別想有好日子，還是撤退吧。兩位請自便。」

……最後一句話是多餘的。

我沒好氣地瞪著火速上樓的哈特姆特，柯尼留斯苦笑著朝我伸出手來。

「萊歐諾蕾，看妳這麼生氣，難道不喜歡和我在一起？」

我察看四周，確認沒有其他人影後，才輕輕伸出手疊在柯尼留斯的手上。

「我只是不喜歡像哈特姆特那樣愛調侃人的人，但很高興與柯尼留斯相處的時間可以增加喔。你明知道我的心意，請別故意這麼壞心。」

我在柯尼留斯的護送下慢慢走上階梯。與在城堡時不同，在貴族院可以交接的人手不多，所以幾乎沒有時間能與柯尼留斯獨處。此刻光是可以一起並肩上樓，心頭便有種逐漸溫暖起來的感覺，嘴角也跟著上揚。

「我也是。反正距離貴族院關閉沒剩多少時間了，趁著羅潔梅茵不在，我們盡量一起行動吧。幸好之前為了配合羅潔梅茵每天去圖書館，幾乎所有課都修完了吧？」

即便在大家都放假的土之日有共同採集或迪塔訓練等活動，我們仍有許多可以單獨相處的時間。

先前身為護衛騎士得陪同羅潔梅茵大人去圖書館的時間，現在成了我們近侍的自由時間。大家都各自做自己的事情。

「萊歐諾蕾，妳今天沒課吧？想去哪裡嗎？」

「……只要能兩個人在一起，去哪裡都可以，而且我一時間也想不到呢。要不然乾脆參考貴族院的戀愛故事集？」

「我們會變成母親大人她們寫書的題材喔。」

柯尼留斯一臉厭惡，我按捺不住地笑了出聲。他拚命想逃離艾薇拉大人追問的模樣，比起可靠，更讓人覺得可愛。

「我雖然也不想變成故事裡的參考人物，但艾薇拉大人寫的那些故事真的很美好動人呢。」

「……我知道女性們都很喜歡那樣的故事。萊歐諾蕾也喜歡嗎？」

「只是閱讀的話。」

「如果有人要我像故事裡的角色一樣行動，我想一般男性都會很困擾吧……」

柯尼留斯一派不以為然地抱怨起故事與現實的差異，牽著我的手離開宿舍，走向中央樓的迴廊。

「我想女性們即便憧憬故事裡的愛情，也不認為自己在現實中做得到喔。我也無法表現得像戀愛故事裡的女性那樣。」

貴族院的戀愛故事集是把實際發生過的事情，用華美的詞藻堆砌成動人的故事。由於這些故事都會被美化誇大，所以我能明白若被要求做出同樣的行為，會感到非常為難。

聽見我這麼說，柯尼留斯停下腳步，目不轉睛地注視我。

「即便有憧憬，也不覺得現實中做得到嗎……我第一次聽到有人這麼說。」

「……可能是因為說得這麼直接並不可愛，其他女性只是暗藏在心裡吧。」

明明別人常說我太過實際、只會冷靜反駁，一點也不可愛，結果我又犯了同樣的錯誤。真希望至少在柯尼留斯面前能表現得可愛一點，奈何總是不順利。

我有些意志消沉，走在柯尼留斯的半步後方。由於正在暗自反省，可以的話應該再保持點距離，但牽著手無法這麼做。

……如果我也像優蒂特或菲里妮那樣天真爛漫，柯尼留斯多少也會覺得我可愛嗎？

「……我覺得很可愛喔。」

「什麼？」

「一邊說不切實際，一邊卻也憧憬著戀愛故事這一點。」

剎那間，我有種魔力在體內流竄的感覺，臉頰接著發燙，難為情得只想馬上逃離這裡。貴族院的戀愛故事裡曾有過春之女神躲起來，不想讓望遠之神看見的描寫，形容的肯定就是我現在的心情。

「我、我說過……請別一臉認真地說出這種讓人不知如何反應的話。」

柯尼留斯笑了笑沒有理會我的抗議，打開中央樓直通屋外的大門。走下階梯來到積雪茫茫的戶外後，他變出騎獸。我正想跟著變出騎獸時，柯尼留斯露出苦笑制止我。

「萊歐諾蕾，妳就不必了。坐上來吧。」

「……請等一下，我們要共乘騎獸嗎?!」

我與柯尼留斯已確定是畢業儀式時的男女伴，所以就算被人撞見也不必擔心有損名聲。順便說明，一般除了年紀小到還未擁有騎獸的孩童外，若不是戀人或者未婚夫妻，絕不能與異性共乘騎獸。但是，我現在的煩惱並不在於名聲，而是這還是我第一次要與自己心儀的男士共乘騎獸，根本不曉得該怎麼應對才好。

「倘若妳真的不願意，可以變出自己的騎獸……」

「不是的。我並不是不願意，只是還沒做好心理準備。」

「是嘛。那麼，心理準備可以之後再做嗎？」

柯尼留斯依舊只是笑了笑，沒有理會我的抗議。當我回過神的時候，發現自己已經坐在他的騎獸上了。

「走了。」

既然共乘騎獸，柯尼留斯的聲音自然是從正後方傳來，但實在是太近了。我感到頭暈目眩，整個人好像怎麼坐也坐不直。而且大概因為天氣寒冷，白雪覆蓋大地，更能明顯感受到柯尼留斯在身後散發出的暖意，讓我靜不下心。

「我們要去哪裡呢？」

「若要參考貴族院的戀愛故事，就是時之女神愛惡作劇的涼亭了吧？」

儘管對艾薇拉大人有諸多牢騷，柯尼留斯似乎還是確實看完了貴族院的戀愛故事集。他右手握著韁繩，左手按著我的身體以免我掉下去。這些都和故事裡的描寫一樣，但這種像被抱在懷裡的感覺只讓我手足無措，一點也無法靠在對方身上，並感受春之女神們的起舞。

……比起魔物圖鑑，我應該更仔細翻看貴族院的戀愛故事才對！

我一直以為，柯尼留斯只是在考慮過領地、身分與派系等條件後，認為我是最適合的結婚人選，所以選擇了我。即便懷有對同僚的好感，也不到男女之間的喜歡。然而，現在竟能兩人共乘著騎獸前往涼亭，我真是不敢相信。

……柯尼留斯真是太擅長讓人猝不及防了。

記得是夏天尾聲，有夏季成年禮與秋季洗禮儀式的那段時間。這段時間因為有儀式，羅潔梅茵大人必然會待在神殿。趁著主人不在的時候，女性近侍全員出動，全神貫注地為休華茲與懷斯的新衣刺繡。而那一天，正好侍從們要配合換季改變房內布置的顏色。再加上優蒂特去參加訓練，菲里妮去神殿幫忙了，待在近侍室裡刺繡的人只有我而已。

「萊歐諾蕾，黎希達在嗎？」

柯尼留斯往近侍室探頭問道，我看向連接著羅潔梅茵大人房間的門扉。

「現在她正忙著更換布置，除非是很重要的事情，否則她會趕人唷。」

我再補充說黎希達可是幹勁十足，想要趕快搞定。柯尼留斯大概是輕易想像到了那個畫面，笑著拉開椅子坐下。

「看來我最好等她忙完一個段落，第五鐘時應該會稍微暫停吧？」

「是呀。」

再怎麼急著想做完，到了第五鐘仍得休息一下吧。我附和後，接著繼續刺繡。難得與柯尼留斯獨處，雖然很想與他說說話，卻想不到適合的話題。

……你畢業儀式的女伴已經決定了嗎？

儘管我非常好奇這件事，但也聽說柯尼留斯十分受不了艾薇拉大人一再追問。感覺有可能讓氣氛變得比現在更沉重、更尷尬，讓人實在問不出口。我們兩人會聊的，通常都是護衛任務要怎麼安排，但此時羅潔梅茵大人不在，便沒有共通話題。

……問問關於波尼法狄斯大人的訓練？會不會太唐突呢？

我一邊苦惱著該找什麼話題，一邊默默地不停刺繡。

「……刺繡還真是複雜又需要耐心，我完全能明白羅潔梅茵為何不想碰。」

柯尼留斯帶著佩服的話聲傳來，我抬起頭後，發現他正盯著我的雙手。一意識到他的視線，我的指尖顫抖起來。

「最擅長刺繡的人是莉瑟蕾塔喔。她很擅長這種精細的手工，每次刺繡都很開心的樣子。現在她負責的部分已經繡完了，甚至開始在為羅潔梅茵大人的新衣裙襬刺繡呢。她說想讓羅潔梅茵大人與休華茲和懷斯穿成套的服裝。」

「哦……」

莉瑟蕾塔對蘇彌魯的熱愛，在近侍之間可是出了名的。本人似乎自認為沒讓羅潔梅茵大人看出來，但我想她肯定早就發現了吧。

「女性刺繡還會負責不同的地方嗎……難不成安潔莉卡也加入了？」

柯尼留斯的話聲忽然變得無比擔心，可能是因為「安潔莉卡成績提升小隊」曾讓他吃了不少苦頭吧。還是說，安潔莉卡雖已與艾克哈特大人訂下婚約，但他內心仍對她有放不下的情感嗎？

「說來可能出乎柯尼留斯的意料，其實安潔莉卡十分擅長刺繡喔。」

「是嗎？」

「對呀。因為她若願意幫忙，斐迪南大人便允許她將這些魔法陣繡在自己的披風上。她還說為了強化防具，這些努力不算什麼呢。」

「我倒希望她能在讀書上也努力一點。」

柯尼留斯刻意地大嘆口氣。我心裡也很想嘆氣。每次提起安潔莉卡，柯尼留斯似乎總會變得多話，這讓我心情沉重。

兩人忽然安靜下來。房內有種彼此都在觀察對方反應的氛圍，但我們誰也沒有開口說話。沉默持續了好一陣子，只聽得見絲線穿過布料的細微聲響。

在室內靜得讓人感到無法呼吸時，柯尼留斯率先打破沉默。

「萊歐諾蕾，妳這麼認真刺繡也是為了強化防具嗎？還是為了將來在練習？」

從柯尼留斯口中聽到「將來」兩個字，讓我心跳漏了一拍。將來能為丈夫在披風上刺繡的，只有妻子而已。我雖然也為了未來在練習刺繡，但我想繡的只有柯尼留斯的披風。

「兩者皆有吧……練習得這麼認真，真希望不會白費呢。」

我用盡了全身力氣，才擠出微笑以詼諧的語氣說出這句話。「嗯，這樣啊……」柯尼留斯平淡應道，目不轉睛地望著我的指尖。

「若能為我的披風刺繡，我想就不會白費喔。」

「呵呵，若能為你的披風刺繡，付出的努力確實不會白費呢。」

但就算我想也不可能啊——我在心裡頭補上這一句，再往布料縫了一針、兩針、三針……然後我的手猛然停下，同時柯尼留斯的話語也傳送至腦中。

……「若能為我的披風刺繡」？咦？等一下。這意思是……

因為柯尼留斯說得實在太若無其事，我才會一時間無法理解吧。我倏地抬起頭，注視柯尼留斯。他臉上沒有半點戲弄的意味在，反而因為我的回答太過模稜兩可，露出了為難的表情。

「……呃……那麼，你願意把披風交給我嗎？」

◆

「來的人比我預期要多哪。」

柯尼留斯的聲音忽然在耳畔響起，將我的意識拉回現實。心跳極快的我俯瞰眼下。文官樓後方設有許多涼亭，只見幾座涼亭前方都停有騎獸，顯示有人正在使用。

「這裡似乎視野最好。」

我們和其他人一樣放下騎獸，進入涼亭。柯尼留斯還拿了顆魔石放在騎獸上。這是為了避免精神太過集中在其他事情上，導致魔力停止供給而使得騎獸消失。把行李搬進羅潔梅茵大人的騎獸裡時，我也曾看過騎獸裡放有魔石，但通常我自己並不會變出騎獸後卻放在一段距離外，所以總覺得有些奇妙。

涼亭與貴族院同為白色的石造建築，感覺有絲寒意。但這一帶因為與宿舍的採集地一樣沒有積雪，甚至有著大片花田，所以不會覺得非常寒冷。

而涼亭還是貴族院獨有的戀人相會地點。我忽然覺得自己好像成了故事的主角。倘若由艾薇拉大人來描寫我們此刻的情景，肯定是春之女神們正圍著花之女神耶芙勒露梅在跳舞吧。

「萊歐諾蕾，難得能夠兩人獨處，我們沒必要分開坐吧？」

「說、說得也是呢……」

我在柯尼留斯的對面坐下後，他隨即面露苦笑，以手示意我坐到他身邊。坐下時我盡可能表現得很自然，但這樣子不會太近了嗎？明明柯尼留斯看起來一點也不緊張，我的腦袋卻好像快要沸騰了。

「那個，柯尼留斯。關於土之日的迪塔訓練……」

不僅兩人獨處，距離還近得彷彿能碰到對方的手臂，這種情況讓我無比緊張，只好聊起自己熟悉的話題，試圖恢復到平常冷靜的樣子。對我來說，討論訓練的行程與領地對抗戰的準備工作，以及分享調查到的魔物，就和聊天氣一樣輕鬆自在。

「萊歐諾蕾，妳這麼認真固然很好，但今天是不是該聊些兩個人才能聊的事情？」

「兩個人才能聊的事情是什麼呢？」

「這個嘛……比如畢業儀式時的護送、上完課返回領地後的訂婚儀式之類的？」

與柯尼留斯成為戀人以後，到現在已經過了一個季節以上，這段時間我訂做了要陪同柯尼留斯出席畢業儀式的服裝，也在進行向親族宣布此事的準備。預計等修完課返回艾倫菲斯特後，便會舉行訂婚儀式。

……準備時我已經確認過好幾次了，難道是我還忘了什麼事情嗎？

但在貴族院根本沒辦法做什麼準備。瞬間，我感覺到自己臉色變得慘白。現在不是在涼亭裡悠哉聊天的時候了。

「是不是我有哪裡準備不周呢？現在還來得及嗎？」

「不，我不是這個意思……萊歐諾蕾的準備非常完美喔。」

柯尼留斯露出了有些傷腦筋的表情，拉住了正想起身的我。聽到他說我的準備非常完美，我才稍稍放鬆下來。

「……萊歐諾蕾，妳說妳喜歡貴族院的戀愛故事吧？」

「是呀。只要主角不是自己的話……」

「那麼，我也模仿看看吧。」

「什麼？」

柯尼留斯以單手展開披風，我看著他眨了眨眼睛。

那雙烏黑眼眸微微瞇起，透著捉弄人的笑意。當他在披風底下將臉龐靠近我時，我不由得想起了戀愛故事集裡的描寫。故事裡頭曾出現黑暗之神在涼亭裡展開披風，將光之女神包覆起來的場景。他一定是在重現那一幕。

「能以我的披風將妳隱藏起來嗎，我的光之女神？」

「……倘若我的黑暗之神如此希望。」

我絲毫沒有拒絕的想法，卻也不曉得該怎麼應對才好。我小心翼翼地挨向柯尼留斯後，他像要用披風包覆住般地將我攬過去。靠得這麼近，可以清楚感受到柯尼留斯的體溫與魔力。

「那、那個，柯尼留斯。」

雖然這樣的舉動確實令我感到安心，卻也更感到難為情，很想要逃跑，因此我微微往後縮。

「萊歐諾蕾。」

柯尼留斯稍微移動位置，與我面對面，然後攤開右手掌心伸向我。如同要變出思達普那般，他正刻意往右手掌心集中魔力。感應到魔力後，我不知所措。我們尚未交換訂婚用的魔石，他便打算重疊魔力嗎？要是被父母親看到這一幕，真不知他們會怎麼說。

「妳不願意？」

「……你這麼問太狡猾了。」

看過貴族院的戀愛故事集後，一直嚮往著能像這樣與柯尼留斯重疊魔力的我，怎麼可能回答不願意呢。

由於這是首次要接受柯尼留斯的魔力，我不由得屏住呼吸，慢慢地將自己的手伸向眼前的掌心。

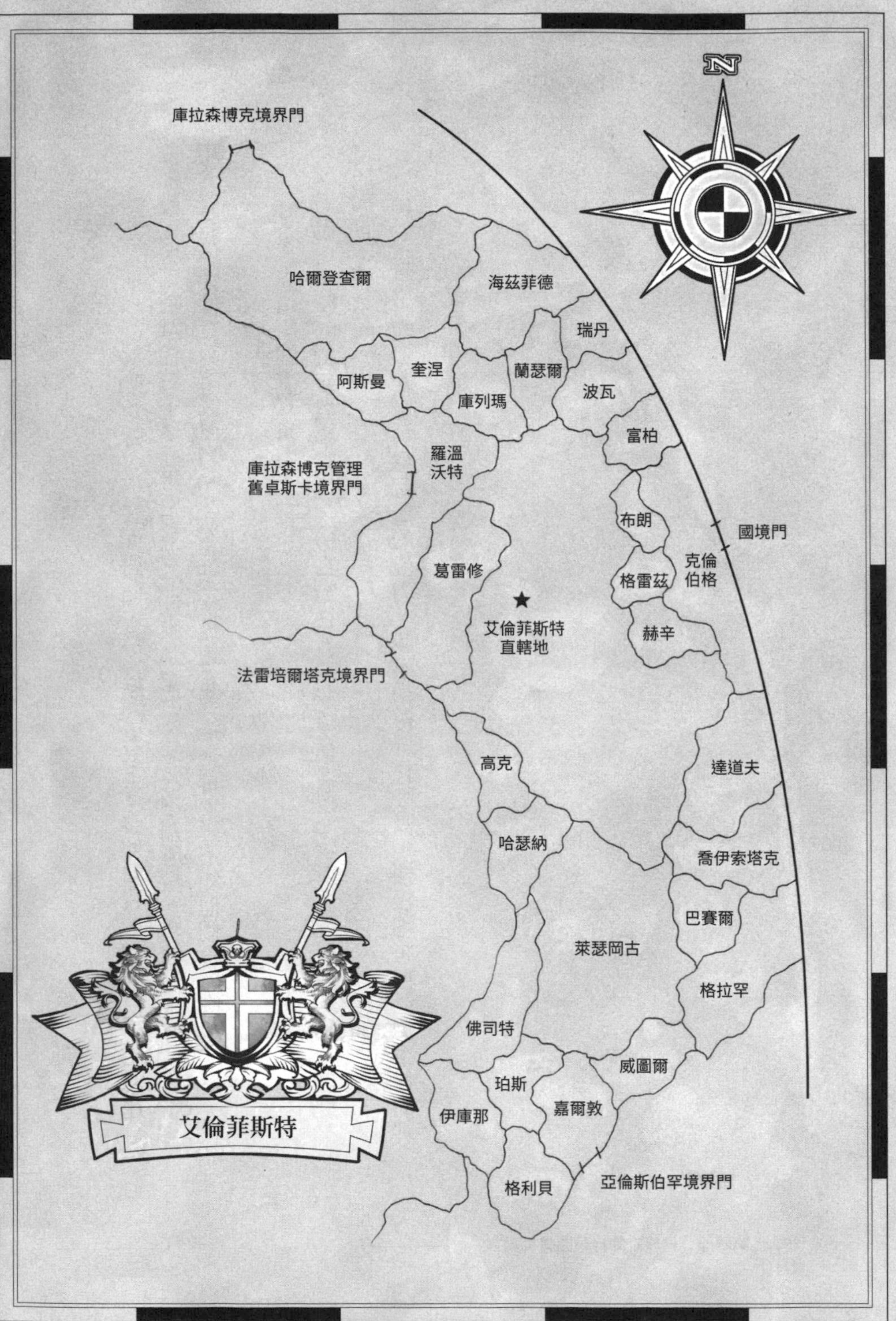
N
庫拉森博克境界門
哈爾登查爾
海茲菲德
瑞丹
奎涅
阿斯曼
蘭瑟爾
波瓦
庫列瑪
富柏
羅溫
沃特
庫拉森博克管理
舊卓斯卡境界門
布朗
國境門
克倫
伯格
葛雷修
格雷茲
艾倫菲斯特
直轄地
赫辛
法雷培爾塔克境界門
高克
達道夫
哈瑟納
喬伊索塔克
巴賽爾
萊瑟岡古
格拉罕
佛司特
威圖爾
珀斯
嘉爾敦
伊庫那
格利貝
亞倫斯伯罕境界門
艾倫菲斯特

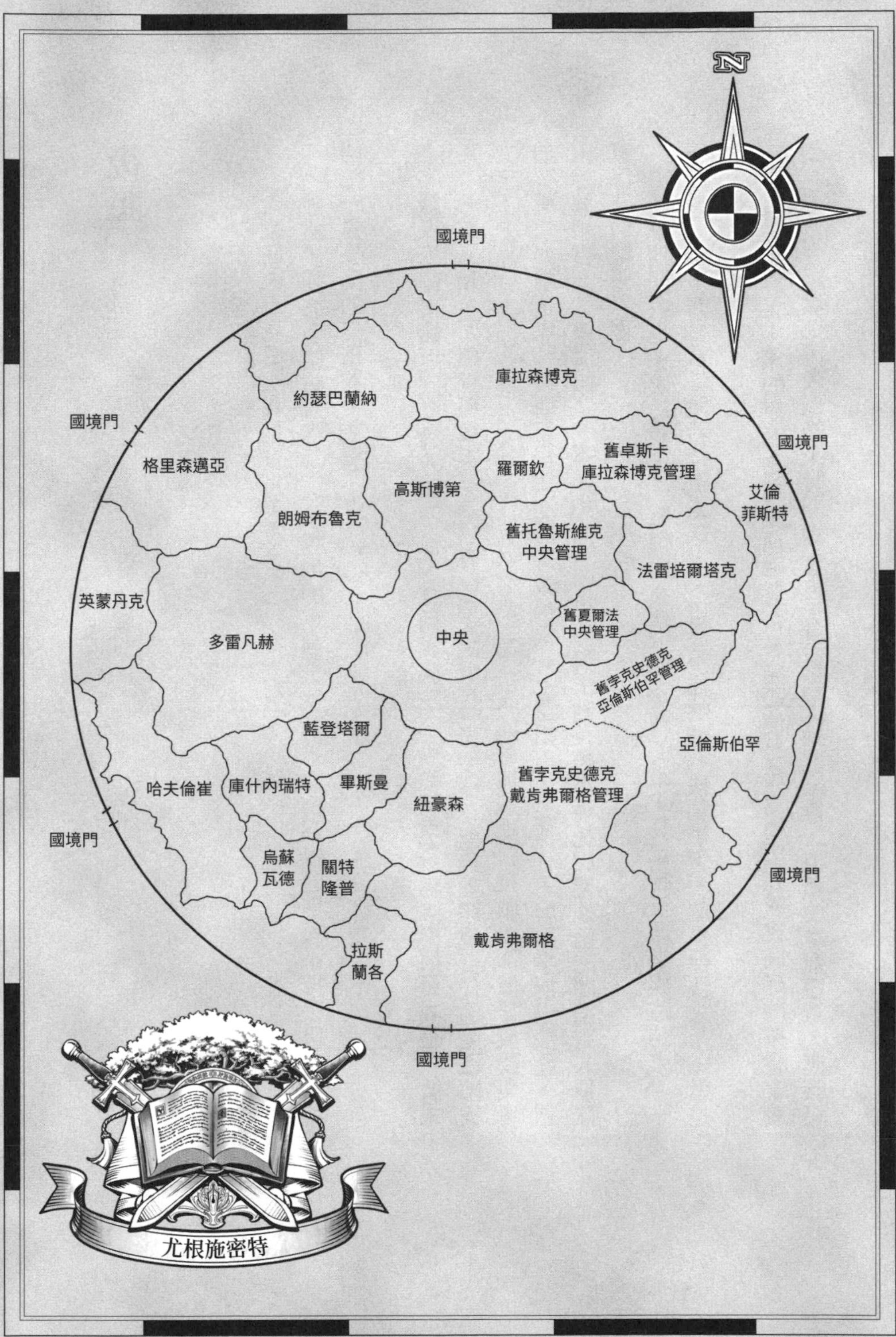
國境門
庫拉森博克
約瑟巴蘭納
國境門
國境門
格里森邁亞
舊卓斯卡
庫拉森博克管理
羅爾欽
高斯博第
艾倫
菲斯特
朗姆布魯克
舊托魯斯維克
中央管理
法雷培爾塔克
英蒙丹克
舊夏爾法
中央管理
多雷凡赫
中央
舊孛克史德克
亞倫斯伯罕管理
藍登塔爾
亞倫斯伯罕
舊孛克史德克
戴肯弗爾格管理
哈夫倫崔
庫什內瑞特
畢斯曼
紐豪森
國境門
烏蘇
瓦德
關特
隆普
國境門
戴肯弗爾格
拉斯
蘭各
國境門
尤根施密特

後記

大家好久不見了，我是香月美夜。

非常感謝各位購買本作，《小書痴的下剋上：為了成為圖書管理員不擇手段！【第四部】貴族院的自稱圖書委員（VII）》

羅潔梅茵奉命返回艾倫菲斯特後，直到貴族院二年級結束為止，事情可說是一波未平，一波又起。回到神殿後本以為只有快樂的讀書時光，卻在聖典上發現奇怪的魔法陣與文字；參加完詢問會接著又有聖典檢證會；第一次能參加領地對抗戰，卻演變成要與奧伯·戴肯弗爾格以及海斯赫崔比迪塔；表揚儀式上還出現了恐怖分子與鞀拿斯巴法隆，結果導致她再一次沒能出席。不僅如此，中央的騎士團長勞布隆托與斐迪南之間還有一種難以說清的緊張氛圍。

執筆期間我也多次心想：「麻煩的事情怎麼接踵而來，真想趕快讓貴族院結束。」不過呢，和平的日常生活若持續太久，又會忍不住吶喊「快點！下一個事件快來！」就是了……

言歸正傳，本集的序章主角是漢娜蘿蕾。開頭便是羅潔梅茵在愛書同好的茶會上暈倒。本傳中羅潔梅茵暈倒後，時間線一下子就跳到了她醒來後，但藉由這篇序章，應該可以了解到身邊的人在那段時間有多麼勞碌奔波。

終章則是艾格蘭緹娜。如今她已是王族的未婚妻，表揚儀式上發生敵襲時，站在舞臺上的她自然也成為被攻擊的目標之一。然而，這也刺激到了她過往留下的心理陰影。坦誠以對後與亞納索塔瓊斯訂下的新約定，成了艾格蘭緹娜心中重要的依靠。

短篇主角分別是克拉麗莎與萊歐諾蕾。由於本集結尾十分嚴肅，想試著讓後面的氣氛輕鬆一些。兩人皆是畢業生的女伴，在戀愛故事裡常出現的涼亭與戀人相會……話雖如此，每對戀人使用涼亭的方式都不一樣呢（笑）。

克拉麗莎視角的短篇中，為了實現自己想當羅潔梅茵近侍的心願，她非常認真地思考該怎麼做，並且為之奮鬥。另外也藉此篇幅再次強調了羅潔梅茵的與眾不同之處，以及哈特姆特私底下是如何活躍。其實我也曾試著只寫克拉麗莎與哈特姆特的相會，結果兩人就只是一勁地讚美羅潔梅茵，所以在得到了「這種短篇根本不把讀者放在眼裡。簡直讓人看不下去。突然間完全沒有共鳴」的評語後，慘遭駁回。

對照之下，萊歐諾蕾視角的短篇則是純正的戀愛故事。一邊利用回想穿插柯尼留斯的告白場景，一邊描寫兩人參考了貴族院的戀愛故事集後，在涼亭裡相處的模樣。這篇短篇則獲得了以下感想：「好害羞、好難為情！但就是這點吸引人。我太喜歡了。」因此，我想喜歡少女戀愛小說的讀者們也許會看得很開心。

而這集請椎名老師設計的新角色，有勞布隆托、以馬內利與海斯赫崔。海斯赫崔的五官立體深邃，完全體現出這人的個性會有多執著，其實我個人相當喜歡。勞布隆托與以馬內利也都呈現出了將要接續至第五部的氛圍。

此次也有消息要通知大家。

下一集《第四部Ⅷ》已確定要同步發行DVD特別版！DVD收錄的還是預計十月開始播放的動畫第一集！可以在開播前提早約一個月觀看到第一集喔。個人認為這個企劃對於即便有先行上映會，也無法出遠門去觀看的人來說是好消息。此外，這次的DVD特別版不只在TO BOOKS的官網（http://www.tobooks.jp/booklove）上，也能在全國各地的書店預約訂購。歡迎讀者前往鄰近的書店預約。

還有，「小書痴」也在Audible推出了有聲書。朗讀者是飾演梅茵的井口裕香小姐。預計從第一部《士兵的女兒Ⅰ》開始依序推出。一集居然就要大約十小時！

有興趣用耳朵聆聽「小書痴」的讀者們請一定要試試。

此外，TO兒少文庫即將在七月創刊，並推出《小書痴的下剋上～第一部士兵的女兒Ⅰ》。內文基本上原樣不動，主要是為了在看過漫畫版後而增加的小學生讀者們，為所有漢字加上讀音。原先小說一集的量變成兒少文庫版後得拆成兩本，所以書裡會新增一些椎名老師的插圖。

同時七月也將發行《公式漫畫選集》第一集（暫譯）。集結了許多漫畫家將「小書痴」畫成一篇篇的短篇漫畫。由鈴華老師繪製的全新短篇則是班諾與莉絲之間的故事，由我提供設定與故事大綱。

從九月開始又是毫不間斷的四個月連續發行。還請連同動畫一起期待！

本集封面是領地對抗戰的想像圖。羅潔梅茵與斐迪南在參觀場內，亞納索塔瓊斯與艾格蘭緹娜則是遇襲的王族代表。前面兩人與後頭兩人的表情雖然呈現對比，卻很精準地呈現出了這集的氣氛。

椎名優老師，真的非常感謝您。

最後，要向購買本書的各位讀者獻上最高等級的謝意。

第四部第八集預計九月發行。期待屆時再相會。

二〇一九年四月　香月美夜

每回都出場的
卷末漫畫
輕鬆悠閒的家族日常
作畫 椎名優
放心吧，羅潔梅茵。我一定會保護妳。
不要啊啊啊！這笑容超級危險!!危險程度MAX!!

無形的壓力

為何羅潔梅茵可以惹出這麼多麻煩?!
這次我一定要嚴厲警告她——
齊爾維斯特大人。

知、知道了，我會適度就好！
我什麼都還沒說唷。

肌肉少女

戀愛的失控列車

●中文版書封製作中

賭上艾倫菲斯特的未來，
最關鍵的抉擇是？

小書痴的下剋上

第四部　貴族院的自稱圖書委員Ⅷ

香月美夜 原作　椎名優 繪

貴族院二年級的生活畫下句點，羅潔梅茵重新回到了領地。她與新弟弟見面、尋找可當近侍的低年級生、處理亞倫斯伯罕的魚、聽祖父話說從前……一切看起來似乎都平靜安穩，然而，斐迪南的樣子卻不太對勁。而國王突如其來的命令，更將使得一切發生翻天覆地的改變……

【2021年6月出版】

國家圖書館出版品預行編目資料

小書痴的下剋上：為了成為圖書管理員不擇手段！. 第四部，貴族院的自稱圖書委員．VII/ 香月美夜著；許金玉譯．-- 初版．-- 臺北市：皇冠文化出版有限公司，2021.04
面；　公分．--（皇冠叢書；第 4932 種）(mild；36)
譯自：本好きの下剋上 司書になるためには手段を選んでいられません．第四部，貴族院の自称図書委員．VII
ISBN 978-957-33-3699-0（平裝）
861.57　　110003764

皇冠叢書第 4932 種
mild 36

小書痴的下剋上

為了成為圖書管理員不擇手段！

第四部 貴族院的自稱圖書委員Ⅶ

本好きの下剋上
司書になるためには
手段を選んでいられません
第四部 貴族院の自称図書委員Ⅶ

作　者—香月美夜
譯　者—許金玉
發 行 人—平雲
出版發行—皇冠文化出版有限公司
台北市敦化北路 120 巷 50 號
電話◎ 02-27168888
郵撥帳號◎ 15261516 號
皇冠出版社（香港）有限公司
香港銅鑼灣道 180 號百樂商業中心
19 字樓 1903 室
電話◎ 2529-1778　傳真◎ 2527-0904
總 編 輯—許婷婷
責任編輯—陳怡蓁
美術設計—嚴昱琳
著作完成日期— 2019 年
初版一刷日期— 2021 年 4 月
初版二刷日期— 2021 年 5 月
法律顧問—王惠光律師

讀者服務傳真專線◎ 02-27150507
電腦編號◎ 562036
ISBN ◎ 978-957-33-3699-0
Printed in Taiwan
本書特價◎新台幣 299 元 / 港幣 100 元